何以天津

一座城市的现代化之路

陈瑞华　龚　关　葛建华　万鲁建　薄文广——编著

天津出版传媒集团
天津科技翻译出版有限公司

图书在版编目(CIP)数据

何以天津：一座城市的现代化之路 / 陈瑞华等编著.
天津：天津科技翻译出版有限公司, 2025. 8. -- ISBN
978-7-5433-4798-4

I. D672.1

中国国家版本馆CIP数据核字第2025JS6823号

何以天津：一座城市的现代化之路

HE YI TIANJIN : YI ZUO CHENGSHI DE XIANDAIHUA ZHI LU

出　　版：天津科技翻译出版有限公司
出 版 人：方　艳
地　　址：天津市和平区西康路35号
邮政编码：300051
电　　话：(022)87894896(发行科)　(022)87895660(营销部)
网　　址：www.tsttpc.com
印　　刷：北京捷迅佳彩印刷有限公司
经　　销：新华书店
版本记录：787mm×1092mm　16开本　16.75印张　200千字
　　　　　2025年8月第1版　2025年8月第1次印刷
定　　价：88.00元

何以天津

一座城市的现代化之路

陈瑞华 龚 关 葛建华 万鲁建 薄文广——编著

天津出版传媒集团
天津科技翻译出版有限公司

序言

何以天津：天津从制造向再造

天津，是一座由制造业奠基，又面临着产业体系再建挑战的城市。它深植于中国近代工业文明与城市化进程之中，亦肩负着当代国家战略多重叠加所带来的再造任务。从“九河下梢”的地理格局，到京津冀协同发展战略中的关键节点，天津始终在中国城市版图中扮演着不可替代的角色。如何理解这座城市从制造体系向再造结构的演进？如何继续书写它在现代化叙事中的角色更新？又如何从制度安排与文化表达的双重维度构建其发展的内在逻辑？这是当下中国城市治理所面临的重要命题，也是《何以天津：一座城市的现代化之路》这本书努力回应的问题核心。

从经济学的视角看，城市并非仅仅是人口、资本和空间的物理集聚，更是制度创新、社会流动与文化认同的复合体。一座城市的更新不止在于基础设施的升级或产业结构的调整，更在于其居民、机构与文化系统如何共同生成新的路径依赖、共同面对不确定性的能力。在这一点上，本书的切入方式并不侧重城市宏观规划或统计维度上的分析，而是转向产业遗产、人文地景与空间再利用等维度，试图从“看得见、摸得着”的在地视角，展现这座城市如何通过内部发酵与结构重组，走向再造之路。

值得一提的是，本书的策划与创作团队与南开大学有着深厚渊源。南开大学经济发展与安全研究中心与天津科技翻译出版有限公司共同策划本书，且五位作者都毕业于南开大学，并长期从事城市研究、区域经济、社会学等领域的教学与研究工作。这种从校园走向城市，又将城市带回学术场域的路径，恰恰体现了南开人一以贯之的现实关怀与公共意识。周恩来总理在青年时代曾写下“愿相会于中华腾飞世界时”，这一精神在岁月流转中化为南开大学“知中国，服务中国”的价值导向，也具体体现在本书对天津城市逻辑的深入洞察与公共表达之中。

在内容方法上，本书不仅涵盖了城市空间演变与产业体系变迁，也关注了城市生活方式与文化气质的重构。作者团队对天津经济发展历史和老城区工业遗产的追踪、对传统行业如何适应现代市场逻辑的分析、对街区更新与民间创造力之间关系的观察，体现了较高的知识整合与表达能力。尤其是对于城市中“非主流”空间的描绘——如被忽视的厂区、边缘化的市场、正在消失的巷道场所——不仅丰富了城市研究的视角，也回应了当代城市治理中如何平衡效率与记忆、发展与共情的命题。

更重要的是，本书中所提出的“再造”，并不是推倒重来式的否定性修辞，而是一种延续性的战略判断。它强调尊重城市自身演化的逻辑与节奏，强调制度适配的渐进式调整，强调本地文化系统的活力与生成能力。在这个意义上，它不仅是一部关于天津的文化文本，更是一种可复制、可参考的城市发展思路，对其他同类型城市亦具有借鉴价值。

当然，“再造”这一命题的提出，根源于对城市内部结构性思考的积淀，但也不无与当前重大国际议程——如上合组织峰会落地天津——所触发的某种时代共振。

随着上合组织峰会等重要国际活动在津举办，这座城市正以更加开放、自信与包容的姿态接轨世界。在这一全球网络不断演化的节点时刻，《何以天津：一座城市的现代化之路》不仅是一次关于地方的写作，也是一次面向未来的提案。它将城市书写从

“项目语言”转化为“公共知识”，将“再造”的语义从工程尺度拓展至社会想象，让我们得以从更深远的文化维度理解天津、参与天津。

谨以此序，期待本书传播广泛、激发讨论，亦祝天津“再造”之路步履坚定、步步生花。

陈瑞华

2025年8月15日于南开大学

目录

引言

一座城市的结构归位
与
工业文明新篇

当2025年上海合作组织峰会（以下简称“上合峰会”）的聚光灯聚焦太平洋西岸渤海之滨的天津，这绝非一次偶然的国际会议选址，而是一个意味深长的时代信号。这座中国北方工业重镇将迎来历史性时刻，不仅是这次重要国际峰会的承办者，而且是现代文明对话的“译码器”。它标志着一种发展范式的认同、一种结构性力量的归位，更是一座百年工业重镇向世界发出的关于可靠性与韧性的宣言。海河之水奔流不息，倒映着这座城市从近代实业救国到现代智造强国的沧桑巨变。从1860年开埠通商后逐渐形成的九国租界，到1984年成为首批沿海开放城市；从清末“洋务运动”的北洋机器局，到如今长征火箭的发射总装基地，天津始终在国运跌宕中扮演着“国家试验场”的角色。选择天津，实则是选择了一种发展范式：在全球化裂变的今天，如何以扎实的工业体系为锚点，实现文明交流互鉴的软着陆？当我们漫步海河两岸，古老的洋楼与现代的厂房在峰会前夕的霞光中静默对话，静静的海河微波中蕴藏着工业文明在天津大地上从未中断的脉动和不断创新的雄心。

一、历史褶皱里的天津制造基因与荣光

在海河西岸张自忠路的利顺德饭店，斑驳的电梯门廊前，1924年安装的奥的斯电梯仍在运行。这部中国现存最古老的电梯，恰如天津的城市隐喻——始终在垂直运动中保持着水平方向的平衡。从1860年九国租界的“万国建筑博览会”，到1984年开发区奠基的第一铲泥土；从永利碱厂打破西方垄断的“红三角”商标，到空客A320总装

线上流动的复合新材料，天津的每次转身都精准踩在历史变革的节拍上。

天津的工业血脉，深植于中国近代化的激荡洪流之中。这里不仅是通商口岸，更是民族自强精神的熔炉。这里曾是大清国洋务运动的“北方实验室”。在北洋机器局轰鸣的制造车间里，1880年李鸿章在此研制出中国首艘钢甲军舰“平远号”，其锻造车间现为“津门军工遗址馆”，保留着19世纪德国克虏伯机床，1884年生产的后膛钢炮，其膛线加工精度达到0.03毫米，这项纪录保持了半个世纪，天津博物馆内仍能启动演示的德制蒸汽锤见证了当时的制造传奇。开平矿务局的董事会上，催生了1881年建成的中国第一条标准轨距唐胥铁路。1903年袁世凯在河北新区推行“中西合厂”制度，德国技师与本地工匠共同改进的“直隶纺纱机”，现今仍安静地放置在天津工业大学博物馆的一角，唤起人们对当时中西文化交流共融的记忆。

这里见证了中国民族工业的黄金时代。周学熙、范旭东、侯德榜等一代实业巨子，以“实业救国”的赤子之心，在盐碱荒滩上点燃了中国现代化学工业的星火。1914年，范旭东在塘沽荒滩上创办久大精盐厂，打破洋盐垄断；1926年，永利碱厂成功投产“红三角”牌纯碱，在美国费城万国博览会上斩获金奖，一举打破西方长达70余年的技术封锁，被誉为“中国工业进步的象征”。侯德榜发明的“侯氏制碱法”，更将核心技术无偿公之于世，彰显了中国工业先驱的胸襟与格局。与此同时，三条石地区机器轰鸣，孕育了中国最早的民族机械工业集群。这些绝非孤立事件，而是天津作为中国北方工业心脏早期搏动的有力证明。

中华人民共和国成立后，“天”字头企业群星璀璨，天津的工业使命愈发恢宏。天津手表厂制造出中国第一只国产手表——“五星表”；天津无线电厂生产出第一台国产电视机——“北京牌”电视机；天津照相机厂诞生了享誉全国的“东方”牌照相机。天津更是新中国航空航天、电子、重型机械等战略性产业的摇篮之一。在计划经济时期，天津以其门类齐全、配套完整的工业体系，成为共和国工业版图上不可或缺的支撑点。从纺织城的万锭齐鸣到新港船厂的巨轮下水，从天津拖拉机厂的“铁牛”驰骋田野到天津碱厂的纯碱供应全国，天津制造深刻嵌入国家工业化、现代化的宏大叙事，其产品与装备流向大江南北，支撑起共和国经济建设的脊梁。这段历史荣光，铸就了天津深厚的产业底蕴和独特的工程师文化，为今日之“再造”天津埋下了坚实的基因伏笔。

二、天津产业版图的淬炼与新时代的稳态跃迁

当全球化浪潮席卷、产业格局剧烈重构，许多传统工业重镇在转型阵痛中步履蹒跚时，天津却展现出一种令人惊叹的体系韧性与结构定力。这种力量并非凭空而来，它源于百年工业积淀所形成的结构完备、基础扎实、体系稳健的独特制造业生态。

天津的产业版图，早已超越单一产业的单打独斗，进化成一个彼此依存、高度协同的“产业生态群岛”。在空港经济区，空客A320系列飞机亚洲总装线精密运转，吸引了西飞国际、古德里奇、PPG航空材料等数百家国内外顶尖航空配套企业集聚，形成了从研发设计、零部件制造、总装交付到维修服务的完整航空产业链。在滨海-中关村科技园，生物医药产业蓬勃发展，康希诺、凯莱英、药明康德等行业龙头与众多创新型中小企业共生共荣，覆盖了从新药研发、临床前研究、中试放大到规模化生产的全链条。在天津经济技术开发区，以一汽丰田、长城汽车为龙头，聚集了数百家汽车零部件企业，构建了强大的汽车产业集群。南港工业区则聚焦世界级绿色石化产业，大型一体化项目正有序推进。这种多集群、强关联、自组织的产业生态系统，极大地缓冲了外部冲击，确保了城市产业发展的整体稳定性与抗风险能力。即使在外部环境风云变幻之时，天津的工业依然保持了可观的增长，其制造业占GDP比重始终维持在

关键水平之上，成为天津经济发展的“压舱石”。

天津的“稳”，绝非静态的守成，而是在稳固根基之上对新质生产力的主动拥抱与融合。传统优势产业通过智能化、绿色化改造焕发新生。新天钢冷轧薄板公司的“5G+智慧工厂”实现了从冶炼到成品的全流程数字化管控，效率与精度大幅提升；天津港的全球首个“智慧零碳”码头，以人工智能和新能源技术重塑了港口运营模式。与此同时，新赛道布局气势如虹。在信创领域，天津拥有飞腾、麒麟、曙光、南大通用等核心企业，构建了完整的“PKS”（飞腾CPU+麒麟OS+安全防护）自主可控生态体系，成为中国信创产业高地。在生物制造领域，依托国家合成生物技术创新中心，天津正引领着从实验室“造物”到规模化生产的产业革命。在新能源领域，力神电池等企业持续突破，京津冀氢能产业生态圈加速构建。航空航天产业更是高歌猛进，长征火箭、空间站“天和”核心舱等国之重器闪耀着“天津制造”的光芒，大火箭基地、航天无人系统科普产业园等平台持续释放创新动能。“老树新枝”与“新苗成林”交相辉映，共同构筑了天津面向未来的新质生产力矩阵。

支撑庞大工业体系高效精密运转的，是代代相传、融入城市血脉的“工匠精神”与强大的技能人才供给体系。从北洋工艺学堂（河北工业大学前身）开创“工学并举”的育人传统，到今天南开大学、天津大学强大的创新学科教育实力，以及天津中德应用技术大学、天津职业技术师范大学等一批高水平应用型院校的精耕细作，天津构建了完整的工程师和高级技能人才培养链条。无数大国工匠在天津的工厂车间里，将毫米级的精度追求、对工艺极致的专注刻入产品灵魂。这种对“实学”的尊崇、对“基本功”的坚守，是天津制造品质与可靠性的最深层保障。在产业基础高级化、产业链现代化的时代要求下，这种深厚的工程师文化和高技能人才储备，成为天津参与全球高端制造竞争最宝贵的战略资产和无可替代的韧性支点。

三、天津范式与全球南方工业化的时代共鸣

上合峰会在天津举办，其象征意义远大于一场国际会议的承办本身。它是国际社会对“天津范式”的一次集体聚焦与深刻认同。上合组织成员国多为处于工业化进程中关键阶段的新兴经济体和发展中国家。它们面临的挑战，往往不是单一技术的缺失，而是如何构建一个结构合理、运行稳健、具备持续创新能力和风险抵御能力的现代产业体系。它们渴望的，是找到一条可靠的、可持续的工业化路径。

天津的百年工业历程，尤其是改革开放以来在体系构建、产业升级、对外开放、区域协同等方面的丰富实践，恰恰提供了这样一个极具参考价值的“中国方案”地方样本。这里有从基础构建到高端跃升的完整经验。天津经历了从轻纺工业为主到重化工业壮大，再到高新技术产业和现代服务业蓬勃发展的清晰轨迹，其产业体系的不断演进与升级，为后发国家如何夯实工业基础、选择主导产业、实现阶梯式发展提供了宝贵经验。这里有开放合作与自主创新并举的平衡智慧。从引进空客总装线到培育飞腾、麒麟等自主核心企业，天津的发展展示了在高水平对外开放中汲取养分，同时坚定不移地走自主创新道路，掌握发展主动权的成功实践。这对于寻求技术引进与自主可控平衡的上合组织成员国至关重要。这里有区域协同与国家战略的深度融入。天津作为京津冀协同发展的战略重镇，在疏解非首都功能、区域产业分工协作、基础设施互联互通等方面积累了丰富经验。这种在更大空间尺度上优化资源配置、融入国家发展大局的模式，对渴望区域一体化的上合组织成员国具有启发意义。这里有传统产业转型与新兴产业培育的系统方法论。天津对传统制造业的智能化、绿色化改造，以及对信创、生物制造、航空航天等未来产业的超前布局，展示了新旧动能转换的系统方法论——不是简单的替代，而是融合共生与迭代升级。这正是全球众多新兴工业国家

亟须破解的核心课题。

上合峰会选址天津，正是看到了这座城市所承载的“结构完备、制造扎实、体系稳健”的核心价值。它向世界传递了一个清晰信号：在充满不确定性的时代，工业化进程的成功，越来越依赖于体系的力量、结构的韧性和制造的定力。天津以其自身扎实的发展历程和稳健的产业形态，成为这种可靠发展范式的杰出代表，其经验值得渴望工业振兴的国家和地区深入探究。这不仅是天津的荣光，更是中国发展道路、中国工业化模式获得更广泛国际认同的体现。

四、天津工业血脉与城市灵魂的当代表达

“再造”天津的宏大叙事，不仅需要坚实的产业根基和卓越的系统能力，更需要强大的文化表达，将其精神内核与独特魅力传递给世界。天津，这座拥有深厚工业底蕴的城市，同样是一座文化禀赋独特、善于“讲故事”的魅力之都。其文化表达的核心，在于成功实现了工业文明的刚劲理性与城市生活的烟火温情、历史积淀的厚重与未来想象的灵动之间奇妙的融合与转译。

天津的工业遗产活化，实现了从锈带到秀场的叙事转换。天津并未将辉煌的工业历史封存于博物馆，而是创造性地将工业遗产转化为充满活力的当代文化空间，赋予其全新的生命力和叙事功能。位于海河畔的原天津棉纺三厂华丽转身为“棉3创意街区”，红砖厂房与现代玻璃幕墙交织，设计师工作室、艺术画廊、时尚餐饮、文化剧场在此共生，成为城市时尚文艺地标。河北区的“巷肆创意产业园”由旧工业厂房改造而成，同样充满了创意活力。原天津第一热电厂宏伟的烟囱和厂房骨架被精心保留，融入现代化的商业综合体，成为记录城市工业记忆的独特地景。这些项目不仅是物理空间的改造，更是对工业文明价值的重新发现与创造性表达，让冷峻的机器轰鸣沉淀

为可触摸、可体验、可共鸣的文化温度。即将迎接上合峰会嘉宾的工业遗址公园，将成为展示天津“从制造到智造、从生产到生活”转型理念的绝佳窗口。

天津的地标叙事，沟通了传统符号与未来意象的对话。天津的城市天际线，本身就是一部凝固的工业与开放史诗。解放北路汇聚了各式各样的欧式建筑，被誉为“万国建筑博览会”，这见证了近代中国看世界的窗口记忆，是东西方文明碰撞交融的独特印记。而拔地而起的现代地标，则奏响了面向未来的强音。“津沽棒”（周大福金融中心）以挺拔的身姿刷新城市高度，象征着天津攀登产业高峰的雄心；国家海洋博物馆如巨舰昂首，诉说着这座滨海城市向海图强的蓝色梦想；津湾广场、文化中心等现代建筑群，则以其开放包容的姿态，展现着国际化大都市的格局。这些地标共同编织成一张意义之网，既承载着历史的回响，又勾勒出未来的蓝图，向世界讲述一个古老工业城市拥抱创新、开放与可持续发展的崭新故事。

天津的气质融合，展现了码头基因的豁达与工业文明的务实。天津的城市性格，是其文化表达最深厚的底色与最动人的魅力。作为“河海要冲”和“畿辅门户”，悠久的码头文化赋予了天津人乐观豁达、开放包容、幽默机智的独特气质。相声茶馆里的笑声朗朗，市井中的烟火气息浓郁，杨柳青年画的色彩鲜亮奔放，这种源自生活的幽默感与亲和力，与工业文明所崇尚的严谨、务实、精益求精奇妙地融合在一起。这种融合体现在城市的方方面面：在智能工厂里一丝不苟的工程师，下班后可能走进相声茶馆开怀大笑；精密仪器旁追求毫米级精度的大国工匠，周末或许在古文化街淘换古玩字画。天津的故事，既能以宏大的工业场景震撼人心，更能以细腻的生活细节和独特的人文温度打动世界。这种强大的文化转译能力，使得“天津特色”能够超越语言和文化的隔阂，成为世界理解中国式现代化、理解中国工业城市转型的一扇极具亲和力与感染力的窗口。上合峰会期间，各国嘉宾不仅能感受到天津制造的硬核实力，更将沉浸式体验这座工业之城独特的生活美学与人文魅力。

五、天津的结构归位与引领未来的双重使命

上合峰会之于天津，绝非一场短暂的盛会，而是一个具有里程碑意义的历史性“结构归位”。它郑重宣告：天津，凭借其百年锤炼的工业体系韧性、厚积薄发的创新动能、兼容并蓄的文化魅力以及服务国家战略的核心功能，无可争议地重新站到了中国乃至全球产业演进与城市发展的关键坐标之上。这种归位，是对过往贡献的致敬，更是对天津未来担当的期许。

“再造”天津的宏伟蓝图，绝非推倒重来，而是基于其深厚根基与独特优势的基因重组、能级跃升与价值重塑。站在上合峰会这一全球瞩目的新起点，天津肩负着对内驱动创新、对外提供方案的双重历史使命。通过政策留痕、空间留痕和品牌留痕，将上合峰会带来的机遇沉淀为长期的制度优势和产业动能，不负国家和世界对这座城市的期待。

天津正在发力对内驱动，锻造新质生产力的核心引擎。天津创新策源能级在跃升，全力建设具有全球影响力的区域科技创新中心；强化国家合成生物技术创新中心、国家先进计算产业创新中心等重大平台的核心牵引作用，在合成生物学、先进计算、脑机接口、空天信息等前沿领域实现原创性突破；打造京津冀国家技术创新中心天津中心等高能级枢纽，促进创新要素高效集聚与融通。天津现代制造体系在跃迁，深化智能制造赋能，推动汽车、装备、石化、航空航天等优势产业全链条、集群化向全球价值链高端攀升；全力打造世界级绿色石化产业集群、全国领先的信创产业基地、具有国际竞争力的生物制造创新中心；加速培育壮大人工智能、生命科技、新材料、新能源及智能网联汽车等未来产业，形成多点支撑、梯次发展的现代化产业体系。天津推

动京津冀协同再突破，强化北方国际航运核心区功能，打造世界一流智慧港口、绿色港口；深化与北京科技创新和产业对接，共建京津冀世界级先进制造业集群；推动滨海新区及各功能区在协同发展中发挥更大战略支点作用，优化区域产业链布局，构筑高质量发展动力源。天津发展的绿色韧性在筑牢，将“双碳”目标深度融入产业转型与城市发展；大力发展循环经济，推进重点行业节能降碳改造；强化海岸带生态保护修复，建设更具气候适应性的韧性城市；打造“津城”“滨城”双城互动、产城融合、蓝绿交织的宜居宜业典范。

天津正在努力对外引领，提供可靠工业化的天津方案。天津经验模式系统值得复制。天津将航空、汽车产业集群等产业体系构建、开发区建设运营、传统产业转型升级、产教融合培养技能人才、工业遗产保护活化等领域的成功经验和系统方法论总结提炼，依托上合组织、中非合作论坛、“一带一路”等多边双边平台，将其转化为可分享、可操作的公共产品。天津发挥其在油气装备、工程机械、轨道交通、化工等领域的优势，深化与上合成员国及共建“一带一路”国家的产能与装备制造合作；通过支持天津企业建设高水平海外工业园区、研发中心和营销网络，推动技术标准协同与互认，务实推进产能合作。天津借助上合峰会效应，持续打造“天津文化活动周”“海河友谊奖”等品牌，加强教育、旅游、智库、青年、媒体等各领域人文交流；利用好国家海洋博物馆、工业遗址公园、非物质文化遗产（简称“非遗”）展示等载体，生动讲述天津的工业故事、开放故事、绿色故事和人文故事，增进理解互信，使“天津方案”更具亲和力与感召力。

六、面向星辰大海的天津工业宣言

海河之水，不舍昼夜，承载着天津这座城市的工业血脉，奔涌向更加壮阔的未来。

天津以峰会为契机的“再造”征程，正以前所未有的清晰图景和磅礴动力全速展开。这不仅仅是一座城市的复兴叙事，更是一种工业文明在新时代的价值重申与路径探索。

在充斥着不确定性的全球化变局中，在技术革命狂飙突进的时代浪潮里，天津以其百年积淀的体系力量、结构定力、制造根基与人文温度，向世界昭示着那些历久弥坚的核心价值：结构的力量是抵御风浪的基石，制造的定力是繁荣的源泉，体系的韧性是可持续发展的保障，而文化的包容则是联结不同文明的桥梁。

“再造”天津，是面向历史辉煌的致敬，更是面向星辰大海的进发。它立足于渤海之滨，其回响却注定超越地理的边界。这座城市，正以其钢铁的脊梁、百年的智慧、创新的锐气和开放的胸怀，坚定地履行其双重使命：对内，成为中国北方新质生产力的强劲引擎；对外，为渴望工业化振兴的世界提供一份蕴含东方智慧的可靠方案。

当各国嘉宾从峰会会场走向天津的智能工厂、创新平台、活化遗址与文化街区时，他们触摸到的，将不仅是这座城市过去的光荣与现在的成就，更是一种关于工业化未来的信念与希望——一种建立在扎实根基、稳健体系、持续创新与人文关怀之上的希望。天津，这座以工业为魂的城市，正以其独特的“结构归位”与“再造”实践，自信地步入世界舞台的中央，再次成为宏大叙事的主角，书写工业文明在21世纪的中国新篇。

这，便是天津向时代、向世界发出的最铿锵有力的工业宣言。

壹

第一篇

把工业

写在骨子里

天津是中国重要的老工业基地，工业发展的长期积累使天津形成了较为齐全的工业门类和完备合理的产业结构，并造就了天津雄厚的工业技术基础及其向国内其他地区技术输出的强大实力。工业发展有力地推动了天津的经济发展，天津生产的大量优质产品深刻地改变了人们的生活，也为国家的工业和经济发展做出了卓越贡献。

第一节
为什么是天津：中国民族工业从这儿发了声

天津发展工业有着诸多有利条件。首先是区位优势，天津拥有广阔的市场，为工业发展准备了市场条件；凭此优势，天津在明清时期就已发展成为中国北方的商业中心。其次，长期工业发展中，工业结构在调整中趋于完善，产生了天津工业发展的两大有利条件，一是工业门类较为齐全，工业结构较为完整；二是不同时期工业部门发展的侧重不同，虽然产生工业发展的偏颇，但也使得重点发展的部门技术得到增强，而不同时期增强的技术累积在一起，就形成了天津在众多部门雄厚的技术力量。再者，应对市场竞争压力，企业内生对技术进步的追求，使天津在某些领域具有技术优势。这些有利条件共同促就了天津成为重要工业城市的系统性生态。

一、区位和资源优势

天津地处华北平原北部，东临渤海，北依燕山，距北京120千米，是拱卫京畿的要地、首都的门户，对内腹地辽阔，辐射华北、东北、西北13个省、自治区、直辖市，对外面向东北亚。天津位于海河下游，地跨海河两岸，汇集数条河流入海，是海河水系的入海口、中国北方最大的沿海城市。内陆水域宽广，河渠纵横交错，形成天津与华北经济联系的运输网络。优越的地理位置，早在明清时期就促成了天津商业的兴盛。天津是漕粮运输的重要中转站和囤积地，又是商货的云集之地。北上的商货，除在京津被销纳一部分外，其余则销往京津周围地区，而这些地区的土特产，则汇集天津而南下。天津商贩云集，“粮艘商船，鱼贯而进，殆无虚日”。1860年，天津被正式开辟为通商口岸后，贸易范围不断扩大，腹地基本上涵盖了东北、华北和西北等地区，对外贸易规模不断扩大。自19世纪60年代至20世纪30年代，天津在全国对外贸易中的地位逐步上升，进出口贸易值增长了270余倍，对外贸易规模逐步超过广州、汉口，仅次于上海而成为全国第二大对外贸易港口城市。在对外贸易的拉动下，天津的商业发生了很大变化，规模不断扩大，行业越来越专业化和细化，商业组织、经营方式也发生了很大的改变。天津城市的辐射能力逐步增强，腹地范围一步步扩大，天津与腹地的联系也越来越紧密。20世纪20年代，天津成为中国北方最大的商业中心，并形成由北方内地集市、集镇组成的初级产地市场，由交通要道重要城镇组成的中级转运市场和由天津作为中心城市的消费或终点市场的多层级市场网络。

天津地区的自然资源算不上富庶，其中最为丰富的是海盐。天津有盐田402万亩，明代以后长芦盐场闻名中外，是中国最大海盐产区，产盐含氯化钠达96%～98%。清代天津成了长芦盐务的总汇之处，越来越多天津当地富商和各地商人投资盐业，盐商成为天津一大重要势力，对天津城市经济、社会生活乃至地方社会发展产生重大影响。近代以后，天津成为海洋化工的重要原料基地之一。天津的渔业资源也很丰富，拥有长达152.8千米的海岸线，近海渔区总面积210平方千米，沿海可利用的海滩约30万亩，低洼港地3万亩。海洋渔业资源中，主要品种有带鱼、鲅鱼、鲈鱼、对虾、海蟹、贝类等，支撑着早期天津的人口聚集和经济发展。天津的矿产资源并不丰富，金属矿和非金属矿储存量有限，没有长期开采的价值。近代以前受技术的限制，石油、天然气、煤等燃料矿产只有一些小规模的人工开采，20世纪60年代中期开发大港油田后，石油化学工业逐步发展起来，逐渐成为天津的一大重要产业。

然而，天津周边地区的矿产资源较为丰富。河北、山东、山西的煤炭、铁矿资源蕴藏丰富。近代以来，各种矿产资源的开采，成为天津工业发展的重要支撑。开平矿务局开办以后，开采的煤炭大量运往天津，总部也设在天津。

二、工业结构逐渐完善

天津机器工业兴起于19世纪60年代，自那时起，不同阶段的侧重有所不同，并根据市场和工业发展需要不断进行结构调整。工业发展的长期积累，形成了如今具有天津特点的工业结构：工业门类相对齐全，又在某些产业发展上颇为突出。

（一）轻纺、化工产业为主（旧中国时期）

晚清洋务运动时期，天津工业以军事工业最为突出。1866年，崇厚创办天津机器局，以生产制造弹药、枪支为主，开北方近代工业之先河。1867年5月，天津机器局正式开工，在天津城东18里贾家沽道设立火药局，以制造火药为主，即东局；不久，崇厚在天津城南海光寺兴建西局，内设铸造、装配、金工、木工厂，生产制造和装配枪炮、弹药和水雷。天津机器局是清廷创办和经营的北方最大的近代工业企业，经费完全由政府拨支，据统计，截至1894年，各种经费和拨款总计为白银780余万两，仅次于上海江南制造局军火制造部分的拨款。除官办军事工业外，新式民用企业于19世纪70年代末兴起。1877年，李鸿章批准了唐廷枢开采开平煤铁的计划，并委派其负责该项工作；翌年正式成立开平矿务局，原计划煤铁并采，兼炼钢铁，后因经费和技术问题，改为专办煤矿；1881年开平煤矿投产，产品除一部分供应天津机器局、北洋海军、轮船招商局外，大部分在市场上销售。1878年，朱其昂在天津成立贻来牟机器磨坊；1880年，法商永兴洋行在天津设立瑞兴蛋厂；1886年，杨宗濂、吴懋鼎等创办天津自来火公司。

天津机器局西局　1866年，天津机器局创办。1868年，天津机器局从上海江南制造局购进了由该厂仿制的车床、刨床等机器，安装在位于海光寺的西局内。

20世纪的前30年，是天津近代工业发展的黄金时期，初步形成了天津工业的主体结构和支柱产业。1900年八国联军占领天津，为数不多的工厂几乎全被摧毁。20世纪初，天津工业重新兴起。在最初的10余年，因清政府实行振兴实业政策，地方官府通过政治或经济手段发展地方实业，使北方兴办实业之风盛行。在直隶总督袁世凯的支持下，周学熙主持创办了直隶工艺总局、北洋劝业铁工厂，以及滦州矿务公司和启新洋灰公司等官办的北洋实业，为天津近代工业的发展奠定了重要基础。这一期间，天津设立的资本万元以上的华资工业企业28家，涉及面粉、烟草、火柴、榨油等行业和部分资源型企业。轻工业领域的工厂多为小型工厂，资本额超过10万元的工厂仅10余家；资源型企业资本额可达百万元，如1906年开办的启新洋灰公司资本额100万元，1907年的北洋滦州矿务公司资本额白银200万两。

第一次世界大战期间及之后一段时间，天津再次出现兴建工业的高潮。第一次世界大战使各国无暇东顾，给民族资本的发展带来契机。由于市场的扩大，交通运输条件的改善，投资近代工矿业能得到丰厚的回报，对投资者有着很大的吸引力。而大批军阀官僚的投资成为这一时期天津工业资本的重要来源。1915—1916年、1920—1924年形成两个设立新厂的高峰，几乎所有拥有巨额资本的企业均设立于这两个时段，天津逐渐形成以纺织、面粉和化工为主体的近代工业构架。棉纺织业不仅是天津纺织工业的主体，更是天津近代工业的支柱产业。1918年裕元纺织有限公司正式投产，揭开了中外资本在华北地区创办纱厂的序幕。自此至20世纪20年代中期，形成创办纱厂的高潮。1919年，天津华新资本集团的华新纱厂在天津、青岛建厂，1922年又分别在河北唐山和河南汲县（现河南省卫辉市）建厂。至20世纪20年代中期，天津共有6大华商纱厂，多利用华北各地棉花生产低中支棉纱，供应天津和腹地的织布业使用。

面粉业是创办最早、发展较快的行业，也是得到较大发展的行业。自1878年出现贻来牟机器磨房，到第一次世界大战前，面粉生产以磨房（坊）为主。1915—1925年，天津出现了创办面粉厂的高潮，10年内创办了10家新式机器面粉厂，先后创办的面粉厂有天津寿丰面粉有限公司、福星面粉有限公司、嘉瑞面粉公司、三津寿丰面粉厂、三津永年面粉厂等。面粉除了供应天津消费外，主要销往北京和河北省的一些城市，还曾经一度出口国外。

化工产业是另一主要产业，主要是利用海盐制造纯碱。天津盛产海盐，1914年范旭东在天津塘沽创办久大精盐公司，1917年，范旭东等人又创办永利制碱公司，采用当时处于世界先进水平的索尔维制碱技术生产纯碱。该公司在塘沽建立工厂，资本150万元，是中国第一家大型近代化工企业。永利制碱公司的设备大部分从美国购置，原料则为本地的原盐和石灰石，发展成为我国最大的纯碱生产企业，产品除供应国内市场外，还远销日本和东南亚。久大精盐和永利碱厂不仅在全国率先创立了大型的精盐和纯碱企业，而且带动了天津海洋化工业的起步和发展，为天津化工业的进一步发展奠定了基础。

除上述三大产业之外，机械制造业也较为突出。20世纪以前，天津的机械制造业除手工工场和作坊外，以天津机器局最有代表性。该局创办时购进了用于制造火药和炮弹、雷管铜帽的车床等机器，其机器设备和产品涵盖了机械制造业的机器制造、金属冶炼、铸造、热加工、船舶修造等。20世纪以后，天津大型企业不断涌现，进口了大批的机器设备，这些设备的维修保养、简单机器的仿造，以及发电能力的提升等，都促成机械制造企业的快速发展。一些铁工厂开始以电力、蒸汽锅炉为动力，转变为具有一定规模的工厂，很多新设的工厂也以电力为动力，改变了原来手工作坊和工场以手工劳作居多的局面。众多铁工厂以仿造西式机器为主，同时也开始自创一些产品，且呈现出专业化生产的发展趋势。20世纪以后，除在各国租界和河北新区有一些较大规模的机械机器厂外，大部分铁工厂和作坊多集中在北门外的河北大街、三条石大街到北营门一带，呈现出一定的专业化空间聚集。

1927—1937年，天津的工业发展相对缓慢，但在工业各部门的整合上有一些补充和调整，发展不平衡状况有所缓解。其中棉纺织、面粉经营陷入困境，而毛纺织业则有所发展。20世纪30年代初，天津兴建了两家有一定规模的毛纺织厂，引进外国的机器设备、工艺和澳大利亚羊毛，生产毛纱和毛呢。其中，仁立号原本是在北京经营手工艺品、古玩、地毯出口的商号，曾在北京成立公司并开设地毯厂。1931年，仁立实业股份有限公司在天津成立，在英租界购地建立了毛纺厂，注册资本30万元，从英国购买了20多台织机和整理机，所生产的机制毛纱除供自设的地毯厂外，主要供给天津的地毯工场和作坊，所生产的地毯以“仁立牌”出口。1932年以后，仁立毛纺厂开始生产毛呢，成为集粗纺、精纺、织呢、染整为一体的公司。1932年，宋棐卿创办东亚毛呢纺织公司，初始资本为23万元，1936年达到了100多万元，并购地40亩设立新厂，成为当时中国最大的毛纺织厂。该公司的产值占到全国华商毛纺织厂总产值的80%以上。该公司投产不久，就创出抵羊牌毛线，畅销全国。毛纺工业的发展依托于技术进步，即从毛纺到毛呢，从粗纺到精纺，并建立了染整车间；毛线生产使用进口羊毛，以追求品质的提升；在地毯生产上基本形成了以出口需求为主的产业链。

化学工业、机器制造和金属铸造业的比重有所提高，并出现了装配和生产电信器材的企业。化学工业由原来的第三位上升到第二位，机器和金属工业资本数量增加，如冶金业。20世纪30年代，天津的华资冶铁业有所发展，日资也开始涉足冶金业。1935年，第一家华资轧钢厂——天兴制钢所建立，设备有1台小型轧钢机、1台200马力电机，利用废铁轧制扁钢，年产量不过1000吨。此后，又有一些与冶金或铸造有关的金属制造厂出现，多由三条石一带的铸铁厂发展而来。在机器制造业中，由英商在租界内创办的东方机器厂以修理机器为主，也应顾客委托制造一些机器。由华商创办的企业仍集中在三条石附近，到1937年，这里从事铸铁和机器制造的工厂达到300家左右，成为有名的“铁厂街”。机器厂能够制造车床、刨床、铣床、钻床、印刷机、轧花机、针织机、纺织机、造纸机、柴油机、榨油机、锅炉、水泵、搅拌机等。这一时期的机械制造工业仍然处于起步阶段，多为小型工厂且设备简陋，但在华北地区则为起源地和中心。天津的机械制造业规模和产值仅次于上海，华北一些地方的机械制造厂的技术工人和设备均来自天津。同一时期，外资在机械制造业中占有一定优势，特别是20世纪30年代前后，外商开始在机电等配套行业投资设厂。英商的东方机器厂是当时天津机械化程度最高的工厂。1936年，日本人小岛和三郎在小孙庄附近设立昌和工厂，占地200余亩，是从事铸造和机器加工的大型工厂，采用较先进的加工工艺，生产自行车车架、前叉、曲柄、链轮、泥板等部件，再加上由日本进口的其他零部件，组装成“铁锚”牌自行车。总之，化工和机械等工业略有发展，工业各个部门出现调整与整合。这体现了近代工业体系的充实和配套，助推了天津工业各部门的均衡发展和整体水平的提升。

日本全面侵华战争期间，日伪政权推行“统制经济”，为满足战争对更多的武器和军用物资的需要，大力发展冶金业。日伪政权对天津的机械制造业采取扶植政策，鼓励日商投资，确定化工行业为统制性行业，对久大、永利两公司实行军事管理，但在日军占领前，两大公司已经撤离，化工生产趋于萎缩。而棉纺织、毛纺织、皮革、面粉、卷烟、火柴、造纸、轻纺和食品等，属于日伪非统治性行业。20世纪30年代以后，日本财阀和商人通过借贷、投资，特别是通过占领天津后的军管，兼并和收购了华商企业，并设立了一些新的工厂企业，形成了对一些行业的控制和垄断。但随着农业生产能力的丧失，交通不畅，各企业所需原料来源日趋紧张，生产经营和产品销售均受到管制，尤其是战争后期日本推行“总体战”，对各种物资进行强制性掠夺，这些行业几乎完全丧失了生产能力。

1945—1947年，天津工业短暂复苏，1947年以后又陷入萧条局面。据1949年天津市人民政府统计局调查，1947年是抗战胜利后天津工业产值最高的一年，总产值为50 397万元，比1936年的35 634万元增长了41.43%。其中，纺织、电力、钢铁冶炼、金属加工、机械、橡胶等工业的产值均比全面抗战爆发前的1936年有所增长，尤其是冶炼、机械等基础性产业的发展，使行业发展不均衡的状况略有改变。1947年，天津工业总产值中，生产资料产值仅占全市工业总产值（50 397万元）的10.97%，其中金属加工业占4.56%，机器制造业产值仅有484万元，占0.96%，纺织工业占64.74%，食品工业占13.39%。全市有工业企业4708个，其中重工业占23.1%，轻工业占76.9%；工业总产值为6.5亿元（按1980年不变价格计算），其中重工业占11.7%，轻工业占88.3%。在各工业部门中，纺织工业和食品工业仍居首位，机械工业和化学工业次之。与1936年相比，这样的产业结构略有改善，但仍然停留在较低的水平。

到中华人民共和国成立前夕，天津工业已有约90年的发展历史，在全国居重要地位。1947年国民政府经济部发表的沿海20个主要城市报告中，天津市工厂数占20个城市总数14 078家的9%，天津工人数占20个城市总数682 399人的8%，仅少于上海，均居全国第二位。1947年天津满足工厂法要求的工厂为1211家，其中造纸、印刷、化学、土石品制造、机械、电工器材、交通用具等工厂，均占全国总数的10%以上。但工业内部发展不平衡，轻纺、化工较为突出，重工业异常薄弱。天津虽然居全国工业城市第二位，但全市工业只拥有金属切削机床3000多台，技术与动力设备非常有限，很多机器设备，特别是主要的机器设备几乎全部由国外进口，技术资料也是外国的。

（二）由轻工业为主向重工业为主转变（改革开放前30年）

中华人民共和国成立后，鉴于旧中国时期工业发展的诸多缺陷，政府着眼于工业各部门的平衡发展，加强国防力量，推行重工业优先发展的战略，重工业发展得到加强，从而根本上改变了工业结构。

“一五”期间，天津工业面貌发生了很大的变化。首先，天津从以轻纺工业为主，开始向重工业倾斜，工业结构发生明显变化。1952年重工业产值占全部工业产值的15.8%，1957年上升到26.8%；1952年轻工业产值占全部工业产值的84.2%，1957年下降到73.2%。从工业部门看，1957年与1952年相比，各部门占全部工业产值之比，冶金工业由3%上升为7.9%，机械工业从9.6%上升到18.3%，化学工业由5.7%上升到10.2%；纺织工业同期由40.6%下降到27.5%，食品工业由25.9%下降到17.4%。到“一五”期末，纺织工业虽然仍居第一位，但比重大大下降；机械工业已从第三位上升到第二位；食品工业由第二位下降到第三位；化学工业和冶金工业的比重明显增大。

“一五”期间，天津的一些主要工业部门的发展迅速。机械工业“一五”期间已发展成为具有相当规模、能够制造一些成套设备和少量仪器仪表的工业部门，全行业由以修配为主发展为以制造为主。有些重要机械工业企业，如天津拖拉机厂（1956年1月建立）、天津市锅炉厂（1956年10月建立）、天津市锻压机床厂等，在“一五”期间已经由若干中小厂合并建立并开始扩建,较快地提高了机械制造能力。天津示范机器厂（1953年开始生产金属切削机床）、天津工程机械制造厂等已经投产，天津动力机厂开始扩建。“一五”期间，机械工业生产了全齿轮车床IA62、300吨液压机、空气压缩机、平台式起重机、高频电炉、电子示波器、超声波探伤器、脉冲检查器等新产品，电话机、交换机的产量在全国地方工业中居第一位。

“一五”期间，化学工业发展也得到快速发展。天津有很好的发展海洋化工的条件，具备制碱工业的基础，天津碱厂、天津化工厂、天津硫酸厂都进行了扩建。1957

年的纯碱、烧碱产量都比1952年增加了一倍多。"一五"末期，天津的纯碱产量占全国产量的1/3，烧碱占1/4。1957年的硫酸产量比1952年增加了6.4倍，这几年还生产了磷酸、盐酸等新产品。

"一五"期间，冶金工业试制并投入生产的新产品有80多种，包括新的钢材、耐火材料和铝带等。冶金工业1957年的产值比1952年增加了4.7倍。1957年钢产量是21.29万吨，比1952年增加了两倍；同期，钢材产量增加了3.4倍。当时投资有限，生产是靠老企业，天津钢厂从中华人民共和国成立后到1955年，国家投资仅相当于该厂固定资产总值的40％，但产值增长了12倍，6年上缴的利润能够建设相当于该厂规模的6个钢厂。新兴钢厂1950年开始炼钢，年产能力只有几百吨，1954年合营后到1956年，由国家投资300万元，已形成年产10万吨的炼钢能力。"一五"初期，天津地方的轧钢设备都十分简陋，只能轧制乙类钢材，拉力和扭力都达不到国家标准，品种只有9毫米的圆钢和小型扁钢，不适合拔丝、制钉的需要。1955—1957年改建了7个轧钢车间，增添和改进了轧钢设备、试验仪器，添了一部开坯机，初步平衡了开坯和轧钢工序的设备。轧钢机转速和生产效率都大大提高了，钢材逐步达到甲类标准，并为天津的拔丝、制钉业提供了原材料。

"一五"时期，轻纺工业中以农副业产品为原料的部分，生产受原料供应的限制，发展缓慢。1957年以农副产品为原料的轻纺工业产值比1952年增长58.1％，棉纱、棉布产量还下降了一点，但织布创出"大五幅""瑞雪兆丰年""金钟兰"等几种优质名牌产品。丝织品、呢绒、地毯、卷烟、机制纸等也都增加了产量。轻工业中以工业产品为主要原料的部分，同时期产值增长3.4倍，发展是比较快的。1949年天津的自行车年产6000多辆，而且质量低，1952年产量达2.46万辆，1957年更达到30.34万辆，比1952年增加11.3倍。当时，天津自行车的质量和产量在全国名列前茅，且已经向国外出口，开始改变我国多年来依靠从国外进口自行车的状况。“一五”时期天津也开始生产缝纫机，1953年由10多家修配小厂合并建立华北缝纫机厂，1954年开始生产“五一”牌家用缝纫机，1957年缝纫机产量为23979架，零件自制占34%。天津在1952年开始生产钟表，1957年钟的产量是1952年的15.1倍，发展迅速。手表是1957年试制成功的，仍是仿制品，一些主要零件也是进口的。

1958—1960年，高指标给天津工业带来一系列问题。工业特别是重工业部门发展过快，整个经济出现了严重不平衡情况，但在造成损失的同时，在某些方面也取得了进步。1960年与1957年比较，大部分重工业产品产量有成倍增长，以工业产品为主要原料的轻纺工业产品产量也有较大增加，以农副产品为主要原料的轻纺工业产品产量开始下降。工业基本建设规模扩大，生产能力提高。天津一些重要的工厂企业，例如重型机器厂、发电设备厂、第二炼钢厂、无缝钢管厂、中板厂、水泥厂、合成洗涤剂厂等，都在此期间新建和扩建。拖拉机厂、第一机床厂、锻压机床厂、天津化工厂、天津碱厂、第一发电厂、天津市手表厂、天津自行车厂等，在此期间继续扩建或改建。三年中新建、扩建、续建的工业企业有几百个，其中90个主要工厂开始形成新的生产能力。一些新的工业行业开始形成和发展，技术水平提高。农药、手表、塑料及制品、工程机械、机床、有色金属材料、电焊条等七个行业，1957年已初具规模，从1958年开始有大的发展。有机合成化工、电子工业、仪器仪表、玻璃纤维、合成洗涤剂、合成纤维、拖拉机、汽车、合成脂肪酸等行业，都是在1958—1960年发展起来的。这些新行业掌握了一些新技术、新工艺，添置了一些新设备，促进了工业技术水平的提高，填补了许多产品和技术的空白。电子行业到20世纪60年代生产出一批比较精密的电子设备和产品，如电子计算机；收音机零件除电子管外，基本都能在本市配套。1958年，我国第一台电视接收机在天津无线电厂试制成功。仪器、仪表工业在1960年开始生产海洋、航空、气象、矿山、光学等一些比较精密的仪器仪表。化学工业生产了许多新产品。海洋化工在中华人民共和国成立初期只能生产纯碱、烧碱、硫化碱、再制盐和漂白粉等13种产品，到1959年综合利用海水中的钠、钾、镁、溴四种元素，海洋化工产品增至52种。“一五”时期动工兴建的华北制药厂于1958年投产，开始生产四环素、土霉素、合霉素、维生素B_1、维生素B_2、异烟肼，这些药在以前还是依靠进口的。

20世纪60年代前期，经过几年经济调整，工业比例关系趋于合理。1958—1960年重工业的发展速度比轻工业快，后来开始下降，除1961年重工业下降幅度大于轻工业外，1962年重、轻工业下降的幅度接近，从1963年起，重工业的增长幅度又大于轻工业。1957年工业产值中重工业占26.8%，轻工业占73.2%，轻工业占绝对优势。1960年，重工业的比例上升到42.4%，轻工业的比例下降到57.6%。1965年重工业的比例降到37.9%，轻工业的比例升到62.1%，供应市场的轻工业产品增加，工业支援农业的生产资料和为轻工业提供的原材料也大幅增加，生产和需要之间的关系得到改善。

1966—1976年，重工业比轻工业的发展速度快一倍多，使天津工业结构发生了根本性变化。从“四五”时期开始，重工业在全部工业中的比重超过了轻工业，1975年重工业所占的比重上升到50.4%。以前各个阶段，虽然在多数年份中重工业发展速度高于轻工业，但在工业总产值中轻纺工业仍大于重工业。“四五”时期发生的变化，是多年来优先发展重工业和忽视轻纺工业的结果。

10年中，最大的工业基本建设投资项目是大港油田，油田建设投资占10年内全部工业投资的40%以上。如果加上第一石油化工厂、石油化工总厂的建设投资，这三项就占全市工业投资的45%以上。虽然这些投资在当时还没有全部发挥效益，但由于采油量迅速增加，其对提高天津工业生产水平起到了重要作用。1965年的天津石油工业只占全市工业产值的0.1%，采油还是空白，只有少量的石油加工。1975年，石油工业的产值已占全市工业产值的3.5%（其中石油开采占全市工业产值的2.5%）。比重虽然不大，但从产值来看，已相当于1965年全市工业总产值的8.6%，这对10年间全市工业总产值增长1.43倍是有显著意义的。

10年中，另一个大的工业投资项目是涉县铁厂，这个项目的投资占全市工业投资的10.83%。涉县铁厂从1969年开始筹建，1972年5月第一座焦炉、第一座高炉建成投产，1975年7月第二座焦炉、第二座高炉建成投产，这是冶金工业产值增长的一个因素。这10年中，冶金工业的建设还有初轧厂、第二炼钢厂等新建、改造工程。

10年中，还有一个投资重点是机械工业，这个时期续建、扩建了重型机器厂、拖拉机厂、新港船厂、新河船厂以及一批机床厂。有些建设项目在这个时期尚未竣工，但总体来说，提高了天津机械工业的生产能力。1975年同1965年相比，天津机械工业产值增长2.3倍，远高于全市工业产值增长的平均水平。机械电子工业产值在全市工业总产值中的比重，由22.6%提高到30.8%，使机械电子工业成为全市工业中最主要的工业部门。1975年机械电子工业产值达45.12亿元，比1965年的13.63亿元增加31.49亿元，其增加部分超过1975年化学工业的全部产值。1975年，机械电子工业产值相当于当年纺织工业产值的2倍多。

10年间，冶金工业的发展速度略高于全市工业的平均速度，1975年冶金工业产值比1965年增加1.62倍。钢的生产经过20世纪60年代前半期的调整，1965年和1966年的增长幅度比较大，1966年产量超过历史最高水平，达到45.72万吨。1967年和1968年又降下来了，到1970年增加到48.6万吨。整个“四五”时期，钢的生产增加较快，这与当时重提“以钢为纲”和计划的高指标有关，1975年钢产量为96.69万吨，五年翻了一番。这10年在钢材生产上，考虑到本市机械工业和轻工业生产的需要，“四五”时期新上了几个项目，包括750毫米轧机的初轧厂薄板车间、无缝钢管厂的100毫米直径穿孔机等，但这些工程“四五”期间或者未能完工，或者还没有充分发挥生产能力。又因为1967—1969年钢材产量下降幅度大，直到1970年还没有恢复到1966年的水平，影响了这10年钢材生产的发展。1975年同1965年相比，当时供应不足的板、管、带材料的生产量增加1.17倍，增长幅度小于钢的产量。全部钢材产量由1965年的60.55万吨，增加到1975年的115.47万吨，增加不到一倍。

1975年同1965年相比，化学工业产值增长1.55倍，略高于全市工业的平均增长速度。化学工业占全市工业的比重由17%上升为17.9%，仅低于机械工业，居第二位。在化学工业内部，增长最快的是有机合成化学原料工业，10年间增长了十几倍，但绝对量和在全市工业中的比重仍然很小。1975年，有机化学原料工业只占全市工业的0.8%。天津化学工业的最主要部分仍然是海洋化工和化学加工工业。

10年间，轻纺工业发展缓慢，明显落后于重工业各部门的发展速度。“三五”时期重工业的年平均增长速度是14.8%，轻纺工业仅为7.7%。“四五”时期重工业的年平均发展速度为10.2%，轻纺工业仅为6.1%。1965年，由于经过20世纪60年代前半期的调整，轻纺工业有所恢复和发展，占全市工业的比重由1960年的53.7%提高到58.6%（1962年由于重工业下降较多，轻工业的比重曾达63.9%），1975年占全市工业的比重已降为49.6%，不到全部工业产值的一半。1975年同1965年相比，纺织工业产值只增长了60.6%。其间，“三五”时期增长42.4%，平均每年增长7.3%。“四五”时期仅增长12.8%，平均每年增长2.4%。整个纺织工业的发展速度显著低于机械、冶金等重工业部门。纺织工业占全市工业的比重由1965年的22.2%降为1975年的14.7%，低于机械工业和化学工业，成为天津第三位的工业部门。

与整个轻纺工业缓慢发展相对照，一些轻工产品发展较快。天津的自行车产量1975年比1965年增长2.57倍，生产飞鸽牌自行车的天津自行车厂，从1969年起逐年进行技术革新和技术改造，经过四年多的努力，自行车的产量由1969年的60万辆增加到1974年的100万辆。天津手表厂陆续引进了加工手表零件的专用机床、加工工具的专用设备430台（套），提高了手表零件的自制能力，提高了配套水平。1969年国庆节前，一种新的“东风牌”手表投入市场。1965年手表产量13.3万只，1975年产量超过100万只。1975年钟的产量为1965年的3.76倍，数量仍然高于手表。天津的缝纫机生产，经过20世纪60年代前半期的调整，从1973年开始增加投资，上了一些基建项目。1974年又将主机厂的零部件生产实行扩散，推行专业化协作。1975年缝纫机产量达23.72万台，比1965年增长3.1倍。1972年，天津缝纫机产量在全国20个生产缝纫机的省市中，仅次于上海、广东，名列第三，占全国总产量的6.6%，已成为我国缝纫机的一个生产基地。天津缝纫机厂的产品质量在全国22个缝纫机重点企业中居第七位。

总之，改革开放前30年，自1953年以来执行优先发展重工业的方针，逐步改变了轻纺工业在天津工业中占主要地位的状况。到20世纪70年代末，天津已建成门类基本齐全的综合性工业体系，工业部门以机械、电子、纺织、化工、冶金、食品、石油等为主。轻重工业之比，从1952年的83∶17，到1978年变为51.6∶48.4。中华人民共和国成立后发展的新兴工业产品，如汽车、拖拉机、金属切削机床、电视机、石油、化纤、化学农药等，产量都大幅度增长，机械工业已经发展到可以为纺织、轻工、农业、冶金、矿山、发电、化工、石油、交通、建筑工程等部门提供成套设备，形成制造能力较强的机械工业体系。天津的日用机械产品，如自行车、手表、缝纫机，发展更为迅速。电子工业是中华人民共和国成立后发展起来的，到20世纪70年代末已生产出许多较先进的产品。天津电子计算机研究所与有关工厂协作，成为国家微、小型电子计算机的科研基地和定点生产厂，提供了多种型号的微型电子计算机，在推广先进技术方面做出了贡献。纺织工业曾经长期在天津工业中占很大比重，由于发展速度低于其他部门，到20世纪70年代中期，降到机械工业、化学工业之后的第三位。而轻纺工业为满足市场需求，做出了重要贡献，也为后来的发展奠定了基础。因为当时我国人民还处在为实现温饱而奋斗的阶段，轻纺工业产品供应不足。化学工业居全市工业的第三位，天津“三大化”，即天津碱厂、天津化工厂、大沽化工厂，经过改造，为增产化工产品做出了贡献。20世纪60年代中期开发大港油田后，石油化学工业逐步发展起来。石油化工发展与海洋化工不同，原来没有基础，主要生产厂都是新建的。自1970年起，先后建成第一、第二、第三石油化工厂，1976年建成加工原油250万吨的大型天津炼油厂。冶金工业居天津工业的第四位，中华人民共和国成立以来对老企业进行了比较大的扩建和改造，并新建了部分单项工程和企业，形成从铁、钢、钢材到金属制品的较完整的工业部门。石油工业在天津是新的工业体系，发展是从开发大港油田开始的，大港油田是继大庆、胜利油田之后依靠自己的力量建设起来的，自1964年勘探开发以来，成为我国东部初具规模的石油基地之一。

（三）重化工业继续发展，奠定天津工业的基本结构（改革开放以来）

20世纪70年代末80年代初，我国又一次对国民经济进行调整，加快了轻工业的发展。20世纪80年代天津轻工业发展速度不仅超过了以往26年，而且超过同期的重工业。1953—1978年，轻工业产值平均年增6.0%，重工业年增11.4%；1979—1988年，轻工业产值平均年增9.9%，重工业年增7.7%。1981年轻工业占全市工业产值比重达59.2%，重工业下降到40.8%，1982年以后轻工业比重又逐年下降，1988年为51.3%。

20世纪80年代，轻、重工业内部的行业结构也有所改善。轻工业中，以农副业产品为原料的轻工业比重相对下降，由1978年的61.0%降到1988年的47.3%；以工业品为原料的轻工业发展迅速，其比重由39.0%上升到52.7%。生活用电子工业年均递增46.3%，生活用机械工业为14.1%，日用化学工业为9.8%，日用金属制品工业为13.6%。1983年起，天津引进技术和开办“三资”企业项目迅速增加，工业基建和技改投资结构也有较大变化，提高了新兴产业和基础原材料、能源工业的投资比重。经过调整，长期处于落后状态的能源和一些原材料工业加快了发展速度，1979—1988年电力工业平均年增长7.3%。电力工业和原材料工业的发展，为整个工业的协调发展提供了物质基础。

机械电子行业（大类）在20世纪70年代已跃居第一位，20世纪80年代又有较大发展，1988年已占全市工业的37.27%。这个阶段机械电子工业进行了产品结构、技术结构、组织结构的调整，出现了质的飞跃。1981—1988年，建成投产的机械电子工业项目有重点大中型基建项目第一机床厂、显像管厂、第三半导体器件厂、津京联合玻壳厂、第四半导体器件厂。千万元以上更新改造项目有变压器厂、天津客车厂、微电机厂、动力机厂、电缆厂、天津电机厂、漆包线厂、绝缘材料厂、天津机械厂、无线电元件五厂、复印设备公司、渤海无线电厂、华光电子器件厂、元件十厂、半导体器件厂、天力有限公司、津华无线电厂、中环自动化仪表公司、电视机厂、电子计算机厂等，此外还有一批小型项目投产。

汽车工业在20世纪80年代形成了独立的生产体系，引进了“大发”850系列微型汽车和“夏利”轿车技术（生产线）。1978年天津生产了低档次的“小四轮”和吉普车等共计2654辆，1988年生产了“天津大发”“夏利”轿车、“三峰”旅行车、“雁牌”双排座卡车共45 262辆。汽车工业成为天津市的带头产业，天津成为全国八大汽车生产基地之一，也是全国“三小”轿车定点基地之一。

新兴的电子仪表制造和信息服务产业在20世纪80年代初步形成，到1988年底，仅电子仪表工业局系统即有117个技术引进、技术改造项目投产，形成80多条生产线和装配线。电视机、录音机、照相机、复印机、电子计算机、电子仪器、自动化仪表等产品都已具备批量生产能力，电子仪表工业的主要生产技术达到20世纪70年代末、80年代初的国际水平，电子仪表工业成为天津的新兴先导工业。

1980—1988年，纺织行业建成投产的1000万元以上更新改造项目有26个，还建成了一批中小型项目，引进了一批新的技术和设备，增加了许多新产品和新花色，纺织行业面貌变化很大。但在生产能力提高之后，20世纪80年代中期开始，纺织业的原材料供应不足，原料价格上调，部分设备闲置。大部分老企业并没有得到改造，设备和技术落后，产品缺乏竞争力，制约了生产的发展。食品工业曾仅次于纺织工业，20世纪六七十年代发展缓慢，进入80年代有较大改观。工业基建投资大幅增加，企业更新改造投资甚至超过基本建设投资。建成投产一批大中小型项目，部分老食品企业也进行了改造。这些项目的技术比较先进，使食品工业跃升到新的水平。

机械电子、纺织工业之后，化学工业居第三位。化学工业是20世纪80年代重点发展的基础产业，1981—1988年全民所有制工业基建投资中，化学工业占12.07%，更新改造投资中占11.52%，共投入21.28亿元资金，新建和改造了一批化工企业。这个阶段投产的重点大中型基本建设化工（包括石油化工）项目有天津碱厂、天津化工厂、大沽化工厂、染化八厂、天津炭黑厂、天津农药厂、中河化工厂、天津炼油厂、石油化纤厂等。同期建成投产的千万元以上更新改造项目有天津碱厂、天津轮胎厂、天津化工厂、染化九厂、大沽化工厂、卫津化工厂、石油化纤厂、石油化工厂等，一些老的海洋化工企业进行了技术改造，提高了化学工业的生产能力。

天津石油化工从20世纪60年代起步，经过20世纪七八十年代的建设，不断发展。

1989年炼油能力达440万吨，高分子聚合物年生产能力为12.44万吨（其中聚酯9.04万吨、聚丙烯1.4万吨、聚醚多元醇2万吨），合成纤维年生产能力为8.1万吨。虽然石化工业有较大发展，但从天津工业的全局看，有机化工原料生产还相当薄弱，天津的化工资源潜力有待进一步开发和利用。

冶金工业在20世纪80年代也有新的发展，但由于行业内部不平衡，缺铁、少钢，材料品种和质量仍不能满足需求，这也是天津基础原材料工业薄弱的一个方面。1981—1988年建成投产的重点大中型项目有轧钢三厂、天津铁厂。投资千万元以上的更新改造项目有铝合金厂、天钢二炼、第五金属制品厂、第一炼钢厂、无缝钢管厂、有色金属压延厂、天津中板厂、冶金实验厂、轧钢三厂、轧钢二厂。这些新建、改建项目不仅增加了产量，而且增加了金属材料品种，提高了产品质量。

石油工业是投入最多的部门，1981—1988年石油工业占全民所有制工业基建投资的34.66％，占更新改造投资的14.84％，共投入43.39亿元。石油工业在全市独立核算工业总产值中的比重不大，1978年是4.85％，1988年是3.91％，这与原油价格偏低有关。

综观20世纪80年代天津主要工业行业的发展，天津工业结构得到进一步改善。石油、化工、冶金、电力等原材料、能源工业的薄弱环节得到发展，对全市工业结构合理化起到了积极作用。机械、电子、信息产业的发展，使天津工业在新技术领域上了一个台阶。食品工业在技术水平和产品质量上的进步，为改善人民生活质量提供了物质基础，还增加了出口。纺织工业也引进了一些新设备、新技术，加产了一大批新产品、新花色，行业内部结构也有调整。

20世纪90年代以来，天津市工业不断深化国有企业改革，推进结构调整，加快企业技术进步。特别是1994年以来成功实施了嫁接改造调整的重大战略，对传统产业进行了大力度的改造，高新技术产业得到迅速发展，全市工业内部产业结构、产品结构、组织结构发生了显著的变化，工业整体素质和竞争力显著提升。

1991—1995年，天津工业累计投资580亿元，能源和原材料等基础工业是投资重点，五年间共投资约440亿元，占全市工业投资比重的75.9%。以汽车和通信产品制造为主的机械电子工业投资建设步伐加快，五年间机械工业投资达70亿元，比“七五”时期增长4.4倍；电子工业投资达18亿元，比“七五”时期增长1.6倍。1996—2000年，天津共完成工业投资1078亿元，投资继续向能源、基础设施产业倾斜。五年中，对石油、天然气、煤气和电力生产的投资累计达498亿元，占全市工业投资比重的46.2%，是“八五”时期全市能源投资的2.3倍。支柱产业和高新技术产业继续成为投资的重点，五年间围绕化工、冶金、电子和汽车机械等支柱产业，为进一步扩大生产规模，提高产品质量和技术水平，安排了近200个重点技术改造和基建项目。

通过投资变动引致大规模的结构调整，20世纪90年代以来天津工业结构发生了深刻变化。机械、纺织、食品等技术含量低、劳动密集型传统支柱产业地位大幅度下降；技术含量高的电子产业，以及能源、冶金、交通运输、石油等产业的地位大幅度上升。21世纪以来，高科技、能源、交通运输、原材料等产业成为推动天津工业增长的主导产业。

三、工业技术水平不断提高

技术进步是工业发展的灵魂，而工业发展又能推动技术进步。天津作为老工业基地，在长期的工业发展中，逐渐推进技术改进和技术进步，从而在众多的工业部门积累了较为先进的技术，从整体上形成技术优势。这种技术优势通过多种方式积累而来。

一是在产业发展早期的技术积累。20世纪二三十年代，天津机械制造工业处于起步阶段，多为小型工厂且设备简陋，但也成为华北地区机械制造技术的起源地和中心，华北一些地方的机械制造厂的技术工人和设备均来自天津。

二是在生产中追求技术进步。20世纪30年代初成立的东亚毛纺公司，在投产不久就创出抵羊牌毛线，畅销全国。公司在生产中从毛纺到毛呢，从粗纺到精纺，并建立了染整车间；毛线生产开始使用进口羊毛，以追求品质的提升。

三是长期持续追求创新。最典型的实例是永利制碱公司。公司经过长期艰难的研发，于1926年生产出品质优良的纯碱，填补了中国化学工业的空白，打破了卜内门公司的技术封锁和产品垄断。中华人民共和国成立后，天津通过试制新产品推动技术进步，“一五”期间仅地方工业就试制了2600多种新产品，其中有些在国内是首次试制成功并投入生产的，如手表、高强度绝缘电线等。

四是培育工业的科研技术力量。1949年天津全民所有制工业企业职工中，仅有工程技术人员2400名，占职工总数的2.2％。1983年底，工程技术人员增加到38 800名，占职工总数的4.2％，此后更有大量增加。中华人民共和国成立时，天津几乎没有科研机构，此后研究机构不断增加，更有高等院校和其他方面的科研力量为依托。工程技术人员的素质也有很大提高，越来越多的人员承担了具有国内、国际先进水平的科研攻关项目。近些年，越来越多的科技人员从事微电子技术、新能源、新材料、大数据、人工智能等新兴技术的研究。科研技术力量的培育、技术进步还与加强企业技术管理有直接关系。早在“一五”时期就建立了产品的质量标准、操作规程、检验制度，工厂企业建立了以总工程师为首的技术责任制，规模较大的工厂设立了总工程师室、中心试验室、设计科、工艺科、技术监督科，还发动工人群众监督产品质量，注意加强技术教育，提高工人技术水平。随着时间的推移，企业技术管理更加完善。

天津作为老工业基地，以逐渐积累的技术优势，向周边地区进行技术扩散，主要有两种方式。一是技术人员和技术工人的输出。从1949年到1957年上半年，仅据天津棉纺、冶金等37个国有工厂的统计，就为国家建设输送了两万多名技术人员和技术工人，并为兄弟省、自治区培养了大批技术人才。天津的棉纺织厂也为陕西、河南、河北的新建纺织厂输送了成批的干部和工人。二是以人力、物力、技术直接支援内地建设。从1964年以来，向13个省、自治区搬迁工业企业93个、技术支援项目44个，调出技术人员和工人4万多名、设备1万多台，还完成了国家分配的对外援助任务。天津机械工业开始改变以往主要为本市服务的情况，逐渐以较多的机械产品供应各地，有些产品还直接支援了国家的重点建设单位。例如，天津汽车制配厂为第一汽车制造厂生产了大量的专用工具，各机器厂为第一汽车制造厂生产了车床、电动吊车、皮带运输机。天津纺织机械厂（当时全国最大的纺织机械厂之一）生产的粗纱机、细纱机、并条机，供应了河北、河南、陕西、江西等地新建纺织厂。鞍钢、武钢、包钢、武汉长江大桥、黄河三门峡水库等建设工地，也有天津工业提供的各种机械在运转。

当然，天津工业的技术水平也有自己的短板，最突出的是产品质量不高，这在各个时期都一直存在。天津轻纺工业产品的大部分供应华北、东北、西北各省区，“一五”时期，就已经出现部分轻纺产品与兄弟省、自治区的产品争市场时不占优势的情况，导致市场缩小。20世纪60年代，随着工业发展，技术有所进步，但1965年底，仍有30％以上的主要产品质量落后于国内先进水平，特别是机械工业的多数主机，轻工业的自行车、手表、缝纫机，冶金工业的钢和钢材等重要产品，多数仍处在中游状态。1965年成批生产的340多种机械产品，从性能结构看，有76%还是国际上20世纪三四十年代的产品水平，达到20世纪50年代水平的产品只占20%，达到20世纪60年代水平的只有极少数。新产品中，自行设计和改进设计的还不到一半。到20世纪80年代，天津工业在技术上的薄弱环节仍很突出：在发展轻纺工业时，注重规模扩展和量的增长，一些新建和扩建的轻纺企业技术水平不高，大量老企业的设备技术仍然没有更新；10年间存量调整向轻纺工业倾斜；增量调整中，除主要由中央投资的石油、电力工业外，其他基建、技改资金相对分散，没有集中资金形成新的优势产业，工业缺乏发展后劲。

第二节
天津有化工，中国才有化工

中国近代化学工业产生于20世纪20年代的天津，天津在化工领域具有开创性。范旭东、侯德榜都是中国近代化学工业的奠基人，他们创办的永利公司，不仅技术领先，更建立了完整的化工生产逻辑。中国的化学工业，天津不是跟随者，而是开路人。

一、纯碱需求的扩大与卜内门公司对纯碱市场的垄断

纯碱在工业生产上的重要性与硫酸并驾齐驱，它是玻璃、造纸、肥皂、纺织、冶金、染料和有机合成等众多工业的基本原料之一。20世纪初期，人们常以酸碱产量作为衡量世界各国工业规模的指标。

中国天然碱资源丰富，悠远的历史中留下了古人用碱和制碱的足迹。夏商之际，中国开始了使用天然碱的历史。到了明代，时人已开始尝试淋取草木灰以作洗涤之用，并将此种液体命名为“碱汁”。近代洋碱输入中国以前，百姓食用所需、洗涤所用之碱以天然碱为主。天然碱按产地大致可分为“口碱”和“泰康碱”两种，其中泰康碱仅在河南邻近各省销售，口碱则产量巨大，内蒙古碱湖等所产的天然碱经粗略加工后，

用骆驼运到张家口、古北口等集散地，批发销售至内地市场。中国西北等地所产天然碱“品质复杂”，兼以“交通阻碍”，天然地带有低质量、高成本的劣势。

19世纪后期，洋碱开始输入中国市场。20世纪初以后，我国洋碱进口主要被英国卜内门、美国杜邦和德国法本三家公司所控制，其中英国卜内门公司属于难以逾越的领跑者。卜内门早在19世纪下半叶就开始探索新法制碱，其技术优势异常明显；再者，卜内门碱厂设于世界著名盐城——英国北维克的温宁顿，工厂建于盐层深厚的盐矿之上，其生产条件之优和成本之低世所罕见，世界众碱厂无有可与之相比者。

20世纪初，我国玻璃、造纸、肥皂、染料、纺织等行业均有一定的发展，这些行业均需高纯度碱品作为基本的原料投入，而天然碱无法满足近代工业所需。洋碱输入中国后逐渐打开销路，天然碱在洋碱面前几乎溃不成军。中国通商大埠的碱业市场已然成了卜内门的天下，历史悠久的天然碱陷入了走投无路的危境。

第一次世界大战发生后，洋碱输入顿减，其在中国碱市所占的比例也从100％下降到6.65％，纯碱价格则超过战前七八倍。更有甚者，控制着当时国内碱业市场的英国卜内门洋碱公司借机囤积居奇，存货惜售，市场供应短缺致使纯碱价格暴涨。造纸、玻璃、肥皂、印染、冶金和药品等行业被严重的原料短缺所灼伤，不得已被迫减产，甚至停产。碱荒产生的丰厚利润吸引着众多实业家投身制碱事业，他们试图从多种途径探索制碱新技术，包括天然碱改制、食盐电解、芒硝制碱、路布兰法制碱以及索尔维法制碱等。多法并存一时呈欣欣向荣之势，但各种制碱技术的发展并未达到预期效果。一战后外国纯碱像潮水般涌入，本土碱业面临前所未有的成长压力。碱业倒闭成潮，天然碱业重新步入萧条，采用其他方法的众多碱厂也先后停业。盛极一时的中国碱业在战后迅速盛极而衰，颇显萧条之象。

本土碱业暴露的市场弱势及技术实力的薄弱，意味着中国制碱工业要想走得更远，必须发展一种可以直面跨国巨头的先进技术。随着各种制碱技术的连续失利，拯救碱业的希望最终落在索尔维法制碱技术的突破上。

二、范旭东与永利制碱公司的创立

范旭东，1883年生于长沙，祖籍湖南湘阴，原名源让，字明俊。他毕生投身民族工业建设，被誉为“中国民族化学工业之父”。1908年，范旭东考入京都帝国大学化学工业系，在校期间改名为锐，字旭东，以示志向。他1910年毕业归国，曾短暂任职财政部，试图推进币制改革，但官场弊病使他转而投身实业。他先后创办了中国第一家精盐厂、第一家制碱厂和第一家硫酸铵厂，为民族化工打下坚实基础。

赴欧洲考察时，他发现欧洲国家普遍规定食盐氯化钠的含量须高于95%，喂畜盐氯化钠含量也不低于85%。而当时中国百姓食盐氯化钠含量却不足50%，被国外耻笑为“食土民族”。范旭东1914年筹资5万银圆成立“久大精盐公司”，并设计“海王星”商标，象征振兴实业的抱负。尽管遭遇旧盐商抵制，但凭借优质低价产品和梁启超等人的支持，公司迅速发展，10年后股本增至250万银圆，年产3万吨，成为国内盐业巨头。

在精盐业取得成功后，范旭东将目光投向制碱产业。1918年，他与景本白、陈调甫等人在天津筹建永利制碱公司，资本额定为40万元，并在塘沽购地建厂。他曾坦言：“为了（制碱）这件大事，虽粉身碎骨，我亦要硬干出来。”永利创办时正值一战结束，洋碱大量输入导致碱价下跌，小型碱厂纷纷破产，形势严峻。1920年，永利公司正式注册，获30年工业用盐免税特许，并获准在厂区百里内禁设同业。公司“红三角”商标象征索尔维法制碱工艺中的气体、液体、固体三相反应。经过8年的建设与技术攻关，1926年6月，永利碱厂成功生产出优质纯碱，打破了外国长期垄断。

进入20世纪30年代，久大盐厂与永利碱厂已趋于稳定。范旭东提出："我国有了纯碱、烧碱，还只能说有了一只脚；要等有了硫酸、硝酸，才算有了两只脚，我国化学工业才可以阔步前进了。"1934年，永利硫酸铵厂在南京开工，侯德榜任总工程师。1937年，硫酸和硝酸相继投产，产能可与国际大厂相媲美。范旭东欣慰地说，酸和碱已长成，可听凭中国化工翱翔了。

除实业外，范旭东极重视科研，1922年创办"黄海化学工业研究社"，这是中国首个企业科研机构，专攻无机与有机化学，协助工厂解决技术难题，并积极跟进国际前沿研究。该机构成果丰硕，提出了《创立氮肥工业意见书》等重要建议，对行业发展影响深远。中华人民共和国成立后，黄海社并入中国科学院，继续为国家化工事业贡献力量。

范旭东于1945年病逝。毛泽东亲自吊唁并题词"工业先导，功在中华"。20世纪50年代，毛泽东谈到中国工业时指出，讲重工业不能忘记张之洞，讲轻工业不能忘记张謇，讲化学工业不能忘记范旭东，讲交通运输不能忘记卢作孚。

三、永利制碱公司与中国制碱业的突破

19世纪后期，有两种较为先进的制碱方法：一是路布兰法，以食盐和硫酸作为原料；一种是索尔维法，以食盐和石灰石为原料。1861年，比利时人索尔维获得第一项氨碱法制碱机器发明专利；1863年，索尔维决定利用自己的发明建立新式碱厂，这个以盐和石灰石为原料的新法制碱厂于1873年顺利投产，年产碱量超过4500吨。该碱厂的顺利投产标志着以氨碱法制造纯碱经过了产业化的考验。后人以索尔维命名此新法，以作永久纪念。索尔维法实现了连续生产，工厂产量大，具备明显的成本优势；

利用该法制造的碱品纯度高，能有效满足多种工业较高的品质要求，很受用户欢迎，路布兰法相形见绌。

但索尔维兄弟并没有独自采用这种方法生产碱品，他们向各国企业提供专利及生产技术诀窍，用有限的资金取得了大量分散的股权，在世界范围内通过技术授权交换股份的方式成功建立了一个松散的垄断性技术联盟——国际索尔维公会，索尔维法制碱技术只允许在该公会范围内交流和扩散，对外严格保密。

索尔维以专利权作为合作的筹码，同样期望以技术授权的方式在中国成立合资公司。但所提出的条件异常苛刻，不可持续的前景令中方难以接受，合作之议无果而终。由国人自辟新道，独竟其功成为不得已的选择，索尔维所列的不合理条件促使中国的创业者走上了创造之路，索尔维制碱法成为他们模仿的目标。

一战爆发之初，范旭东、陈调甫（1916年毕业于苏州东吴大学化学系）等不约而同有了制碱的意图。1916年11月中旬，经张謇和潘子欣介绍，陈调甫等人到天津调查长芦盐场，并拜会范旭东。范旭东带领陈调甫等参观了久大精盐工厂，他们都认为塘沽十分适合创办碱厂，“南北同志都愿把久大当作中心办永利，中国碱业这粒种子，就在塘沽种下了”。范旭东希望陈调甫担负起解决制碱技术的重任，并表示：“为了这件大事，虽粉身碎骨，我亦要硬干出来。”

索尔维制碱法在实验室取得成功并不难。1916年，陈调甫曾在东吴大学实验室里试验索尔维制碱法，成功制得少量纯碱。1918年，他们在天津日租界范旭东家的庭院里重新做了一次试验。这次试验的装置包括吸氨塔、碳化塔，以及一座3米多高的石灰窑（供给二氧化碳），这些设备由天津三条石万有铁厂制造。这次试验成功制造出9千克的纯碱，这坚定了发起人投资碱厂的信心。

但小规模的试验与大规模制碱工艺属于完全不同的技术层次，甚至与中试要求也相差甚远。后来永利公司为建成规模化生产条件，花费了8年时间，其间过程异常曲折，就证实了这一点。要建立规模化工厂，技术的制约是巨大的，英国、美国、法国、德国等国家的化工专家在已知索尔维法实验室原理的情况下仍旧无法揭开该新法制碱的奥秘，中国的邻国日本曾试制多年而未能成功。永利公司为打破国际索尔维公会的技术垄断，经历了工厂设计、购买设备和建设厂房多个异常艰难的阶段。

1918—1920年为厂房设计和购买设备阶段。1918年冬，陈调甫启程赴美伊利诺伊大学进修，顺便为永利购买碱厂设计方案和制碱先进设备。碱厂设计上，永利先后委托法国人杜瓦尔和美国工程师孟德。1919年3月，杜瓦尔开始了设计。为了加快设计进程，陈调甫决定利用暑假时间请来侯德榜、徐允钟、刘树杞、吴承洛、李得庸等留美学生，在杜瓦尔指导下共同参与碱厂的设计工作，获益不少。让留学生实习本身也是甄选人才的过程，此后侯德榜等加入了永利公司，成为公司的技术骨干。1920年2月，杜瓦尔的设计工作告竣，雏形小厂远超过实验室的规模，其每日生产量约达数百千克，小厂试验所得结果当可应用于大厂计划。此后不久，陈调甫又委托曾在碱厂供职20多年的老工程师孟德对杜瓦尔的设计方案进行校对，以求设计更为安全。碱厂最终采用的是孟德的“仿制”方案，碱厂设计方案终于成形。碱厂设计方案是在国际索尔维公会控制之外，由国外技术专家完成的。

在购买设备上，由于资金短缺，永利只能从美国购买一些旧的制碱设备。二手设备带来的可靠性问题对于初入制碱之门的永利来说是个不小的挑战。因资金短缺问题而牺牲设备的先进性，永利注定要面对巨大的挑战和困难。从美国购买的旧干燥锅安装完成后，连试连不好，都被视为一种绝症。这些干燥锅本身设计不好，有可能白费钱。而制碱生产线要求各部分机械全部运转正常才能形成生产力，有一小部分发生障碍，全厂须停工以待，此与普通工厂性质完全不同。1925年，永利生产线因二手设备的质量问题导致全线停工。

制碱工业技术艰深，碱厂一切机件厂屋设备皆须自行制造，永利无法从美国购入碱厂成套设备或生产线。制碱设备配套性强、机器的零部件多、技术系数高，但设备制造的社会化程度低，通用性差，大量的设备都要向制造厂家专门定制，而“重要机器设备均由各碱厂自制”，设备的非市场化已成为索尔维法碱厂保有技术秘密的手段。

永利无力购买国外厂家的成套设备，为图节省，陈调甫在美国购买设备时尽量采购通用、标准化设备，以降低这笔不菲的支出；有些设备不得不自制，如与齿轮相连的轴系由国内工厂制造，这使得永利面临更严重的设备配套问题。由于碱厂内部机件和管道异常复杂，索尔维制碱法工厂多自设制件工厂。永利公司也是如此，除上述配件和厂屋的地下与空中的铁管由上海大效公司制造大型生铁机件外，专门设置的铁工房应运而生。

1920 年，碱厂厂房开始动工建设。碱厂大规模动工后，范旭东坐镇天津统揽全局，陈调甫则在塘沽主持工程建设。1920 年 12 月 16 日，陈调甫夫人病逝。骤遭变故，陈调甫无心他务。在其夫人病逝当日，陈调甫辞去技术主任职务，并向范旭东建议由侯德榜担任该职。因侯德榜曾有过一个暑假的参与设计经历，较之永利同仁更能领会设计师的意图。1920 年 12 月 27 日，范旭东致电还在美国留学的侯德榜，委以“碱厂制造工务”一职，并得到侯德榜应允。

1921 年，永利工厂建设极不顺利，经孟德介绍，美国制碱专家李佐华来到塘沽碱厂指导铺设管道和设备安装工作。1922 年 1 月，李佐华抵达塘沽，提出很多技术改进意见，均被碱厂采纳，成效卓著。可以说，永利碱厂是在外国技师的指导下建成的。1922 年春，归国后的侯德榜从福建老家赶到塘沽碱厂。侯德榜到来之时，碱厂工程正全面展开，亟须有人主持，范旭东即委其以建筑、安装及技术方面的全责。李佐华和侯德榜到来后，加上从国外和上海订购的机器陆续运抵塘沽，永利碱厂的建设工程渐入正轨。

在碱厂设备安装的过程中，很多笨重设备需要堆叠起来，安装时极费周折。碱厂的蒸氨塔高30多米，由几十个大型铸铁塔圈垒起来，大的铸件重达2吨，整个蒸氨塔需用上千个螺栓固定。这是全厂难度最大的吊装工程，工人没有安装这类大型设备的经验，工地上也缺少先进的起重设备，但他们以极其简单的自制起重设备完成了蒸氨塔的安装。

碱厂南北两楼的兴建也颇费周折。当时中国尚未出现10层以上的高楼，国内建筑工人无建设高楼的经验。而塘沽土地的承载力比天津低，这增加了在塘沽建设高楼的难度，他们就在地基周围打上一批板桩，使地基周围的土壤不致松散流失。他们尝试用各种方法克服困难，完成了难度巨大的厂房建设。

从1921年工厂大规模建设开始，塘沽碱厂昼夜并行，费时两年之久，至1923年秋，碱厂各部机械配齐，设备安装工程基本完成。1923年12月，永利第三届股东大会上，总经理范旭东“报告全工告成”。碱厂开始进入单体试车阶段。

试车先从蒸氨工段开始。但是，不符合国情的设计方案很快就给永利带来了很大的麻烦。当技术人员向蒸氨塔中加入硫酸铵溶液后，因硫酸铵中含硫酸根，与蒸氨塔中的石灰乳接触后马上反应生成固体硫酸钙，塔里不少溢流管道被大量白色硫酸钙沉淀堵死，整个蒸氨塔液体无法流下来，气体无法上去。30米高的蒸氨塔发出隆隆巨响，塔体开始摆动，摇摇欲坠。现场一片混乱，人们手足无措。侯德榜也不清楚到底发生了什么，赶紧指挥停车。进液泵停下，进汽阀门关上后，巨大的响声才慢慢平息，蒸氨塔也稳定下来。后来他们了解到国外碱厂的蒸氨塔使用炼焦厂的副产粗氨水作为原料，粗氨液中不含硫酸根，就不会生成硫酸钙堵塞塔身。国内炼焦厂少，不容易买到粗氨水。技术人员调整了硫酸铵的浓度和进料速度后，溢流管堵塞的问题才得以解决。

试车过程暴露出碱厂存在各种各样的问题，侯德榜作为总工程师，总是身先士卒。为检查耐火砖有没有松动或磨损，侯德榜多次坐吊篮下到闷热的窑里。他还常钻进碱尘飞扬、热气灼人的煅烧炉，探查炉体结疤和烧裂的原因。在解决故障的过程中，身处一线的侯德榜积累了丰富的经验，这使他很快从制革博士转变为索尔维法制碱专家。

为了观察碳化塔的生产情况，侯德榜长期在滤碱机旁观察和检查。一天晚上，他正在滤碱机旁吃晚饭，同时观察滤碱机的运行情况。这时，煅烧车间工人跑过来说送碱的绞刀被咬住，导致煅烧炉结疤了。自试车以来，煅烧炉经常结疤。侯德榜赶到煅烧车间时，煅烧炉已经停车，几个技师正在商量解决办法。有人主张把炉头的碱疤刮下来，使绞刀松动，这样就可继续开车。侯德榜于是拿起铁棍就去刮碱疤，不一会儿，他全身湿透，晕倒在地。侯德榜在医院苏醒过来后，急于了解煅烧炉的情况，未向医生辞别，就离开了医院。

在侯德榜的带领下，试车工作昼夜进行，在试运行中排除了无数的故障。经过对工艺和设备进行数百次的修改和调整之后，1924年8月13日，永利碱厂首次全厂开工试车。生产线运转正常，碱厂成功实现了大规模制造纯碱的目标。但是，生产出来的纯碱呈暗红色，与卜内门洋碱不能相提并论，不少股东对此大失所望。

解决红碱难题成为永利公司下一阶段重要任务。集团内部研究部门（指黄海化学工业研究社）和开发部门（指永利）在其中发挥了极其重要的作用。为了解决难题，黄海社的研究人员和永利技师共同努力，终于找到了问题所在。他们发现，由于生产设备和容器大多是铁制品，铁和氨、二氧化碳产生反应，生成红色的铁锈，致使本来雪白的纯碱变色。国外采用炼焦厂的粗氨液作原料，其中含有硫化铵，硫化铵与铁容器反应后，在容器表面结成一层硫化铁的保护膜。有保护膜的作用，生产出来的纯碱就不会是红色的。找到了问题的关键所在，侯德榜和李佐华等技术人员考虑在氨盐水中加入适量的硫化铵或硫化钠，使其中的硫离子同塔器、管道的铁壁接触，在表面结上一层硫化铁的保护膜，就可使铁壁和氨盐水隔离。这样铁就不会被腐蚀，生产出的纯碱果然颜色雪白。

1925年，在解决了纯碱色泽难题之后，从美国购买的干燥锅又出现了问题，开始是锅底结疤，碱疤贴在锅上无法掉下来。经过反复试验，最后侯德榜在锅里加入干碱，此问题才得以解决。但没过多久，四口干燥锅全部烧坏，工厂被迫停工。

为了应对此危局，范旭东在1925年召开的董事会上提出了几项紧急措施。首先，派技术人员到美国，让国外制碱专家帮助分析碱厂失败的原因。董事会后，范旭东让侯德榜带队去美国考察制碱工业。其次，在资金方面继续争取久大和金城的支持。同时，工厂将实行减员增效，节省开支以渡过难关。因永利长久不出货，董事会决定裁减一半左右的职员和工人。此后，公司曾忍痛裁减部分冗余职员，但很多员工选择自动减薪，继续为永利效劳。在召开此次董事会时，范旭东还带领各股东参观工厂，以安众股东之心。

到美国调查后发现，永利购买的半圆形干燥锅是用生铁与熟铁合成的，膨胀系数不一致，很容易烧裂。这种锅质量低劣，操作不便，杂质易入锅内，严重影响纯碱质量，在欧美早已被淘汰。李佐华建议设计一座可旋转的圆筒形干燥锅，全部电焊而成，不用铆钉，但国内不能制造，只能从美国定制。工作暂停之后，“将一切装置，重新改造”。1926年春，从美国购入的各种机械设备运抵碱厂，侯德榜和李佐华也先后回到永利，“增置机具，加步研究”，克服了原设计的缺陷。

经过长期的改进和努力，永利生产线的运行变得稳定，产业化过程中的各种问题在永利技师的努力下一一得到解决。1926年6月29日，永利碱厂第二次全厂开车。全厂职工在各自的岗位上严阵以待，范旭东、李烛尘和陈调甫等则在总调度室里耐心等待最后见分晓的时刻。侯德榜通过电话和传话器不断询问各车间的开车准备情况，各车间依次开动起来，操作现场不断传来“一切正常”的报告。

技术人员在长期摸索和试验过程中掌握了索尔维制碱法的各项技术要领，解决了大规模制碱的一系列技术难题，揭开了“索尔维制碱法”的秘密，成功地实现了技术模仿。国际索尔维集团封锁了半个多世纪的索尔维制碱法，终于为中国人所掌握。永利的成功使中国成为世界上第31个采用索尔维法制碱的国家。碱厂成功后，范旭东将永利生产的碱称为“纯碱”。

在索尔维法制碱工艺本土化的过程中，国外技术专家和本土研发力量各自发挥了应有的作用。永利艰难的制碱之路可分为两个阶段：在第一个阶段中，国外技术专家解决了制碱产业化中的规模化生产难题，陈调甫、侯德榜等永利技术骨干只起到辅助性的作用；在第二个阶段中，“永久黄”团体独立承担了制碱本土化的工作。新法制碱的成功是技术引进和本土化努力的结果，在此过程中，集团内部研究和开发分立的独特体制起到了至关重要的作用。黄海社的研究人员和永利技师之间职能分工明确，同时又做到紧密配合和良性互动，即使在现代经济中也堪称典范。面对我国目前产学研合作不到位、研究机构成果难以产业化、企业科研力量薄弱的现实，永利成功实现索尔维法制碱的过程中留下了许多可以学习乃至复制的经验。

多年不断解决问题的过程，成就了永利制碱技术的世界水平。1926年8月，在美国建国150周年举办的费城万国博览会上，中国展览区内注明为“国际甲级”、纯度高达99%的永利“红三角”牌纯碱获金质奖章。1930年，“红三角”牌纯碱又获得比利时工商国际博览会金奖。永利纯碱声誉日隆，产品远销朝鲜和南洋等地区，即使是在日本亦博得了相当地位。

永利技术人员已经掌握了制造纯碱的核心技术，扩展产品线驾轻就熟，新产品开发能力逐渐增强。当时社会上的碱庄制造块碱，需要用洁碱（小苏打）来缩短结块过程，1927年，永利开始制出少量洁碱（即小苏打），成为国内首家生产此种产品的厂家。烧碱是制胰、造纸等工业所必需的原料。为满足市场需求，1932年，范旭东认为“提高我碱（厂）生产实力和充实我营业机构的时机已至”，决定在塘沽扩充设备，增加碱类品种。经采用简便方法，很快就成功生产出烧碱。

四、侯德榜与中国化学工业

侯德榜，1890年8月9日出生于福建省闽县（现闽侯县）南台坡尾村的一户普通农家。名启荣，字致本，著名科学家，杰出化学家，侯氏制碱法的创始人，世界制碱业的权威，中国重化学工业的开拓者，近代化学工业的奠基人之一。

1903—1906年，侯德榜在福州英华书院学习。1907年，他到上海学习了两年铁路工程。毕业后，他在津浦路上谋到了一份工作。1911年，侯德榜弃职并考入北平清华留美预备学堂。1913年，清华学堂公布第一批高等毕业生名单，16人赴美留学，侯德榜榜上有名，并被保送入美国麻省理工学院化工科学习。1917年毕业，获学士学位，再入普拉特专科学院学习制革，次年获制革化学师文凭。1918年又在哥伦比亚大学研究院研究制革，1919年获硕士学位，1921年获博士学位，博士论文《铁盐鞣革》被《美国制革化学师协会会刊》特予连载，全文发表，成为制革界至今广为引用的经典文献之一。

1921年，侯德榜接受永利制碱公司总经理范旭东的邀聘，离美回国，承担起续建碱厂的技术重任。侯德榜带领广大职工长期艰苦努力，解决了一系列技术难题，于1926年取得成功，正常生产出优质纯碱。1923年任技师长（即总工程师）兼制造长。1926年6月29日，永利生产出超过卜内门的优质碱。同年8月，在美国费城万国博览会上，永利的“红三角”牌纯碱被授予金质奖章。在成功阻击卜内门的价格战之后，永利真正打破了洋碱的垄断。1927年起侯德榜在永利化学工业公司任总工程师兼塘沽碱厂厂长。在总结亲身实践的基础上，侯德榜用英文撰写了《纯碱制造》一书，1933年在纽约出版，该书在学术界和工业界产生了深远影响。

1934年，永利公司为了“再展化工一翼”和生产化肥，决定建设兼产合成氨、硝酸、硫酸、硫酸铵的南京铔厂，任命侯德榜为厂长兼技师长（即总工程师），全面负责筹建。1937年1月，铔厂建成，一次试车成功，正常投产，技术上达到了当时的国际水平。它给以后引进技术、多快好省地建设工厂提供了宝贵经验。铔厂连同碱厂一起，奠定了中国基本化学工业的基础，也培养出了一大批化工科技人才。1937年2月5日，在侯德榜的努力下，硫酸铵生产出来，硝酸也顺利投产——这标志着中国工程技术人员完全可以驾驭硫酸厂、氨厂、硫酸铵厂、硝酸厂的整体工程了。“七七事变”后，日本侵略军逐渐逼向南京，曾先后3次以“工厂安全”相要挟，提出“合作”管理南京铔厂的要求。侯德榜和同仁们拒绝“合作”，同时，积极响应抗战，利用工厂设施，转产硝酸铵炸药和地雷壳等物资，支援前线。

1938年，永利公司在川西五通桥筹建永利川西化工厂，范旭东任命侯德榜为厂长兼总工程师。在十分困难的条件下，侯德榜带领职工生产自救，维持公司员工生计；同时，着手筹办四川碱厂。由于四川的条件不适于沿用氨碱法，侯德榜特于1939年率队赴德国考察，准备购买察安法专利。在对方提出辱国的条件后，侯德榜中止谈判，发愤自行研究新的制碱方法。他领导一大批科研设计人员经过艰苦努力，于1941年研究出融合察安法，即让制碱流程与合成氨流程合于一炉，联产纯碱与氯化铵化肥的新工艺。同年，范旭东将之命名为“侯氏制碱法”。1943年完成半工业装置试验，但由于战争和政局混乱，没有条件继续实现工业化而中断。日本侵略者投降不久，范旭东逝世，侯德榜继任总经理，全面领导永利化学工业公司的工作。他立即组织恢复永利塘沽碱厂与南京铔厂的生产。铔厂的硝酸设备在战争中被日本侵略者运往日本，经侯德榜和李烛尘等人一再向有关方面严正交涉，并且侯德榜亲赴东京向盟军总司令部等有关方面据理力争，日本才于1948年将设备全部归还，恢复硝酸生产。

中华人民共和国成立后，侯德榜当选为中国人民政治协商会议全国委员会首届委员，第二、三、四届常委；1950年任中央财经委员会委员、政务院重工业部技术顾问，当选为中华全国自然科学联合会副主席。1952年任公私合营永利化学工业公司总经理。1953年，他参加了民主建国会，并当选为第一、二届中央常委，还曾向中央领导人介绍过“永利公司建设十大化工企业的设想”，提出过“对复兴工业的意见”等多项建议。1954年起，他当选为第一、二、三届全国人民代表大会代表。1955年起，他受聘为中国科学院技术科学部委员。1957年，为发展小化肥工业，侯德榜倡议用碳化法制取碳酸氢铵，亲自带队到上海化工研究院，与技术人员一道，使碳化法氮肥生产新流程获得成功。同年，他又加入中国共产党。他参与了全国化学工业和科技事业的许多重要决策，领导了化工行业许多重大科技活动。在他的建议和指导下，联合制碱新工艺继续进行补充试验和中间试验，1962年实现了工业化，成为中国生产纯碱和化肥的主要方法之一。1958年，他出任化学工业部副部长，当选为中国科学技术协会副主席。之后，侯德榜提出了碳化法合成氨流程制碳酸氢铵化肥新工艺的设想，亲自领导示范厂的设计、施工、试验和改进，于1965年获得成功。1972年以后，侯德榜日渐病重，行动不便，仍多次要求下厂视察，帮助解决技术问题，还多次邀请科技人员到家里开会，讨论小联碱技术的完善与发展等问题，呕心沥血，直至生命的最后一息。1974年8月26日，侯德榜在北京病逝，享年84岁。

第三节
飞鸽是标准、海鸥是时间、天药是健康：它们构筑了那个年代的生活图景

天津拥有较为齐全的工业门类，不仅在机械电子、石油化工、冶金等领域有着强大的影响力，更在众多的轻工产业中创制了不少名牌产品，如“飞鸽”自行车、“海鸥”手表、天士力复方丹参滴丸等，融入中国人日常生活。它不只是生产产品，更是在塑造一种现代生活方式。

一、“飞鸽”自行车

（一）“飞鸽”自行车的前身

19世纪末20世纪初，自行车由欧洲引入中国，在天津、北京、上海等地兴起。当时自行车只是作为豪门贵族的玩物，供其乘骑消遣时间。20世纪10年代，自行车因骑行轻快又可以驮载少量货物而受到人们的喜爱，在天津马路上逐渐增多。当时自行车是我国的进口商品，我国只生产其配件。

1936年，日本人成立昌和工厂并全权经营管理，工厂里用于生产的机器全部由日

本引进。初建工厂时，只有200多名工人，规模较小，主要生产车圈、车架、前叉、挡泥板、轮盘等自行车零件，用于组装26英寸的“铁锚”牌自行车。其余的轴承等比较重要的零件则由日本运来，再由工人组装成一辆完整的自行车。昌和工厂的管理、技术及检验工作全部由日本人完成，这是中国最早的一家自行车整车厂，每月自行车的产量约900辆。

1945年，日本投降后，日本人把昌和工厂内的生产图纸、技术资料和管理档案全部焚毁，工厂内的一些机器设备也被损坏。昌和工厂由国民政府资源委员会更名为资源委员会天津制车厂并接收管理，后又与资源委员会天津机器厂合并，更名为资源委员会中央机器公司天津机器厂第二分厂。在条件十分艰苦的情况下，技术人员克服种种困难，努力恢复生产，生产出28英寸自行车，并命名为“胜利”牌，月产约500辆。胜利牌自行车商标以英文字母“V”居中，下面写有中文“胜利牌自行车”字样。用字母“V”作为胜利牌自行车的商标，对世界反法西斯战争以及中国抗击外来侵略的胜利有鲜明的纪念意义。

1947年，“胜利”牌自行车更名为“中”字牌自行车，月产700余辆。当时的中国经济呈现衰败萧条的局面，工厂处于半停产的状态，自行车的销量仍旧低迷。

（二）“飞鸽”自行车的诞生

1949年1月15日，天津解放。16日上午，天津市军事管制委员会工业接管处派人接管中央机器公司天津机器厂第二分厂，改名为天津机器厂第二分厂，直属天津市军事管制委员会领导。企业的性质也由官僚资本企业转变为国有企业。1月底，在多方支持下，工厂全面复工，2月开始正式生产自行车。

4月11日上午，时任中共中央政治局委员、书记处书记刘少奇来厂视察。由于战争的破坏，工厂厂房破烂不堪，设备陈旧。当时生产的“中”字牌自行车质量不佳，被群众称为“阿司匹林车”，意思是骑着重、出汗，销售极其困难。刘少奇视察后，鼓励职工不要灰心，只要把工人发动起来，大家一条心，一股劲，齐心协力，是一定能够搞好的，并指示拨65吨（13万斤）小米作为实物资金，对工厂的厂房、设备进行修复，改善生产条件，提高产品质量，创造新的产品。这大大鼓舞了工厂的职工，为日后研制飞鸽牌自行车奠定了基础。

1949年10月1日，天津机器厂第二分厂正式更名为天津自行车厂，有职工387人，年产自行车6 890余辆。中华人民共和国的成立极大地激发了天津自行车厂职工的生产积极性，全厂开展了轰轰烈烈的“造新中国一代坚固、耐用、美观、轻快的自行车”活动。1950年4月，20多名工人自愿组织起来，他们解剖了当时各国名车，取其所长，经过反复试验，对生产工艺做了较大改进，较好地解决了原车骑行吃力、不牢固的问题。1950年7月5日，10辆样车制造出来了，经过技术鉴定、性能试验、质量检验，都远远超过“中”字牌自行车，尤其是轻便、坚固、负荷力大，成为新车的三大优点。该厂职工经过反复试制、改进，研制出了我国第一辆全国产化轻便自行车。

飞鸽自行车标牌 1950年12月，天津自行车厂试制成功第一辆28英寸飞鸽牌自行车。

新车造出来了，起个什么名字，职工们颇费了一番心思。有人提出，现在国际上正开展保卫世界和平运动，咱们要为世界和平做贡献，就叫“鸽子”吧；还有的说，我们这“鸽子”又结实，又轻快，两个轮子就像翅膀，我看叫“飞鸽”吧。1950年10月1日，中华人民共和国成立后的第一个国庆节，《天津日报》刊发广告，称“中央人民政府重工业部机器工业局天津自行车厂出品飞鸽牌轻便自行车”。天津自行车厂出品的自行车最后定名为“飞鸽牌”。

1950年自行车年产量7 257辆，1951年年产11 417辆，为支援抗美援朝战争还生产了军用手推车1350辆。1957年5月，首次按国家标准生产出PA01型标准定型自行车（以下简称“标定车”），男式，710毫米，全部采用公制。标定车在改变中国自行车在工业设计、规格尺寸等方面各自为政的混乱状态，以及统一全国自行车零部件名称和产品设计规范，明确统一产品质量要求等方面起到了重要作用，开创了天津自行车产品设计和技术条件步入正规化的新局面。

（三）“飞鸽”的辉煌记忆

“飞鸽”自行车自1950年批量投入生产以来，直到20世纪80年代末，生产不断发展，不断走向辉煌。1953年，在全市增产节约运动中，自行车厂提前一个半月完成全年生产计划。1958年8月12日，毛主席参观天津工业技术革命展览会，看到“飞鸽”自行车时，他满意地频频点头。1965年，工厂年产已突破40万辆，为天津乃至全国的轻工业发展立下了汗马功劳。

1954年，“飞鸽”牌自行车在全国首次自行车质量鉴定评比中获得第一名，1959、1963、1972年全国评比曾三次获得前三名。作为天津轻工行业领军企业，天津自行车厂不仅生产出了优质产品，也诞生了众多技术发明，涌现出大批先进人物。1949年，工人冯国祥当选天津市首批特等劳动模范。1954年，工具车间技术工人李万清、范士亭创制自动装胎机，大幅减轻劳动强度。第二车间工人阎春洪革新60套冲床模具，使生产效率提高4倍，也因此获评天津市劳动模范。1979年，工厂车圈成型一班获得全市特等模范集体荣誉称号。

20世纪70年代，自行车的社会地位极高，是结婚必备的“三大件”之一，市场需求极其强烈，需要凭票购买，甚至屡屡出现一票难求的情况，如果有特殊需要也需提前申请，报批后才能购买。为了满足市场的需求，飞鸽不断优化生产工艺，1987年一举实现全年平均日产1万辆的中国轻工业奇迹，“飞鸽”俨然成为当时中国轻工业蓬勃发展的典型代表。

20世纪80年代，在国家重点发展轻工业政策的支持下，“飞鸽”品牌呈扩张式发展。“飞鸽”参考并完善英国兰令自行车的技术和品质，生产出了PA22型轻便男车，车型美观，骑行轻快耐用，获得国家银质奖。这个创新成果反映了天津几代制车人不断钻研、追赶世界先进工艺水平的不懈努力的精神。

1981—1990年，天津市政府先后投资2.4亿元用于支持自行车行业新建、扩建厂房等。1987年，“飞鸽”自行车年产量已达到368万辆，雄踞世界自行车生产厂家的第一名。1988年，“飞鸽”自行车产量达661.25万辆，创造了天津国营自行车年产量的历史最高峰。“飞鸽”品牌家喻户晓，与五羊、永久、凤凰、金狮四个自行车品牌齐名，被称为中国自行车的五大名牌。“南有凤凰，北有飞鸽”是当时人们对“飞鸽”自行车的最高赞誉，这句话足以表现“飞鸽”自行车是当时天津传统工业的骄傲。大量的生产和销量使“飞鸽”自行车创造了天津市工业系统产值1/6的佳绩，天津自行车厂也成为天津市政府的主要财政来源。“飞鸽”用相当可观的产量与销量打造了自身的品牌知名度，代表了当时中国轻工业的整体水平。

“飞鸽”自行车品质优良，产品远销亚非、北美、英国等60多个国家和地区，并作为“国礼”赠送给布什、奥巴马、卡梅伦、卡斯特罗等22位国家元首及国际友人。1974年，美国总统老布什在北京任驻华联络处主任时，就经常和夫人骑着“飞鸽”自行车穿行于北京的大街小巷，被大家称为“骑自行车的大使”。1989年，老布什就任美国总统后访华，向当时的国务院总理李鹏提到非常希望有一辆“飞鸽”牌自行车。李鹏总理通过天津市政府部门和天津自行车厂联系接洽，得知当时正好推出两款新产品——823型和824型车。这两款车型非常漂亮，车身乳白，果绿相映，色泽柔和协调。经过技术人员的悉心调试，这两辆车被送到了中南海。布什夫妇在钓鱼台国宾馆骑上了国礼“飞鸽”自行车。这是“飞鸽”第一次作为国礼赠送给世界政界要人。后来，1990年，“飞鸽”自行车又一次作为国礼送给社会主义国家古巴的总统卡斯特罗。2006年，“飞鸽”又把当时研发出来的最新款碳纤维新材料自行车送给了意大利总理普罗迪，受到普罗迪总理的称赞。普罗迪总理是自行车运动爱好者，对世界各个品牌的自行车都非常了解。

（四）“飞鸽”自行车的浴火重生

20世纪90年代初，“飞鸽”公司开始全面陷入困境。1986年起，自行车原辅材料持续涨价使自行车企业生产成本持续高涨；1987年全国自行车产量突破4 000万辆大关，出现产大于销，国内市场竞争日趋激烈。种种原因导致天津自行车厂等企业销量大减，库存积压，资金难以周转。1989年，“飞鸽”公司各项经济指标全面下滑，其中利润下降了76.2%。产品积压、产量减少，使“飞鸽”公司在1992年出现亏损，截至2001年底，累计亏损达3亿元。自行车年产量最低下降到1998年的10万余辆。数千名员工分流下岗，企业不得不靠厂房、土地出让来偿还债务。国有自行车企业整体陷入惨淡困境，有人竟称天津自行车产业为“夕阳产业”。

为适应市场化改革的大环境，也为摆脱自身的困境，自20世纪80年代开始，“飞鸽”走上了改革之路。

1988年，飞鸽自行车集团（原称天津自行车集团）与第一轻工局脱离了隶属关系，成为“计划单列”单位。第一轻工局虽然依旧要考虑天津市自行车产业的发展，但不直接负责飞鸽自行车集团。

为摆脱窘境，“飞鸽”曾尝试多种办法。一是在与主业无关的方向（如服务业）找出路，但很快又陷入僵局，开始出现下岗以及人员的流失，1996年又开始出租和转让闲置不动产以偿还负债。另外，除职工自己捐款外，银行和财政部门也对国有企业采取了救援措施。同时，政府也对企业进行了改革。二是尝试与外省市扩产联营，借助“飞鸽”的社会声誉扩展市场，但由于产品质量不好控制，消费者对“飞鸽”的欢迎程度并不理想，扩产联营的尝试很快就草草收场了。但“飞鸽”的艰难却成就了众多借鸽生蛋的小组装厂，使市场上的“飞鸽”牌自行车更加鱼龙混杂。一条颇具规模的自行车经销街，近百家商店竟没一辆真“飞鸽”。这些办法都不能解决问题，到1997年，原来多年被消费者宠爱的“飞鸽”竟沦落到“配件厂不敢供应配件，怕拿不到加工费；商家不敢预付款，怕拿不到货”的悲惨境地，万人大厂连工资都发不出，工人也时不时堵到厂门口讨饭吃。

困境推动改革，“飞鸽”不能折翅。在“飞鸽”公司成立之前，天津自行车厂就曾试图东山再起，也确实想了不少招数：1996年，企业职工内部集资1100万元，但职工的热情并没给企业带来新生；1997年，企业又从银行、财政部门获批贷款1200万元，钱投进去了，依然没能摆脱困境；1998年，企业又获贷款1500万元，仍然是“涛声依旧”。

在困境中逐渐形成共识，“‘飞鸽’要真正活起来，非从体制上改起”的思路得到大家的认同。于是，1999年，由天津自行车厂、天津腾达企业公司、天津华泽集团有限公司三方共同投资，组建了全新的以飞鸽品牌为依托、以资产为纽带的天津飞鸽自行车有限公司。多元投资主体，使飞鸽自行车有限公司有了全新的运作规则，也有了更大的自由度，使其从一起步就贴近了市场，当然在市场经济体制下，贴近市场的企业也就把握了希望。1999年6月，新组建的天津飞鸽自行车有限公司在天津西青区的新址，开始了“飞鸽”自行车的二次创业。

“飞鸽”品牌本身并没有失去吸引消费者的魅力，天津飞鸽自行车有限公司成立后，第一工厂在把大部分工人和种种负担保留在内部的同时，把可利用的经营资源、技术和管理的骨干人员以及部分设备转移到新公司。新公司的生产经营体系与第一工厂完全不同，除了车架、前叉和烤漆以外都使用外购，放弃计划生产而采用接单生产。新公司的一线工人大部分雇用农民工。通过这些措施，新公司卸下了高成本和累积债务的包袱，建立了可适应市场竞争的体制，使“飞鸽”走向复苏。另外，新公司还与日本丸石公司进行了技术合作。新公司成立4年之后，产量达100万辆，跻身天津主要整车厂的行列。

2004年，“新飞鸽”扩股，引进了当时的经营层和外部的私人出资。第一工厂和国有企业集团的出资比例下降到20%，一个经营自行车厂和电动车厂的私人股份占到总股份的22%，一跃成为最大股东。引进私人资本，实际上意味着“新飞鸽”开始与民营企业合作。从采购零部件的角度来看，也有发挥规模经济作用的意义。

20世纪90年代末直到现在，除了建立“新飞鸽”，国有企业集团的重组还采取了如下措施。集团下属的零部件厂，在引进职工承包经营制的同时，如同“新飞鸽”那样，剥离累积债务，成立新公司，试图通过改制赚取利润，偿还过去的各种债务。集团下属的整车厂，除了生产作为老产品的自行车，还着手生产当时市场规模正在急剧扩大的两轮电动车。同时，国有企业集团为了补充资金和弥补销售能力的不足，与民营企业合资办厂，以缴纳品牌使用费为条件，允许那些厂家使用“飞鸽”的品牌。品牌使用费的收入用来偿还国有企业集团和下属企业的债务以及支付在岗、下岗职工的各种费用。

从2009年起，国有企业集团，即“新飞鸽”和其他一些企业的母公司进一步重组。同时，国有企业集团提出了新的发展战略，即把经营面延伸到新材料的应用以及高端零部件的生产。这一系列措施可以说是为沿着产业集群的发展方向，强化“飞鸽”品牌的竞争力而采取的一种战略。

市场多元化的今天，“飞鸽”自行车逐渐消失在人们的视线当中，老一辈人可能残存着对“飞鸽”品牌的模糊印象，而新时代的青少年们则更多地愿意去了解时尚的新品牌。但往日光彩辉煌且含义丰富的“飞鸽”品牌并非完全销声匿迹，天津仍是中国重要的自行车生产基地，除生产传统的自行车外，还提供共享单车和电动自行车，它们都是以“飞鸽”自行车品牌为基础的。

二、“海鸥”手表

（一）“海鸥”手表的前世今生

在计时仪器史上，中国曾领先于世界。被誉为世界钟表鼻祖和中国古代第五大发明的宋代水运仪象台，是世界上最早使用擒纵机构的计时器。但随着西方钟表工业的迅速发展，中国逐渐落后。西方钟表大量充斥天津、上海等近代繁华都市，中国只有修表店而没有制表企业。

1953年，周恩来总理提出“填补工业空白”的战略规划。为能自制钟表，天津市各私营钟表商店职工在工会领导、推动下，与私方经理协商投资方向事宜。天津怡威钟表店经理吴汉臣、吴宗绪与工会负责人张书文协商一致，由该店出资与公私合营的华威钟厂共同研制手表。1954年底，华威钟厂的二楼成立了以公方厂长杨可能、张吉升为组长的手表试制小组，由王慈民（华威钟厂工人）、张书文（怡威表店职工）、江正银（亨得利表店职工）、孙文俊（育华五金工具厂工人）四位师傅进行手表的研制。

经过两个多月的紧张试制，1955年3月24日，第一只国产手表问世，新研制成功的这只手表仿制的是瑞士“SINDACO”十五钻三针粗马手表，除去游丝、发条、钻石等几种原材料当时国内没有，而必须到表店去配以外，其余的零件已全部仿制成功。第一只手表的诞生，结束了中国人只能修表不能造表的历史。这只表被命名为“五星”牌，表盘上有“中国制”三个金字，还有五颗红星，红星下面标有“十五钻”的字样。

“五星”牌手表

我国自制手表。表盘上有五颗红星、“中国制”三个金字。

第一只国产手表的试制成功，“填补了新中国工业建设的又一场空白”。毛泽东主席接获中国第一只手表试制成功的报告，欣喜万分，对其做出“手表要多生产一些，价格再降低一些”的重要指示。1957年，国家批准投资900万元，建立年产24万只手表的天津手表厂。

“五一”牌手表

天津手表厂自成立后，不断发展壮大，创造了我国手表制造业的一个又一个“第一”。1957年，在第一只“五星表”核心技术基础上，推出“五一”牌手表，1958年形成了批量生产规模，是天津手表厂第一代产品化机械手表，为中国手表工业的发展奠定了基础。

1961年4月，一轻部下达任务，由天津手表厂进行立项试制专供中国空军使用的航空表（计时码表），该项目属于国家秘密项目，任务代号为“304”。1965年，“304”顺利通过走时精度、测时、高低温、震动、防磁、防潮、快慢针拨校、上条拨针启动质量、冲击等重要指标检测。1966年10月底正式组装成品1400只，发往中国空军一线。“304”是中国首例军品民产，当时在全国影响很大。

1966年，手表厂工程技术人员自行设计制造的新型机械手表“东风表”研制成功并量产，它是“五一表”的升级产品，也是中国第一只自行设计制造的手表，从此结束了我国手表只能仿造、不能独立设计制造的历史。

1973年，经当时国务院副总理李先念批准，“东风”牌手表可以用“海鸥”牌商标进入国际市场。于是ST5型男表便冠以“海鸥”牌商标成为我国第一只出口手表，从此中国手表打入了国际市场，行销十几个国家和地区。其后“海鸥”表被誉为“中国第一名表”“中国计时之宝”，从此声名鹊起。

1975年，我国第一只符合国际标准的女式手表——ST6型“海鸥”女表又在天津手表厂试制成功，并成功量产。它以精巧的造型、精确的走时一统国内市场，并继瑞士和日本之后，跻身国际先进产品行列。

1978—1990年，手表厂投入了大量的资金进行技术改造，并引进国外先进的专业设备，使产品的加工水平达到当时世界同类产品水平。“海鸥”表先后荣获多项奖项。“海鸥”表、“东风”表分别荣获轻工业部和天津市优秀产品的称号；1985年“海鸥”系列女表获国家科学技术进步二等奖；1986年“海鸥”牌女表荣获全国制表业中的最高荣誉——国家质量“银牌”奖；1990年“海鸥”牌ST11型指针式石英电子表在第62届波兹南国际钟表博览会上技压群芳荣获金奖，这也是我国手表产品在国际博览会上获得的第一个金奖。

改革开放以来，国产手表业受到国际市场的冲击，中国38家手表企业均跌入低谷，相继停产，陷入困境。天津手表厂坚持发挥企业优势，顺应市场的需要，于20世纪末及时调整产品结构和资产结构，在全国手表行业中率先走出困境，手表产品的生产规模、品种结构及市场占有率居全国前列，成为中国手表产业的龙头企业。

1993年，以天津手表厂为主体的天津海鸥手表集团公司宣告成立，下属企业共23家。2002年3月，天津中鸥表业集团有限公司应运而生，它是海鸥手表集团通过资产重组、体制改革、多元化投资组建的专门从事自动机械手表和精密机械制造和加工的有限责任公司。2006年，海鸥手表集团被评为“中华老字号”企业。2009年，海鸥企业技术中心被认定为国内手表行业首家国家级企业技术中心。2010年，海鸥手表集团迁至天津空港经济区的新厂址“海鸥工业园”。2011年，海鸥手表集团被认定为首批国家技术创新示范企业；海鸥博士后科研工作站也于2011年9月正式开展工作，这是全国钟表行业的首家博士后科研工作站。

（二）战略重构与自主创新：“海鸥”手表重新走向辉煌

20世纪80年代，电子表异军突起，出现所谓石英表革命，整个手表行业、钟表行业遭遇冲击，遇到前所未有的困难。在最困难的时候，机械表卖不出去，电子表一是质量不好，二是成本高于售价。“海鸥”不具备电子表的生产技术，一度从日本采购关键元器件组装市场流行的电子表，买人家的东西来和人家竞争，那是异想天开。在日本电子表以高科技为先导的装配自动化、高质量、低成本面前，“海鸥”表很快就溃不成军，出现了大幅度的亏损。时任“海鸥”总经理的王德明冷静地分析了所处的形势，感到电子表尽管需求强劲，却不是我们的优势所在；再者，瑞士抢占高端市场，日本抢占中端市场，但二者的共同点是成本高、价格高，降低成本便是“海鸥”新的生存空间。于是果断调整了产品结构，立即停止生产电子表，再次明确了机械表的定位，改造传统的机械手表，把重心转向开发适应市场的新的自动手表。经此转变，“海鸥”逐渐实现了向高端表生产商的转型，是为第一大转折。

20世纪90年代，一些以大公司为背景的南方手表企业通过组装业迅速兴起，一开始走的就是品牌包装路线，但没有自己的核心技术，在市场竞争中难以形成优势。“海鸥”手表有自己的发展特色，精密机械加工是其传统，品牌里蕴藏着天津制造业的深厚积淀。在确定重新以机械表为发展重点时，“海鸥”坚持从自主知识产权的产品开发、机芯制造、外观配套到品牌产品的完整的结构，其产业空间与产业结构与品牌发展相适应，目标是要把“海鸥”集团打造成中国手表机芯生产基地。

以创新为本的自主技术才能奠定品牌实力，“海鸥”在市场中的核心竞争力在于机芯的研发和制造能力，这意味着在国际手表业的竞争中，“海鸥”有着其他企业不可比拟的优势。手表业可以细分为三个行业，一是手表机芯制造行业，靠高科技和先进的生产技术以及科研队伍做支撑；二是外观生产，也需要一些技术含量；三是做品牌，既不生产机芯也不生产外观。一些单纯打品牌的企业尽管最初可以靠组装获得市场先机，但如果没有技术做支撑，难以保持较高的利润率。目前“海鸥”的机芯在国内小有名气，在国际上也处于中档水平。

除机芯的研制和制造外，“海鸥”的自主创新还在于攻克了“三大复杂技术”，打破瑞士垄断。实现向高端表生产转型面临着技术难题，彼时机械表相关的核心技术被瑞士手表生产商垄断。比如，陀飞轮技术可以校正地心引力对钟表机件的影响，减小误差，提高精度。该技术装置由瑞士钟表大师路易·宝玑于1795年发明。与瑞士、德国相比，中国制表业起步相对较晚。“海鸥”坚持创新与研发，2005年成功自主设计研发“陀飞轮”机械表，产品技术及工艺均处于国内领先水平，渐次打破高端复杂腕表为瑞士、德国品牌包揽的局面。2006年，中国第一只“两问表”由“海鸥”自主研发问世，代表着中国制表业在工艺、技术、材料、理念方面都已达到崭新境界。2007年，中国第一只“双陀飞轮表”由“海鸥”成功设计研发。同年，“海鸥”“万年历”腕表在中国香港公开展出，至此，“海鸥”将“陀飞轮”“问表”“万年历”“三大经典复杂机构”全部攻克。这是“海鸥”的第二次转折。

2020年，“海鸥”手表入驻拼多多，万元级“陀飞轮”表首单售出，打破“低价平台”认知。2022年2月22日，电商拼多多联合“海鸥”手表，把直播间搬进了“海鸥”在天津的总部和博物馆，共同开启了一场“多多新国潮”直播专场活动，助力国产老字号品牌直连新消费。直播当天，天津海鸥手表技术有限公司总经理王文轩特地来到直播间，给消费者带来了一款非常有纪念意义的手表——《长津湖》授权联名款，全球限量发售1950块。截至当晚22点，超过203万网友涌进直播间驻足点赞，《长津湖》联名款等新国潮产品受到热捧，带动店铺单日销量增幅超过320%，并冲上当日潮奢服饰排行榜第一名。“多多新国潮”为国产老字号提供了新的契机，“海鸥”接下来也希望在产品设计、数字化技术等领域，继续加深与平台的合作，为消费者带来更多国潮好品。

（三）“海鸥”的未来发展之路

“海鸥”表厂从填补中国手表的技术空白，到成为打破国际垄断的精密制造标杆，其历程是中国工业从自主攻坚到实现全球竞争的缩影。

“海鸥”的机芯制造技术已经能够支撑起品牌建设，但市场上“海鸥”品牌效应不如其他品牌，其原因可归结为相当长时期内没有精力去研究品牌。计划经济时期，产品尽产尽销，没有时间也没有必要去研究，20世纪90年代初，在别的企业做品牌时，“海鸥”还在研究“砸三铁”，首先要解决生存问题，就更没精力去研究品牌。企业长期发展要靠品牌，而真正打造一个品牌需要相当长的时间，品牌建设要靠企业的实力，更需要靠循序渐进的思路和方法。可以说，品牌建设是“海鸥”在技术创新之外的另一个战略重点。21世纪初，“海鸥”开始逐渐打造品牌，根据当时市场的主流，海鸥定位在中档，向高档市场进军则是今后努力的方向。

三、天士力药业

天士力医药集团股份有限公司是以全面国际化为引领，以大健康产业为主线，以生命医学产业为核心，以生命健康产业为协同的高科技企业集团。

（一）发展历程

公司前身是成立于1994年的天津天使力联合制药公司，由解放军第二五四医院和天津中央制药厂联合成立。天士力起步于现代中药，成立初期对传统中药方剂进行现代化创新，自主研制出首款产品复方丹参滴丸。此后通过对中药经典名方的开发，天士力形成了以复方丹参滴丸带动系列产品的现代中药体系，开辟了一条以组分中药为主导的现代中药产业化道路。1999年和2001年，天士力分别建立了化学药和生物药研究所，以现代中药为基础向其他生物医药相关技术领域拓展，探索天士力多元化发展路径。

2002年，天士力于上海证券交易所成功上市，募集资金主要用于建设天士力数字化中药中心和天士力生物制品公司，开展中药全产业链建设并组建中药注射剂等自主研发平台，在现代中药领域逐渐形成技术优势并引领行业标准建立。上市之后，天士力在积极投入研发的同时，实施知识产权保护战略和国际化战略，形成了网状专利保护体系。

2004年后，天士力医药商业迅速发展，营业收入逐渐超过医药工业。2004年医药商业占天士力主营业务收入比例为18.66%，到了2016年该比例为55.34%，医药商业已然成为天士力收入的主要组成部分。天士力医药营销集团控股11家医药商业流通子公司，主要从事医药批发业务和零售业务。

2008年，天士力开始组建产业收购兼并团队和构建私募股权投资平台，尝试搭建“资本+产业”双轮驱动模式。2013年，天士力医药集团收购江苏天士力帝益药业有限公司、天津天士力圣特制药有限公司和河南天地药业股份有限公司，开启以现代中药、化学药、生物药协同发展为主线的大生物医药产业格局。2016年，天士力资本控股有限公司成立，全面开展围绕大健康产业的投资、并购和合作活动，助力天士力医药集团逐步向医药及健康服务集成方案提供商转型。

自成立以来，天士力一直秉承“追求天人合一，提高生命质量”的理念，致力于创建“全民大健康”环境，是国内领先的中药制药企业，主要经营活动包括药品研发、制造与销售，公司业务涵盖研发、种植、加工、提取、制剂、销售全产业链。公司生产的药品种类丰富，主要有现代中药、化学药、生物创新药三大种类，主打产品有复方丹参滴丸、养血清脑颗粒、注射用益气复脉、水林佳等。公司主要的药品研发领域既有关乎现代人生命安全的心脑血管、肿瘤免疫、神经科学领域，也有围绕民众健康生活的消化代谢、感冒发热领域，创新成果惠及全球患者，拥有11个遍布全国的生产基地和20余家科研中心。

（二）从一味药到大健康

复方丹参滴丸是一种中成药。天士力集团的成长过程，就是复方丹参滴丸从零起步到销售额突破1亿、10亿的故事。经过长期大量病例观察，证明其对心脑血管疾病具有预防、治疗和急救作用。其主要成分包括冰片、三七、丹参。传统的制作方式有熬制汤药或制成片剂。复方丹参滴丸是根据1990年版《中华人民共和国药典》一部中的复方丹参片处方经剂型创新而成，口服或舌下含服，起效速度快，疗效好。作为一个有着长期临床使用基础的方剂，本身安全有效，制成滴丸后，自1994年上市销售以来，至今长盛不衰。

药材选用：实现标准化。天士力从药源入手，以标准化为突破点，建立起一整套标准化质量管理体系。首先对复方丹参滴丸所需的中药材种植栽培、药材质量规范化、中药重金属和农药残留限量、中药提取、药物制剂、质量标准、基础药理、临床疗效等关键技术进行了深入系统的研究，建立了符合系列标准的一体化产业链，在陕西商洛建立了丹参药源基地，并在全国首家通过中药材生产质量管理规范（GAP）认证。

天士力以基因技术优选丹参、三七优良品种，采用种子防毒处理、茎尖脱毒方法进行培育，以GAP规范管理科学种植。在质量等级评价上打破过去多通过外表凭经验进行判断的方式，用高效液相分析法测定出每批产品的药用指标成分含量，并配置一批先进的化验、质检仪器，选用的丹参素含量稳定在1.7%左右，丹参酮ⅡA达到0.35%~0.48%，分别高出《中华人民共和国药典》标准的1~2倍，且产品重金属和“农残”含量大大低于国家标准。

滴丸生产：达到自动化。把复方丹参制成小滴丸是天士力的独门绝技，他们拥有一整套自主知识产权。与传统中药的生产方式不同的是，复方丹参滴丸生产车间，是多套现代化的生产设备和全自动的生产线。通过采用规模化、自动化、标准化、数字化的现代中药制造技术，解决了传统中药内在成分质量不稳定的问题，实现对中药有效成分定量、可控，填补了国内药典空白。建立了复方丹参滴丸生产线自动在线采集和监控系统，利用先进的采集设备和自行开发的软件系统将滴丸制剂过程中的重要工艺参数和生产过程信息有效地进行了管理，从自动采集、储存、报警到自动调整，全方位实现了复方丹参滴丸制剂过程质量控制。在世界上还没有与中药提取相关的质量管理规范的情况下，他们率先提出并实施了一整套复方丹参滴丸提取生产质量管理规范（GEP）。

药品质检：力求国际化。从化学组分上讲，一种中药往往有几种、几十种甚至几百种组分，要想从分子水平上弄清楚它们并非易事。中药要想堂堂正正地以药品的名义走进国际市场特别是欧美市场，必须从分子水平上弄清组分，这是中药国际化的一项重要工作。在国家重大科技计划支持下，天士力经过与国内高校和科研单位联合攻关，在国内外首次对复方丹参滴丸的主要化学成分进行了系统分析，鉴定出10种丹参水溶性成分和20种三七皂苷类成分，基本揭示了复方丹参滴丸的化学物质基础。首次提出多元化学指纹图谱技术概念，进而创建了基于信息融合的多元化指纹图谱计算分析技术，解决了复方丹参滴丸指纹图谱计算分析难题。通过先进的检测技术手段，天士力形成了达到国际领先水平的、以复方丹参滴丸多元指纹图谱为核心技术的全程化质量控制和保证体系，并对复方丹参滴丸进行了全方位的专利保护，特别是对产品的指纹图谱检测技术、水溶性成分组成等都进行了有效的知识产权保护，形成了自主的专有技术。

在丹参滴丸这一核心产品基础上，天士力以“创造健康，人人共享”为公司宗旨，推进传统中药和现代医疗的深度融合，将重点放在我国市场规模最大的心脑血管病、消化代谢病和肿瘤领域，努力为中国临床提供急需的新药开发，发挥现代中药、生物药和化学药协同发展的优势。业务覆盖药品研发、药材种植、提取、制剂、营销等全产业链，并且在发展过程中形成了以现代中药为核心，以生物药和化学药为补充，以中医药和现代医药融合为基础的发展模式，构建现代化的产业集群。天士力的产业布局主要分为医药工业和医药商业。其中医药工业经营模式即工业产品的自营销售，主要包括现代中药、生物药和化学药。现代中药部分，复方丹参滴丸、养血清脑颗粒、坤心宁颗粒等构建了以心脑血管用药为主的现代中药体系。复方丹参滴丸市场占有率和单产品产销规模方面稳居同行业前列，截至2021年，复方丹参滴丸市场份额为14.5%，全国排名第一。生物药部分，代表性药品为普佑克，目标为构建创新生物医药。化学药部分，替莫唑胺、氟他胺、替莫唑胺胶囊（蒂清）等仿创结合，构建多领域领先。医药商业经营模式即产品第三方销售、零售连锁业务，线上与线下渠道相结合。

天士力已经逐步构建了现代中药、生物药、化学药三大制药平台共通的集群优势，形成了更多产品、更多治疗领域的协同效应和产品群优势。近些年，天士力以大健康产业构筑未来的产业主线，产业的核心依然是把生物医药做大做强。按照这一战略蓝图，天士力制定了“一个核心带两翼”的战略方针，秉承“追求天人合一，提高生命质量”的企业理念，以“创造健康，人人共享”为企业使命。以大健康产业为主线，以生物医药产业为核心，以健康保健产业、健康管理与服务业为两翼，致力于打造中药现代化、国际化第一品牌，领航大健康产业的未来发展。

（二）研发方式的完善

如同众多优秀企业一样，创新始终是天士力发展的灵魂，而创新又与研发有着密切关系。为推动创新，公司不断发展和改善企业的研发方式，从最初的以自主研发为主，到2016年提出自主研发、合作研发、外部引进和投资优先许可权“四位一体”的研发模式。

初期以自主研发为主。通过自主研发，不断完善复方丹参滴丸及相关创新中药。公司在生物药领域，主要是对早期项目的进一步研发，研发模式上基本不涉及自主研发以外的其他方式。公司2002年上市时的重点创新领域在现代中药，主要从事治疗心脑血管疾病药物的研究与开发，主要成果是以复方丹参滴丸为基础的系列产品。在研发复方丹参滴丸时，天士力解决了许多行业发展的关键瓶颈问题，开辟了以“组分中药”为主导的现代中药新药研究与产业化新模式。在生物药项目方面，据年报披露，2003—2007年，公司研制并申报了重组人尿激酶原项目和亚单位流感疫苗项目。其中，重组人尿激酶原项目在1986年启动，2001年完成Ⅰ期临床。天士力在2001年决定投入1.5亿元开发这个产品，并成立上海天士力药业支持该项目的研发活动。公司早期研发创新主要采用自主研发的方式，模式较为单一，且研发领域集中在创新中药领域。虽然公司早期就存在生物药和化学药研发板块，但发展较慢，研发成果较少。

合作研发。2010年，天士力与法国Transgene公司以合资的方式创立天士力创世杰，希望扩充公司在生物医药领域的实力。2012年，公司与法国Transgene共同对合资公司创世杰增资，Transgene SA以现金及该公司“针对CFS-1R的抗体”的知识产权增资。这次合作增资的目的主要是促进双方共同开发“针对CFS-1R的抗体”在内的四项产品。2013年，公司对帝益药业、圣特制药和天地药业进行股权收购，填补化学药领域的空白。其中，帝益药业成为天士力公司化学药领域的核心企业，公司也通过天地药业引进针对心脑血管疾病的产品醒脑静注射液，扩充公司在该领域的产品线。2014年，公司与华海（美国）国际有限公司签订了以特色化学原料药的制剂产品为核心内容的《合作框架协议》，共同开拓国际市场。2015年，公司与珠海亿胜生物制药有限公司签订了关于重组蛋白药物的战略合作框架协议，合作研发重组蛋白药物。同年，公司与韩国Genexine公司组建合资公司并引进已经进入临床阶段的长效蛋白药物，希望结合双方的研发优势进行合作研发。

“四位一体”研发模式。2016年，公司正式提出自主研发、合作研发、外部引进和投资优先许可权“四位一体”的研发模式，不断构建多元化的研发资源配置模式，加速创新成果转化。公司的研发模式进一步多样化。在合作研发方面，公司和法国Pharnext公司共同设立药物研发平台公司，Pharnext公司以200万欧元将正处于临床研究阶段的PXT3003药物的开发、生产以及商品化权利转让给合营公司。除此之外，天士力也与行业领先企业SonaCare Medical合作成立合资公司，合作开展Son-ablate和Sonatherm相关医疗器械在大中华区的生产、销售以及相关技术开发。在外部引进方面，2018年，公司引进知名干细胞公司Mesoblast、专注胃肠疾病的制药公司EA制药以及世界领先制药公司礼来公司的多款世界领先创新药品。2019年，天士力生物引进台湾圆祥生命科技股份有限公司3个国际领先的抗体产品以及3个抗体项目。2021年，公司取得德国Desitin公司3款中枢神经领域的创新制剂在华独家商业化权益。在市场优先许可权方面，公司在2017年投资了派格生物长效GLP-1类似物和GLP-1 Glucogan双受体激动剂的市场优先权。同年，天士力向常州健亚生物投资5000万美元，获取了健亚生物甘精胰岛素和赖脯胰岛素的销售优先权，并获得8.30%股权。2017年通过投资派格生物医药（苏州）股份有限公司，获得2款GLP-1类似物药物PB-119和PB-718的优先权。在闫凯境的主导下，天士力成为国内少有的几家率先探索基因技术、人工智能、生物医学大数据的现代药企之一。2018年，天士力开始布局再生医学，打造细胞治疗国际化产业平台。2021年，天士力引进了高强度聚焦超声消融等前沿技术，并推动其在前列腺疾病、肿瘤等治疗领域的应用。

天士力"四位一体"研发模式中的四种方式各有特点。其中自主研发，公司拥有自主知识产权，所有权归公司方，研发由公司方负责，代表产品有复方丹参滴丸、普佑克、安神滴丸等。合作研发，合作双方共有知识产权，所有权共有，研发由双方负责，代表项目有PXT3003（1A型腓骨肌萎缩症）、PCMI1501（实体肿瘤）、T101（乙肝疫苗）等。产品引进，公司获得知识产权转让，所有权归公司方，研发由公司方负责，代表项目有安美木单抗（实体瘤）、PXT3003（腓骨肌萎缩症）、B1344（糖尿病）等。投资市场优先许可权，公司获得产品商业化所需的相关知识产权的使用权，无所有权，研发由对方负责，代销项目有双受体激动剂、甘精胰岛素、PB-119等。

（四）标准化、国际化

长期以来，中药质量标准和质量控制问题一直是制约我国中药产业健康发展及国际化进程的核心问题之一。如何突破中药质量控制的"卡脖子"技术，成为中药产业转型升级的关键所在。天士力作为我国中药现代化的领军企业之一，致力于中药国际化，以赢得国际对中药的认可。

推进中药国际化，需要通过国际医药认证体系认证。美国食品药品监督管理局（FDA）和欧洲药品管理局（EMA）是世界药物监管最严格、水平最高的机构，所颁发的市场准入许可成为药品质量的保证，获得这些地区药品机构的认可亦成为进入国际市场的通行证。获得FDA最高销售许可的药品可以在世界贸易组织（WTO）国家畅行。获得国际权威机构认可，是我国医药企业国际化的必经之路。近些年来，我国许多优秀医药企业和医药产品向欧盟EMA和美国FDA申请药品认证，但是能够进入人体临床试验的中药至今仍是凤毛麟角，更不用说最终成功上市的中药。复方丹参滴丸作为我国首个通过美国FDA研究性新药申请（IND）的复方中药制剂，也是天士力国际化之路的重要起点。

1992年复方丹参滴丸研制成功后，逐步打开了国际市场，在东南亚、欧洲、非洲、北美洲形成了重点区域市场，在34个国家和地区注册了商标，同时参照国际标准对原料获取、成分制备等生产工艺进行改革，申请FDA审批认可。到2010年初，天士力用了8年的时间成功完成FDA Ⅱ期临床试验，成为我国第一例圆满完成美国FDA Ⅱ期临床试验并确证其安全、有效的中成药。2013年1月开始了FDA的全球Ⅲ期临床试验。2016年，完成了复方丹参滴丸美国FDA全球多中心、随机双盲、大样本Ⅲ期临床试验。这不仅开启了中药国际化的历史新篇，改写了美国FDA历史上从未有复方中药通过的历史，而且还向世界进一步证明了中药现代化是一条成功之路。天士力还推动与美国Arbor公司签署了复方丹参滴丸美国合作研发与销售许可协议，开现代复方中药与海外医药公司合作开发推广先河。目前，天士力正加快建设以中药国际化为核心，以海外中西医结合医疗、大健康产品服务为协同的国际化体系。

自行车、手表、医药，三大行业三家企业，看似分属不同领域，实则共同构成了天津制造业影响全国生活的多维版图。从飞鸽自行车改变出行方式，到海鸥手表精准掌控时间，再到天士力医药守护健康，这些产品承载了几代中国人对“美好生活”的追求。它们不仅是具体的消费品，更是天津制造能力的象征，折射出这座城市从轻工业到高技术产业的转型路径。可以说，天津制造曾以一种全局性的姿态参与定义了现代中国人的生活日常，也为全国人民生活水平的提升提供了坚实保障。今天，天津正是在这种制造传统之上，探索属于自己的“再造”之路，力求在中国式现代化进程中再次贡献“天津方案”。

贰

第二篇

城市之下，

仍是制造之心

天津在中国工业体系中长期扮演“配套支撑”角色，其标准件产业与基础工业能力虽为全国主机厂提供着“隐形地基”，却常被产业光环遮蔽。这种定位既源于历史积淀，也受区域分工影响，其稳定性背后是技术深耕与体系韧性，但也面临创新能见度不足的挑战。

第一节
天津：那个撑起全国配套体系的标准件王国

天津长期在全国工业体系中承担配套角色，尤其标准件产业支撑主机厂系统运行，是隐形基础力量。这一体系稳定性极强，但长期被忽视。天津在近代工业基因中就肩负起配套使命。自洋务运动时期，天津便是北方工业化的核心。天津机器局、大沽船坞等为军工体系提供基础制造能力；范旭东创办的永利碱厂打破国际垄断，为化工、纺织等行业供应关键原料（纯碱），成为民族工业“基础件”的象征。至20世纪30年代，天津的羊毛、皮革、棉花出口占全国70%以上，为轻工业提供原材料支撑。这种“为全国工业输血”的角色，奠定了天津在产业链中“隐形基石”的地位。

、解放初期到改革开放初期：天津制造由“配套”到成套的蜕变

中华人民共和国成立后，尽管这一时期天津的工业基础比较薄弱，但仍自行研制

生产出中国第一只手表、第一辆中马力轮式拖拉机、第一台黑白电视机、第一架照相机等。“飞鸽”自行车、“海鸥”手表、“牡丹”缝纫机等民用产品辐射全国，是天津人引以为豪的底气，也是天津作为中国近代工业发祥地的很好证明。同时还为北方主机厂供应标准件，并成为行业标准。至改革开放初期，天津工业门类完备，全国领先。天津的造纸、机械、化工等配套行业工厂数量占全国同行业的10%，其稳定性源于完整的产业门类与地理区位优势。

（一）充分挖掘资源潜力，助力国家经济建设

天津在第一个“五年计划”期间，经济相当活跃，在发展轻纺工业的同时也注意发展机器制造业、必要的原材料工业和一些新兴工业，逐步发展成为一个综合性工业基地，工业生产的社会化和专业化协作程度不断提高，为继续前进打下了基础。

建国初期，国家为天津工业制定了“充分利用、合理发展”方针。为此不安排重点项目，投资新建项目少，156项国家重点项目一个也没有放在天津。这期间，天津工业基本建设的89%都用于对老企业的技术改造，取得了投资少、见效快的经济效果，比较好地贯彻了国家制定的“充分利用、合理发展”方针。从1953年起中国开始实施发展国民经济的第一个五年计划（以下简称“一五”计划），这期间天津是支援国家建设的重要基地之一，充分利用原有工业设备，发挥原有工业作用，是天津的首要任务。基于此种情况，这时期天津主要依靠自身力量，通过对老企业进行改造和挖潜，机械、轻工、化工、纺织等许多行业都相应地得到了发展，较好地完成了“一五”计划。经过“一五”计划，天津工业结构从以轻纺工业为主，开始向综合性工业发展，轻重工业的比重也发生了很大的变化。这期间一些重要的工业企业得到了新建、扩建、续建和改建，其中包括天津重型机器厂、天津发电设备厂、天津第二炼钢厂、天津无缝钢管厂、天津市中板厂、军粮城发电厂、天津电子仪器厂、天津手表厂、天津自行

车厂、天津感光胶片厂等。还新建了一些新兴行业，如有机化学合成、电子仪器仪表、玻璃纤维、合成洗涤剂、汽车、拖拉机等。还生产了许多新产品，如模拟式电子计算机、精密仪器仪表、塑料制品、手表、黑白电视机、薄钢板、角钢和以前靠进口的部分西药等。围绕支援国家经济建设，天津确定了三个重点发展方向。

第一，全市一盘棋，全力以赴保重点，担负起为国家新建企业承建机器设备、培训和输送人才的繁重任务，力求在支援国家建设中求发展，在发展中进行支援。

天津是中国第二大工业城市，有相当的工业基础。根据1952年底的统计，天津市共有职工23万多人，全部工业产值占全国总产值的5.41%。在天津全部工业产值中，现代工业产值又占93.8%。天津有相当数量的机器制造和金属加工企业，为新中国重点新建企业和重点工程承制各种设备、配件等，为农业生产所需的新式机具、农药、化肥等也是天津工业的重大任务。“一五”期间，天津的重要任务是支援国家的重点建设。

一是为国家建设提供生产资料。天津逐渐以较多的机械产品供应全国各地，部分产品还直接支援了国家重点建设单位。仅1954年1月至5月，天津国有、地方国有工业就和国家基本建设单位签订了5600多项机器设备的订货合同。地方国有14个机器厂和电工器材厂为国家156项重点建设工程生产了137种产品。1954年1月至7月，国有和地方国有工业为重点建设单位生产机器、建筑机械、矿山和通用机械达3000多台。如80马力高速移动式柴油机和空气压缩机供应到玉门油矿、淮河水利工程、福建前线和海南岛；电动吊车支援了长春第一汽车制造厂、哈尔滨量具刃具厂和阜新煤矿等几十种汽车配件，装配成了500多辆载重汽车，有力支援了矿区的运输。北京、石家庄、邯郸、郑州和西北等新建的棉纺织工业，都有天津生产的纺织机械，仅1954年天津就为全国新建纺织厂生产了400多台合股机和单程三速粗纱机等新产品。

随着国家经济建设事业的发展，天津工业承担支援重点建设的任务越来越重。1955年，机电工业支援的产品比1954年增加了1倍以上。1955年1月至7月，共生产149种新产品支援重点建设单位。冶金工业出产的石墨坩埚供应量占全国冶金工业需要量的一半。化学工业支援国家建设所起的作用也很大，地方国有第二橡胶厂仅1954年就为鞍山钢铁公司生产了104种橡胶制品，为铁路和其他重点单位生产了多种规格的胶管、胶板和耐酸性高压手套等。据统计，天津生产的烧碱、纯碱和各种油脂化学工业产品供应了全国20多个省、市的270多家工矿企业。天津油漆工业为第一汽车制造厂试制了几十种新油漆。同时还大力支援农业生产，为农民提供化学肥料和农业机械等。

第二，承担生产更多更好的日用工业品，供应全国需要的任务。天津市当时的工业生产是以轻工业为主，在地方工业中，纺织、食品工业的产值占地方工业总产值的一半左右。在国家集中主要力量发展重工业的时候，发挥天津原有工业设备的作用，生产更多更好的日用工业品来满足全国人民的需要。

第三，为国家培养人才。“一五”期间，天津为国家培养、输送了一大批建设人才。从东北、西北到西南，全国一些工矿企业和交通建设单位，都可以看到天津工业部门输送的建设人才和工作人员。据统计，这期间，天津工业企业共抽调2万多人支援全国一些地区和国家重点建设单位。如天津汽车制配厂1954年输送到第一汽车制造厂的干部和工人，相当于中华人民共和国成立初期这个厂职工人数的三分之一。天津纺织工业支援了石家庄、邯郸、郑州等地新建纺织工业，输送了几千名职工，其中包括管理干部、技术人员和20多个工种的技术工人。

（二）在发展制造工业的过程中由配套走向成套

“二五”期间，天津继续以发展工业生产为中心，充分发挥潜力，通过积极开展技术改造和技术革新，推出一批成龙配套的新产品。同时根据需要与可能适当改建和新建工厂，大力发展高级、小型、精密、多样化的产品，并且积极开拓原料来源，结合资源条件，生产一些与中央、内地无冲突，或中央大企业暂时不能供应的过渡性产品。这期间，天津市政府提出改变天津工业面貌，建成一个全国性的中小型机电设备供应基地，建立一个具有相当规模的海洋化工区，发展成为一个年产钢150万吨的中型钢铁基地，并生产大批的高级纺织品和轻工业品，支援国家建设，特别是支持河北省的农业和工业生产。1958—1965年，天津虽然经历了不少曲折，但在许多方面也取得了可喜的收获。如天津批量生产并率先使用了育秧塑料薄膜、防治棉花蚜虫的“三九一”农药等新产品。天津稻作研究所发展成了设施比较完备、试验项目比较齐全的农业科研单位。天津市重型机械厂、发电设备厂、第二炼钢厂、玻璃纤维厂和军粮城发电厂等一大批新厂建成投产。中国第一台高速450马力柴油机、第一台移山80重型推土机、第一台钻头热轧机、24台中型电子模拟计算机等先后在天津问世。2500吨水压机、500吨空气锤、塑料液压机、15 000千瓦水轮发电机等陆续在天津制造出来。天津的汽车、化学纤维、电视机、合成洗涤剂、原油等新产品从无到有被制造出来。这个时期新增的固定资产有80%是国家直接投资建成的。

天津在1966—1976年也有曲折发展。1967年1月2日，中央决定将天津市恢复为直辖市，这为天津的发展奠定了基础。在这10年，天津国民经济和社会发展遭到了严重的破坏，但工业在“三五”“四五”期间也保持了一定的增长速度。其主要表现为，经过广大工程技术人员、工人和干部的奋战，工业上取得了一批重要成果。如1969年，天津新港船厂自行设计、建造的一艘万吨货轮下水。同年，天津市工厂企业还创出4000多项新产品、新技术、新材料，其中有一批填补了国内空白。1970年，历时两个月完成了在全国计划会议上确定的抢建项目——制造6000吨水压机和扩建50万千瓦水轮发电机组工程。1971年，天津开关厂研制成功了具有世界先进水平的新型10千伏500兆安高压小油开关，小批量投入生产。1971年，天津第一炼钢厂创造平炉炉顶连续炼钢1375炉的最高纪录，达到全国先进水平。1972年，天津锻压机床厂研制成功了全国第一台630吨双动薄板冲压液压机。1973年，天津发电设备厂自行设计、制造成功了全国第一台11 000千瓦蓄能水轮发电机组。

这期间，天津工业建设的重点是石油工业、冶金工业和机械工业。石油化工中，大港油田是最大的基本建设投资项目，于1974年动工兴建，1983年正式投产，对全国石油工业的发展起到了一定作用。冶金工业中，涉县铁厂是天津最大的建设项目。机械工业中，对重型机器厂、拖拉机厂、新港船厂、新河船厂等进行了较大规模的续建、扩建。天津的轻纺工业在这10年中并没有被列为建设的重点，但轻纺工业中的某些产品发展比较快，如生产“飞鸽”牌自行车的天津自行车厂，从1969年开始进行技术革新和技术改造，产量由1969年的60万辆增加到1974年的100万辆。天津手表厂从1973年开始出口“海鸥”牌手表，产量从1965年的13.3万只增加到1975年的超过100万只。天津缝纫机厂成为仅次于上海、广东的全国缝纫机生产基地之一。天津在这期间共获国家金质奖25项、银质奖161项，729胶皮更是陪伴了63位乒乓球世界冠军登上领奖台。

工业是天津国民经济的主体。1978年与1949年相比，天津工农业总产值增加了19倍，国民收入增加了19.6倍，财政收入增加了89倍，工业固定资产原值增加了近9倍。天津为国家提供了大量商品，积累了众多的资金和外汇，输送了许多人才，对全国经济建设做出了重要贡献。天津大的建设部署安排基本没有中断，具有延续性，并保持了一定的增长速度，从而成为我国重要的工业基地之一，有门类齐全的工业基础，形成了以钢铁、石油化工、机械、电力为主要骨干的工业体系。至改革开放前，天津制造表现出一些特点：

一是初步形成了综合性工业基地。1949年，全市工业固定资产值只有3亿元，1985年达到183亿元。1949年，天津工业以纺织和食品行业为主，几乎没有重工业。中华人民共和国成立后，天津大力发展了冶金、化工、机械、电子、轻工、纺织、食品、医药、建材、电力、石油等工业，形成了一个以加工工业为主的综合性工业基地。全市153个工业门类中，有半数以上的门类是中华人民共和国成立后新发展起来的。

二是发展了一批重要产品。纯碱、原盐、农药、染料、钢材、拖拉机、微型汽车、自行车、手表、缝纫机、地毯、呢绒、电视机等产品在全国占有重要地位。

三是生产技术水平不断提高。1949年后，天津工业不断进行技术改造，努力提高技术水平。利用扩权外汇，引进国外先进技术，组织科技攻关，改造了100多条生产线，提高了生产技术水平。100多条引进的生产线中90%达到国际20世纪70年代末、80年代初的水平，所生产的产品有80%达到国外同类厂家的水平。在工业产品中，节能变压器、电焊条、工程机械、激光超微缩系统、电子元器件、电缆、铝合金型材、塑料门窗、低松弛应力钢丝、SE系列中温分散染料、针织运动衣、高级乒乓球鞋、729乒乓球拍、全套做操运动器械、手风琴、光敏微晶玻璃器皿等1000多种工业新产品居国内领先地位。彩色电视机、微型汽车、复印机等300多种产品达到国际水平。银河超级小型计算机、自动规范优先电焊机、电液比例液压元件等60多种产品达到国际先进水平。自1979年以后，全市共评出优质产品几千项次，其中部级优质产品占30%，市级优质产品占60%，国家优质产品占10%。

总之，改革开放前30年，尽管天津经济面临着很大的挑战，但在城市发展建设中仍定位于全国先进的生产科学技术基地之一。

二、改革开放篇（1978—2014年）：作为北方工业基地、综合性工业城市，天津由传统制造到智能制造的崛起

1978年党的十一届三中全会拉开了我国改革开放的序幕。1980年7月，《人民日报》发表《发挥天津的优势》社论，鼓励天津利用党的政策，发挥其过去长期作为我国北方经济中心的优势，大力发展商品经济，努力进入国际市场，尽快建成国际竞争能力很强的出口贸易基地。天津于1985年编制了具有法律效力的《天津市城市总体规划方案》（1986—2000年），国务院在批复《天津市城市总体规划方案》时概括了天津城市的性质和战略目标，指出“天津应当成为拥有先进技术的综合性工业基础，开放型、多功能的经济中心和现代化的港口城市”。在此方案中提出“一条扁担挑两头”政策，即天津工业布局向沿海地区转移，大力发展滨海地区，包括塘沽、汉沽以及经济技术开发区和海河下游新工业区，重点发展天津港，规划在港区内建设商港、工业港，并朝着集装化、专业化方向发展。同时对天津提出希望，“要充分利用现有的工业基础及资源条件，重点发展省水、省能和消耗原材料少的技术密集型产业和新兴产业，引进先进技术，改造老企业，调整原有的工业结构和布局，为国家的经济发展提供先进的技术装备和工业产品。加强港口和城市基础设施的建设，大力发展外贸、商业、金融、信息、科技以及其他服务事业，增强城市的辐射能力和吸引力，充分发挥中心城市的多功能作用”。

为了更好地发挥天津对环渤海区域的带动作用和辐射作用，1984年12月，国务院批准的天津经济技术开发区建设方案要点指出，天津要努力建设成技术先进、工业发达、文化昌盛、商业繁荣的经济中心和国际性的贸易港口城市。这开通了天津城市国际化的快车道，对于发展外向型经济起到了很大的保障作用。继1992年设立浦东新区

之后，2006年中央批复了第二个国家级新区——滨海新区，将滨海新区的开发开放上升为国家战略，使其成为国家级综合配套改革试验区。正因为港口优势，改革开放之后，国家决定进一步开放大连、秦皇岛、天津、烟台、青岛等14个港口城市，逐步兴办经济技术开发区，天津迎来了城市崛起的机遇。这一时期，天津国民经济综合发展水平稳步提高，社会总产值、国民收入、工农业总产值平均每年递增11.5%、10.5%和10.7%。到1986年末，天津在全国经济建设中居于重要地位。1980—1986年，天津累计上缴中央财政162.28亿元。1986年，在40种主要工业产品中，天津产、销量居全国前10位的有20种。这一时期，天津还发展了一批新兴行业，扩大利用外资，加强城市基础设施建设，经济发展环境得到了改善。1986年8月21日，邓小平同志在天津经济技术开发区视察时说："对外开放还是要放，不放就不活，不存在收的问题。"随后，他又为天津经济技术开发区题词："开发区大有希望。"自那时起，可口可乐、摩托罗拉、康师傅、丰田、大众、三星、雀巢等众多跨国巨头企业瞄准天津，先后在天津开发区建厂，形成了外资经济的"强磁场"。中铁、中远、中石油、中能源等500强央企也在开发区重点布局。

自1984年天津经济技术开发区成立以来，天津加快利用外资、引进先进技术的步伐。2006年国务院发布《关于推进滨海新区开发开放有关问题的意见》，要求滨海新区切实发挥综合配套改革试验区的示范和带动作用，赋予了滨海新区开发开放全新使命，体现了国家层面的高度重视，从战略和全局的高度，为滨海新区开发建设规划了蓝图，使其成为天津最大的经济增长点和对外开放的标志性区域。如以滨海新区的开发开放为例，2006年滨海新区电子通信、石油开采、汽车制造、现代冶金等产业发展迅速，大乙烯、大炼油、空客A320、中联芯片等一批龙头项目开工建设，维斯塔斯风力发电、SEW精密机械、中集集装箱、全国最大服务器生产基地——曙光天津产业基地等60多个重点项目建成投产，北方国际航运中心和国际物流中心启动建设。2007年，中国新一代运载火箭产业化基地在滨海新区动工建设。也就是在那一年，天津港年货物吞吐量首破3亿吨，提前3年完成吞吐量超3亿吨的任务，成为中国北方第一个年货物吞吐量达到3亿吨的港口；30万吨级原油码头、临港工业区、响螺湾中心商务区开始建设，电子口岸顺利开通，滨海新区联合投资服务中心成立。至此，滨海新区发展进入快车道，成为天津经济增长的“首功之臣”。

1991年3月，国务院批准包括天津高新技术产业园在内的26个国家高新技术产业开发区为国家首批高新技术产业开发区。1992年中国最大的外商独资企业摩托罗拉（中国）电子有限公司投产，是当时摩托罗拉在中国和天津的首家企业及亚洲通信产品生产基地。1996年天津泰达国际创业中心成立，成为对外合作共享技术的平台。从1994年到2007年的14年间，滨海新区对天津经济增长的贡献率超过50%，生产总值平均每年递增20.6%，高于天津市区10个百分点。2012年，德国总理默克尔访问天津，出席第100架空中客车A320飞机下线仪式。当时，中德双方签署了《空客中国总装线二期框架协议》等10余个合作协议，涉及航空、汽车等多个领域。而后，天津逐渐发展成为继美国西雅图、法国图卢兹、德国汉堡之后，世界第四个航空产业集群式发展航空城。就滨海新区而言，已拥有国家级开发区、保税区、保税港区、高新区、出口加工区、保税物流园区、自贸区等开放区域，是我国对外开放区域形态最为齐全的地区。1991年根据国家对首批批准的沿海14个开发区的统计，天津经济技术开发区在所有15项指标中，全区利润、税收、批准项目、项目投资总额等7项指标名列第一。20世纪90年代末，在国际金融海啸的冲击之下，天津经济增速尽管有所放缓，但韧性依旧不减。2000年之后的几年，天津的GDP增速一度高于全国，曾经13.63%的年均增速，更是大幅度领先全国GDP9.42%的年均增速。

三、新时代篇（2014年至今）：支撑起全国先进制造研发基地建设，从传统制造到智能创造的发展动能提质转换

2014年2月京津冀协同发展上升为重大国家战略，天津迎来了重大历史性窗口期。根据2015年发布的《京津冀协同发展规划纲要》，天津的城市功能定位是全国先进制造研发基地、北方国际航运核心区、金融创新运营示范区、改革开放先行区（以下简称“一基地三区”）。京津冀协同发展中，按照“优势互补、错位发展、合作共赢”的要求，规划纲要对天津的功能定位体现出天津特色和比较优势，以及从国家层面希望尽快打造京津冀世界级城市群的重要目标。京津冀协同发展是习近平总书记亲自谋划、亲自部署、亲自推动的重大国家战略，为天津的发展开启重要战略机遇期。为此，天津围绕城市功能定位，以重点项目为抓手，积极构建实现定位的项目化清单化支撑体系，在协同发展中加快了“一基地三区”建设，加快天津的定位与京冀形成互补，如北京的科研、人才、文化、资本条件辐射天津，天津为北京的科技研发提供产业化基地，天津的一些产业延伸到河北广阔的腹地，推进天津建设成为国际消费中心城市和区域商贸中心城市。

制造业是实体经济的基础，也是新旧动能转换的主战场。立足于历史的纵深，天津工业积淀深厚，产业体系完备，区位优势突出，正推进“中国制造”向“中国创造”转变，“制造立市”向“制造强市”转变。以智能科技产业为引领，以生物医药、新能源、新材料等新兴产业为重点，以装备制造、汽车、石油化工、航空航天等优势产业为支撑的“1+3+4”现代工业产业体系将构建完成。汇聚了航空航天、装备制造、石油化工、汽车工业、智能科技、信创产业、生物医药、新能源、新材料等产业，优势显著。从空客A320交付到天津拥有门类齐全的工业体系，研发生产各种飞行器，构

建起航空全产业链条。“天河”超级计算机、国家合成生物技术创新中心、国家级基础软件创新中心等一大批国家级创新平台也已经落户天津。天津具有高质量发展的深厚底蕴，以优势产业为支撑所建立的现代产业体系，为再造天津打下厚重的基础。

（一）打造成为我国自主创新的重要源头和原始创新的主要策源地，为再造天津提供好科技力量支持

天津在先进制造研发基地建设上有比较雄厚的基础，有门类齐全的工业制造业和规模庞大的产业工人，在产业链体系上具有完整性，供应链配套布局完善。通过紧紧围绕全国先进制造研发基地的功能定位，将“先进”“制造”“研发”三位一体结合起来，突出高端化、链条化、集群化发展，壮大一批能够代表国际先进水平的制造业产业集群。

突出产业链建设。天津把建设12条重点产业链作为核心抓手，依托京津冀协同发展战略、“一带一路”建设与新的发展格局相互促进，为制造强市建设提供坚实产业支撑，筑牢实体经济根基。以“国家新一代人工智能创新发展试验区”为突破口，以智能制造为产业发展的主攻方向，以生物医药、新能源、新材料为重点，以装备制造、汽车、石油化工、航空航天为支撑的现代产业体系正在加快构建，优先打造信创、高端装备、集成电路、航空航天等12条重点产业链，为制造业的发展形成有力支撑带动作用。工信部发布的“2020年先进制造业集群项目”公告中，天津信息安全、动力电池两个集群成功入选全国20个先进制造业集群，实现了重大突破。

高端装备产业表现抢眼。到2025年，高端装备产业产值达到1100亿元，工业年均增长率15%以上，形成国内一流的高端装备产业示范基地。2024年，天津12条重点产业链在链规上工业企业增加值占比达到82.1%，比2022年初的74.5%提高了7.6个百分点。在12条重点产业链中，航空航天产业链（不含军品）2024年增速达

26%，涵盖航空装备研发、总装及配套服务，延伸培育出无人机、运载火箭、卫星及大型航天器等5条“子链”，成为全国重要的航空制造基地；车联网产业链增速为22.4%，西青区、东丽区重点布局新能源汽车及智能网联车领域，形成“研发—制造—应用”闭环。

打造全球重要的战略性新兴产业集聚区。天津建立的12条重点产业链中，战略性新兴产业突出。从企业数量看，2021年，天津市在链规上工业企业2697家，主要分布在新材料（623家）、绿色石化（618家）、汽车和新能源汽车（365家）、高端装备（357家）、轻工（323家）产业链，占比达到84.8%。从产业规模看，绿色石化（4025.51亿元）、轻工（1771.83亿元）、汽车和新能源汽车（2216.25亿元）、新材料（1454.28亿元）产业链产业规模最大，工业总产值均超过1000亿元，占12条重点产业链工业总产值的76.1%。同时天津还积极推动互联网、大数据、人工智能和实体经济深度融合，推进“互联网+智能制造”“机器换人”、大数据应用示范等工程。截至2024年，天津市工业战略性新兴产业增加值占全市工业增加值的60%以上。

信创产业全国领先。打造了涵盖芯片、操作系统、数据库、服务器的完整产业链，信创海河实验室建设全面展开，聚集了360、紫光、TCL北方总部，新一代自主创新操作系统飞腾CPU+麒麟OS构成“PK”体系，构成了国家信创工程主流技术路线。信息安全产业，腾讯、麒麟、长城等头部企业布局天津，麒麟V10达到国内最高安全等级，集群规模占全国的比重达到23%。“天河三号”百亿亿次超算、“神工”脑机交互系统、华海清科12英寸抛光设备等一批关键核心技术取得重大突破并加速产业化步伐。京津冀新一代信息技术应用创新集群等获评国家级先进制造业集群，770家优质企业融入6条区域共建产业链，已打造形成新一代信息技术、新材料两个2000亿级产业，生物、高端装备、新能源与新能源汽车3个千亿级产业，成为全球重要的战略性新兴产业集聚区。

（二）培育壮大领军企业、龙头企业和品牌产业，为企业走出去奠定坚实基础

企业创新主体地位增强，培养了一批创新型企业家和创新能力强、产业效益好的创新型企业，形成了若干有国际竞争力的创新型领军企业群。截至2022年，国家级企业技术中心达到71家，位居全国重点城市第3名。现代中药、车联网、先进操作系统、天津市“芯火”双创基地（平台）、中国科学院工生所、药研院等一批产业创新平台纷纷启建，“天河三号”百亿亿次超级计算机、全球首款脑机接口专用芯片“脑语者”、12英寸半导体硅单晶体、康希诺疫苗、240吨AGV自动运载车等一批关键核心技术实现突破。2018年以来智能制造专项资金累计支持1726个项目，市、区两级财政共支持资金52.1亿元，形成1：20的放大带动效应，累计创建102家智能工厂和数字化车间；培育了紫光云、中汽研、宜科电子等一批行业工业互联网平台，超过6000家工业企业上云；移动宽带、固定宽带下载速率从全国第11位、第7位分别跃居全国第3位。国家高新技术企业、科技型骨干企业均突破1.2万家。中科曙光成为国家先进计算产业创新中心，重点产业链布局与集群效应显著。高技术制造业增加值增长8.9%，航空航天、车联网、信创等产业保持两位数增长，专精特新“小巨人”、制造业单项冠军分别增至283家、38家。国家级专精特新“小巨人”企业总量位列全国重点城市前列。通过创新驱动发展战略，培育壮大龙头企业取得实效。

（三）京津冀协同产业联动，配套角色的固化与突破：由参与全球供应链向促进全球创新链发展

京津冀协同发展的关键目标，即通过建立高新产业科技园、产业管理示范区、先进设备技术研发示范区，形成京津研发、河北承接的产业联动发展模式。一是在产业升级上加强合作，如京津中关村科技城、天津东丽临空科技创新城加强在“一带一路”

建设项目的对接与合作，宝坻区承接北京航天智能建设公司研发中心，形成北京研发—天津制造链条。天津为全国提供19.4%的工业机器人核心部件、61.5%的数控化关键工序服务。二是在能源保障工程方面创新合作方式，特别是中俄东线天然气管道工程建设、北京燃气天津南港液化天然气应急储备项目及配套外输管理项目上，形成京津冀协同发展+“一带一路”的合作模式，具有一定的原创性。三是聚焦新一代信息技术、高端装备、生物医药、汽车制造等重点领域，打造京津冀世界级产业集群，从而提升京津冀区域对外开放水平、开放影响力和开放统筹力。通过“一带一路”建设框架下的国际经济走廊建设和区域合作，发挥天津作为北方国际枢纽的作用，带动环渤海、东北等区域板块协同开放。在京津冀产业协同的框架下，打造滨海—中关村科技园、宝坻京津中关村科技城、宁河京津合作示范区等重点承接平台，以此打造京津冀世界级产业集群。

（四）从深厚工业底蕴到新质工业文明厚积薄发的积累释放，让智能先锋市成为亮丽的天津名片

坚持制造业立市，全面增强先进制造研发基地核心竞争力。通过巩固壮大实体经济根基，实现结构升级新突破，提升产业引领力和整体竞争力，基本建成研发制造能力强大、产业价值链高端、辐射带动作用显著的全国先进制造研发基地。天津全社会研究与试验发展经费投入占生产总值的3.66%，位列北京、上海之后，截至2022年已连续4年位居全国第三位。综合科技创新水平指数达到80.88%，居全国第四。投入强度反映的是一个地区愿意投入多少资源用于研发，体现了其对科技的重视程度。2019年天津市启动实施《天津市创新型企业领军计划》，聚焦人工智能、生物医药、新能源新材料等战略性新兴产业，强化企业创新主体地位，大力推动新技术、新产业、新业态、新模式“四新经济”发展，扎实推动创新型企业发展，打造“科企3.0版”。根据

《世界智能制造中心发展趋势报告》，在2019年世界智能制造中心城市潜力榜中，天津位列全国第四位，位居全球第十位。根据规划，2024年天津在智慧城市、智慧港口、海河产业基金品牌联网等应用重点领域走在全国前列，建设成为“智能先锋城市”。围绕发展壮大先进制造业，以支持支柱产业、发展战略性新兴产业为目标，于2017年4月设立天津市海河产业基金，成立海河实验室创新联合体，重点服务于新一代人工智能科技、生物医药和健康、新能源新材料等领域，推动技术研发创新、产业转型升级提质增效。海河产业发展基金认缴规模达到1238亿元，打造了千亿级新一代人工智能科技产业基金和项目群、300亿元生物医药产业母基金群。在2020年清科研究中心发布的“中国政府引导基金30强”榜单中名列第4位，自成立以来已经连续3年上榜。

天津已基本建成全国先进制造研发基地，打造成国家制造业高质量发展示范区，正持续实施制造业立市强市发展战略，坚定实施创新驱动发展战略，推动产业结构高端化、智能化、绿色化。天津坚持以产业焕新带动科技创新，支撑城市更新，以做优增量推动盘活存量，有效提升质量，不断增强培育新动能、更新旧动能的支撑成效。天津的“隐形力量”是中国工业体系的承重墙，其价值不仅在于稳定供应，更在于通过低成本智能化与渐进创新维持产业链弹性。重估这一体系，将基础件产业升级为制定行业标准的核心节点，当天津标准成为主机厂必须选项时，将以隐形之力照亮中国的工业殿堂。

第二节

天津的工厂，曾经管着一代人的吃饭、上学、洗澡和爱情

天津的老工厂不仅仅是生产单位，更是生命共同体。澡堂、子弟学校、福利分房构成了完整的生活系统，展现天津制造背后的人文秩序。

大概在每一位老天津人的心中，都有一份关于老工厂的记忆。高耸入云冒着烟的烟囱、洗得发白的蓝布工作服和带饭的铝饭盒，早晚高峰从工厂出来的自行车大军变成了滚滚车流，带来天津特有的工业烟火气。尽管尘封于岁月，却不能被遗忘。厂办大集体，澡堂、学校、福利房作为典型的老工厂生活空间，承担了社会再生产的功能，这也是天津老工厂的独特魅力与历史价值。它不仅是工业生产的基地，更是一个承载着集体记忆与深厚情怀的生命共同体，这种模式是计划经济时代中国大型国有工厂的缩影，在天津这座老工业基地尤为典型。作为北方工业重镇，大沽化工厂、棉纺三厂都比较典型地体现了这一模式。在这里，许多人把人生的芳华年代都献给了自己的工厂，这里有工厂的车间、机床，也有澡堂、电影院、文化宫、体育馆、广播室、食堂、邮局、子弟学校、职工技校、图书室、邮局银行、厂招待所、厂报厂刊，功能完善，自给自足，一应俱全。在集体供给的计划经济时期，厂区具备比较完整的社会功能，承担着产前产后综合配套功能，职工生活、福利待遇和社会保障职能，表现出了企业

办社会的特定历史风貌，形成了自成一体、自我平衡的组织模式。

一、国有民生工程的代表：职工澡堂

在特殊的历史时期，作为工会福利的一个部分，职工澡堂在开展爱国卫生运动时在老工厂中全面铺开，体现了党和政府对职工的关爱，也承载着深刻的社会功能。对于天津老工厂的工人来说，澡堂是个特别的地方，尽管设施简单，却是工人们日常生活感情交流和沟通的重要场所，也是当时社会文化的缩影。那时浴室条件简陋，并未设置更衣柜，只有几把简单的椅子。洗澡间一般有几大隔间，每个隔间有多个喷头。洗浴用品也很简单，有些人甚至用洗衣粉洗头。有的地方如果不是保密单位，家属也可以一起洗。大人喜欢用毛巾使劲搓孩子，直至搓到皮肤通红，才算干净。澡堂也是社交场所，忙碌一天后，大家“坦诚”相见，一起聊天，一起逗闷子，甚至有时候工作中的矛盾也会在这里被解决。在这里不仅能洗去一身疲惫，还能分享工作和生活中的点点滴滴，增进彼此的感情。那时大家拎着澡篮、提着一兜子换洗衣物奔赴澡堂是标配，有时还能扶老携幼全家大清洗，甚至厂外亲戚都可以买张澡票跟着“蹭澡”。回首往事，仿佛隔世。现如今各家各户都装有浴室，这已经成为生活的必备。而职工澡堂也升级为高级洗浴中心，依然发挥着社交娱乐的功能。有关职工澡堂的记忆，成了多少人心中温暖的回忆。

二、企业办社会子弟教育体系，孩子教育一条龙，从托儿所到子弟学校

职工子弟学校的建立，为职工子女提供了教育便利和相对稳定的学习环境，解决了职工的后顾之忧。在这里有一种故乡，叫作“咱们厂”。以厂为家不仅仅是一种集体精神，更是众多老工厂职工的生活状态。企业办教育是当时必尽的责任和义务。如天

津化工厂办教育，从初期的业余补习班、识字班、业校到后来的小学、初中、高中、技校和职工大学，从出生到就业，厂里基本全包,各类教育形式囊括了人生学习的主要阶段。职工的孩子一般在职工医院出生，长在家属院、幼儿园，到子弟学校入学，毕业后顶替父母的班进厂工作，一条龙服务。孩子们放寒暑假了会跟大人们去工厂上班，在大礼堂玩耍、在食堂吃饭、在图书馆看书，就这样一天天待在工厂，对厂区的各个角落熟悉到不能再熟悉。工厂还会给工人提供汽水，大多时候是橘子味的，对于孩子来说，就是最美味的东西。当时孩子们最期盼的大事，是参加学校的文艺表演、运动会的各种项目，这是向大人们展示自己的最好时机。天津中车机辆装备有限公司曾有铁路子弟学校，工厂广播站的大喇叭是不用定时的闹钟，每天早中晚响彻厂区，在“晨钟暮鼓”中，陪伴着大人上下班、小孩上学放学，成为人们心中永远的怀念。

天津的老工厂大多设有子弟学校，最大的优点是便利。孩子们上学都不用出家属院，放学和伙伴们疯跑回家，双职工家庭的孩子都在脖子上挂着尼龙绳钥匙，钥匙是那个时代孩子的标配。孩子们在子弟学校接受教育，同学的父母大多是同一工厂的职工，这种特殊的环境让孩子们之间的关系更加紧密，也培养了他们的集体荣誉感和归属感。在这里没有学区房的焦虑，没有兴趣班的内卷，体育课在煤渣地上踢球，生物课去厂区菜地种西红柿，美术课到厂标语墙写生。现如今一些职工子弟学校依然存在，甚至已成为当地的名校。父母工作的身影与孩子们在校园里无忧无虑的笑声交织在一起，形成了深厚的情感纽带。但随着时间的流逝，这些都成为永远的过去。

三、安居乐业，当家作主：福利分房

在老天津人的记忆里，总有一排排平房和大杂院。作为北方工业基地，天津通过福利分房留住技术工人，支援国家经济建设。福利分房是天津老工厂职工的一项重要

福利，根据职工的工龄、职位等条件进行分配，为职工提供了稳定的居住环境，让职工能够安心工作，也增强了职工对工厂的忠诚度和认同感。1952年，为解决工人“为房而苦”的问题，天津市政府在工厂区附近集中建设了一批保障性住房，即工人新村，包括中山门、王串场、丁字沽、唐家口、西南楼、佟楼、吴家窑等7片工人新村，周边配套齐全。在新村中央和四角，预留了公共用地，建设了小医院、幼儿园、学校、合作社、电影院、文化宫、浴池等配套设施，每个工人新区附近还有一个大公园，如尖山公园、中山公园、西沽公园、唐家口公园。市政府还为王串场工人新村填平了一条臭水沟，建成“金钟河大街”。在建设新村的过程中，工人们踊跃参加义务劳动，开展了各种各样的劳动竞赛，以增产节约为荣。本着就近分配原则，职工的住房距离单位很近，这类房子属于公产房，每间为12平方米左右的“大房间”，每家分一间或一间半，每月只需要缴纳很少的房租，有专人负责维修，没有物业管理，也不收物业费。20世纪80年代，天津又兴建了四大片新产业人员五层砖楼（万新村、佳园里、小海地、土顶堤）作为企业的职工住房。20世纪90年代开始大规模平房改造，2017年，王串场最后余下的二十四段平房也全部被拆除，取而代之的是高楼大厦。

工人新村的建设是天津职工比较典型的福利分房方式，于是天津人的字典里多了一个新的词语“段儿平房”，当时解决了18万工人及家属的居住问题，是计划经济时代住房保障的典型实践。新村的出现，在改善居住环境的同时，还带来了全新的生活理念。1994年出版的《天津市城市规划志》一书中，对工人新村的设计规划有这样的记载：“采取了以邻里单元理论为依据，注重了功能，采用比较规整有适当变化的路网和良好的房屋朝向以及基本配套的生活服务、文化教育设施。”居民购买生活必需品和儿童上学可不必穿越城市干道，这在当时国内来说，是先进和全新的城市规划设计理念。

在工人新村，对人们影响最深远的还是“大院情结”，体现出热气腾腾的生活质感。工人新村里居住的都是产业工人及他们的后代，大家在一个单位上班，下班后又住到同一片区。父辈是同事，孩子们从小就是在一起的玩伴。同住一排的几十户人家，互相照应、互相慰藉，俨然一个大家庭，冬天用的蜂窝煤和大白菜，夏天铺到外面乘凉“露营”的凉席，令人羡慕的熬带鱼、烧茄子，构成了大杂院浓浓的烟火气。除了解决自家的事，片区还组建以工人为主体的巡逻队，成立“治保会”，加强夜间巡逻，自觉维护当地治安。这项举措后来被作为基层治理的成功经验加以推广。

工人新村的房子大多屋内的地面低于院子，院子的地面低于胡同，胡同的地面又低于马路，于是被幽默的天津人形容成“三级跳坑”，遇到下雨，全院不分男女老少齐心协力往外淘水，小孩坐在大铝盆里玩耍成为当时的一大奇观。经过几十年的使用，“新村”渐渐变成“旧宅”，房屋破损严重，墙体碱蚀、沉陷、漏雨。改革开放后新村改造计划迫在眉睫，经过10多年的努力，通过区企结合，昔日破旧的危陋平房一排排、一段段被拆除，随之一幢幢崭新的6层楼房拔地而起。回望历史，从建设规模来看，1952年天津的工人新村共建成90余万平方米，这一数字直到1979年才被超越；住宅建设占基建总投资的比例达到20%，这一数字也直到1980年才被超越。根据全国的统计数字，1952年共建成工人宿舍217 550间，天津约占全国的四分之一，这对于改善工人的生活环境具有积极意义。2010年天津首个以工厂为题材的博物馆——中山门工人新村博物馆对外开放，众多老工人在那里被勾起了对当年生活的回忆。可以说，工人新村不仅是中华人民共和国成立初期管理城市、建设城市的重要探索和成果，对天津这座曾经饱受列强欺凌、写满战争创伤的城市也是一种有效的修复，提升了广大人民对社会主义制度的认同和自信。除此之外，一些大的“巨无霸”工厂也有自建职工住房，并有商业配套，为职工及其家属提供日常生活用品的购买服务，满足其基本生活需求。比如天津中车机辆装备有限公司的十三号大院，周边的配套设施让职工不出远门就能买到所需物品。那时候，还没有地段、房价、学区等概念，每个公产房就是每个职工温暖的家。

天津的老工厂所构建的生活共同体，体现出一种深层次的集体主义与归属感的人文秩序。工厂的生活系统让职工们生活在一个相对集中的区域，形成了一个庞大的集体。大家在工作上相互协作，在生活中相互帮助，形成了浓厚的集体主义氛围，职工们对工厂有着强烈的归属感。子弟学校使得职工子女对工厂文化有深入的了解，长大后很多人也会进入工厂工作，实现了技术和文化的传承，为工厂的持续发展提供了人才支持。澡堂背后是人们坦诚的沟通和交流，福利分房让职工们能够安居乐业、家庭稳定，从而促进那个年代整个城市的和谐发展。

第三节
老厂房还在“吐热气”：过去不是废墟，是储能池

天津的老厂房是过去城市工业发展的重要载体，经过100多年的发展，天津形成了门类较为齐全的工业体系，留下了丰厚的工业遗产，这成为天津崇尚工业文明极为重要的历史见证。在天津老厂房的钢铁骨骼中，流淌着这座城市工业文明的基因密码。天津作为老工业基地，这些见证时代发展的老机器、老厂房曾为我国近代化、现代化做出重大贡献，尽管随着产业升级和城市化进程有过短暂的沉寂，但有关工业遗产的记忆并不会在历史的长河中长时间沉睡，而会在城市更新改造过程中焕发出新的活力，在新与旧的交融过程中“吐热气”。过去它们并非废墟和停滞，而是保留了大量工业空间，仍具产业能量，很多转型项目正在这些空间中被激活。

可以说工业遗产不仅仅是文化遗产，也是记忆遗产、档案遗产。这些改造后的老厂房处处弥漫着历史的味道和创新的因子，尽管有点“老”，但不等于“退”，而是下一轮发展的热源，是重要的储能池。我们通过城市更新保留、保护这些老工厂、老设备，触摸到的是一部用钢铁书写的文明史诗，一段关于创业、智慧与韧性的集体记忆。《天津工业遗产名录》显示，天津有各类工业遗产97处，其中与工业生产直接相关的有37处，大沽船坞、天津碱厂、天津金汤桥、天津解放桥、大清邮政局、

比商天津电车电灯股份有限公司、大港油田港5井、海鸥表业手表制作生产线、天津第三棉纺织厂等9处被列入国家级工业遗产保护名单。这些工业遗产主要集中于中心城区和滨海新区，并沿海河轴线分布。如中心城区的大清邮政局、三条石福聚兴机器厂、造币总厂、芥园水厂、比商天津电车电灯股份有限公司、宝成裕大纱厂、津浦路西沽机厂和天津拖拉机厂等旧址，滨海新区的北洋水师大沽船坞、太古洋行和开平矿务局塘沽码头、黄海化学工业研究社、塘沽南站和亚细亚火油公司塘沽油库等旧址。这些工业遗产不仅见证了天津工业从无到有、从弱到强的发展历程，而且成为天津工业文化发展的重要载体。随着时代的变迁、经济的发展，天津的老工厂逐渐退出历史舞台。天津也跟随时代的潮流，由传统工业城市转型为以科技发展为首要任务的智能制造城市。但以产业焕新带动科技创新、支撑城市更新，以做优增量推动盘活存量、有效提升质量，不断增强培育新动能、更新旧动能的支撑成效正在显现。

保护、利用好这些具有集体记忆的闲置空间，让它们重获新生，不仅能保留住曾经承载经济发展、技术进步的历史记录，也可以为城市留下独有的“工业乡愁”，提升城市的整体品位和文化价值，天津正在按照自己的节奏有条不紊地进行。市工业和信息化局制定并发布《天津市工业遗产管理办法》，明确指出，“天津市工业遗产应当按照我市制造业高质量发展行动和中心城区更新提升行动中有关工业遗产要求，深入挖掘天津市工业遗产文化价值，提升品牌效益，传承弘扬工业精神，发展工业文化”。这些工业遗产在城市规划中华丽转身，将继续为天津这座城市增光添彩。

天津的老工厂数不胜数，工业记忆是这座城市的底色。有很多约定俗成的工厂名都成了这个地块的代名词，如大无缝、天拖、棉二、棉六、天钢、合化……就像时光迭代一样，天津人在这些名字和老厂房中找到了“曾经拥有”的记忆。乘着城市更新的东风，天津一大批工业遗存正在焕发出新的活力，那些曾经见证天津工业繁荣的老建筑，如今以全新的姿态呈现在我们眼前，以各自独特的方式诉说着历史故事，同时也展现了新与旧、传统与现代和谐共存的美学价值，成为城市发展的新名片。工业遗产是一座城市历史文脉的延续，如何让它们“留下来”“活起来”“火起来”是城市发展过程中所面临的问题。随着越来越多的工业遗存迎来新生，天津正在让历史文化遗产在城市更新中焕发出新的生机活力，曾经传统工业辉煌的天津，今天再次腾飞的天津，通过这些独有的工业遗产缅怀过去，更是为了创造未来。

一、集体记忆的共生容器

（一）留住工业乡愁：人民币上的第一机床总厂华丽现身（2025年入选第二批天津市工业遗产名单）

天津第一机床总厂始建于1951年，前身为天津市公私合营示范机器厂，是中国机床工业骨干企业之一，也是中国专业齿轮加工机床研发制造基地。70多年来，该厂研发了40多个首创产品，生产出第一台具有知识产权的全齿轮A62机床，以及第一台铣齿机、刨齿机、插齿机等，奠定了其在中国齿轮机床行业不可替代的地位，为国家工业发展提供了重要的技术和产品支持，是当之无愧的齿轮机床行业“国家队”。1956年1月12日，毛泽东主席到厂里视察，并授予该厂“中国齿轮机床研究基地”的称号。1959年成立我国第一家齿轮机床研究所，2006年“津一”数控齿轮加工机床被评为“中国名牌”，成为中国齿轮机床制造领域三大“名牌”之一，先后支援过天津拖拉机厂、长江机床厂及二汽等国家重点项目。第一机床总厂见证了我国机床行业从无到有的过程，堪称我国机床工业发展的“活化石”。历经70余年，厂区依然保存了大量的建筑、构筑物、历史环境、机器设备及档案资料，是天津市目前保存最为完整的机床工业遗存，也记载着天津工业的辉煌。占地26万平方米的天津第一机床总厂旧址，是中国机床行业“十八罗汉”中仅存的三个完整保留老厂区的工业遗迹之一，从“国家队”到“活化石”，见证了中国工业的沧桑变迁。

第一机床总厂旧址在城市更新项目中被列为天津市重点工业遗存保护区和产城融合示范区，更新后这里有津一会客厅、天津机床工业博物馆等，成为承载工业记忆与文化传承的全新地标。如今，这座老厂房以新的身份重新回到众人的视野。走进改造后的机床工业博物馆，仿佛穿越时空，回到了那段激情燃烧的岁月。博物馆完整保留了中华人民共和国成立初期的工业建筑风貌，以“机床为工业之母”为主线，通过回顾机床工业发展的历史脉络，全景展现了机床工业的发展历程、天津工业记忆与中国制造的辉煌成就，完美再现了中国工业从自力更生到创新突破的壮丽诗篇。其中，我国第一台由齿轮传动的C620车床是馆内的镇馆之宝，被誉为“明星机床”，印在1960年版2元人民币上的车床原型就是它。另一件珍贵的藏品是海鸥表

C620车床被称为“明星机床” 这台机床由原天津示范机器厂——天津第一机床总厂前身在1953年12月27日试制成功。

博物馆向机床工业博物馆捐赠的“中国第一只手表”——“五星表”的复刻款。如今在改造后的第一机床咖啡厅里，老厂房的钢梁与新生的绿植共处一室，当工业的呼吸被重新赋予意义，“吐热气”的废墟终将成为城市生命力的脉动——余热不息，生机不止。

（二）精神“储能”的双向转化：天津棉纺三厂变身创意园区（2020年入选国家工业遗产名单，2023年入选天津市工业遗产名单）

在天津的海河沿岸，坐落着一座百年老厂房——天津棉纺三厂，它是现今保护得较好的一座棉纺织厂。其历史可追溯到20世纪20年代的裕大纱厂和宝成纱厂，1950年它正式更名为天津第三棉纺厂，迅速成为天津纺织行业的主力军。1949年，天津纺织工业的总产值几乎占到全市工业总产值的一半。这里是天津轻纺工业的重要遗迹，它率先引入8小时工作制、早中夜三班倒，《大公报》称其“实开中国劳动界之创例”。过去有个“上青天”的说法，特指上海、青岛、天津这中国三大纺织工业基地，它们是明末清初最早出现的纺织工业城市，直至20世纪80年代以前，“上青天”仍是中国纺织行业的领头羊。如今已搬到空港经济区高新纺织工业园的天津纺织集团并没有沉寂，凭借“黑科技”走出一条新路，可上天入海，如2008年合作开发研制出我国第一套舱外航天服，还为航天员制作了具有入睡唤醒功能的脑电帽、为潜水员定制了可检测身体情况的智能背心、香蕉纤维等。

棉三老厂区于2013年实施保护性改造，在老厂区的基础上形成“棉3创意街区”，集创意设计、时尚消费、文化演出于一体。本着“先保护再利用”的原则，在延续历史文脉的同时展现出质朴的天津工业文明韵味和精致的建筑文化。这里保留了原棉纺三厂女工更衣室的铁皮柜群，改造为艺术装置《十万个抽屉》，每个抽屉存放着工牌、饭票、生产奖状，打开便是那个年代的集体生活图景。为了体现纺织女工的韧性基

棉3创意街区

因，棉3创意街区还设立了“织女基金”，由退休女工担任创业导师，将当年“万米无疵布”的工匠标准转化为当代产品质检体系。2020年，棉3创意街区被认定为第四批国家工业遗产，这里的建筑风格延续了工业遗产的历史肌理，同时还融入了现代艺术风格的雕塑、园林、街区。目前，街区内有120家企业，包括艺术展馆、演出剧场、文创及潮流品牌集合店、咖啡厅、中西网红餐厅、酒店等各类新业态，初步形成了“文创 + 科创” 双产业聚集效应。在棉3，从工业遗产的活化再生到商业空间的突破创新，每一处都是对未来生活方式的大胆探索。老厂房里盘活的新动能，为城市发展注入了源源不断的活力，让人们看到了历史与现代、潮流风尚与朴实生活交相辉映的美好模样。

（三）民族的骄傲——抵羊牌毛线：东亚毛呢纺织有限公司旧址（入选2023年首批天津市工业遗产名单）

1932年由近代天津实业救国代表宋棐卿创办的“抵羊牌”一经问世就成为家喻户晓的名牌，体现了东亚人的爱国之心、民族之志，其“宋氏管理”建立了规范的企业制度，又重视融汇儒家文化理念，从而形成制度与文化的交融和独树一帜的企业文化。

目前它隶属于天津纺织集团（控股）有限公司，是近代纺织工业发展的重要见证，已被列入“东亚坊”城市更新项目。

二、钢铁意志的实体化

（一）红三角照耀中国：天津碱厂（天津碱厂厂史馆，2018年入选中国工业遗产保护名录）

坐落在天津市滨海新区大连东道，筹建于1915年的永利化工厂，1952年成为全国第一批公私合营企业，后改名为天津碱厂，1953年7月1日“联合制碱法”被授予新中国第一号发明专利。这是中国第一家近代精盐厂、最早的盐化工企业、我国乃至亚洲最早的制碱工厂，是中国近代化学工业的重要代表。范旭东、侯德榜等在此创造的“侯氏制碱法”具有典范价值，推动了中国制碱工业的发展，打破了西方70多年来对制碱技术的垄断。1926年“红三角”牌纯碱在美国费城万国博览会上获得金质奖章，被誉为“中国工业进步的象征”。天津碱厂厂史馆墙上“红三角照耀中国”的标语，至今映照着民族工业自立的精神火种。 历史能量供给当下，碱厂精神赋能科创，渤化永利化工公司将侯德榜实验室原址改造为“创新孵化器”，创业者在此研发绿色制碱技术，墙上并排悬挂着1926年的工艺流程图与2024年的碳中和方案。曾经的碱渣山如今已变身为紫云公园，在天碱片区还设立了纪念天津碱厂前身永利碱厂的“永利街”，建设了纪念天碱的“天碱记忆长廊”，如今天碱片区正在成为滨海新区的核心商业及生活区，得到迅速发展。

（二）突破“卡脖子”技术：黄海化学工业研究社旧址（入选天津市2025年历史文化资源盘活推介案例）

黄海化学工业研究社旧址坐落于天津市滨海新区解放路138号，天碱俱乐部东侧，是中国民族化学工业之父、爱国实业家范旭东等于1922年创办的我国第一家私立化工科研机构。为打破西方技术垄断，实现民族工业自立自强做出了历史性贡献。2013年被国务院公布为第七批全国重点文物保护单位。为大力弘扬近现代民族工业发展中体现的实业报国精神，推动文物有效保护和活化利用，按照“保护优先、活化传承”理念，在城市更新的带动下积极推进黄海化学工业研究社旧址本体修缮工程，并于2024年10月正式完成布展并对外开放。修缮后的黄海化学工业研究社旧址以“工业先导 功在中华——范旭东的光辉人生”为主题，通过“矢志报国、实业强国、西迁壮举、立德立言、努力前行”五个部分十二个单元，展示了20世纪初我国近代著名爱国实业家范旭东率领李烛尘、侯德榜、陈调甫、孙学悟等民族化学工业先驱，秉持“为救国家危亡而办实业”的赤子情怀，艰苦卓绝地打造闻名海内外的化工生产科研集团——“永久黄”团体，打破多项国外“卡脖子”技术制约，开创我国纯碱、化肥工业及微生物学研究先河，矢志为民族化学工业自立图强、创新超越奋斗的光辉历程，成为弘扬爱国主义和科学家、企业家精神的思想政治教育平台。

（三）中国第一只手表诞生地：海鸥表业手表制作生产线（入选2023年首批天津市工业遗产名单）

1955年3月24日下午5点45分，中国第一只国产手表在天津诞生，中国制表工业新纪元由此开始。2025年，“海鸥”将中国首枚机械表进行了复刻，推出中国第一只手表“五星表”的复刻款。海鸥表业手表制作生产线属于天津海鸥表业集团有限公司，展现了天津手表制造业的发展历程与精湛工艺，代表了中国手表制造业的发展历程，其生产的“海鸥”手表在国内外享有较高声誉。海鸥表博物馆占地面积1000平方米，延伸出两个共享空间、两条车间生产线、国家认定企业技术中心与DIY活动室，共同构成海鸥表博物馆完整的参观路线。其承载了历代“海鸥”人文化、技艺积淀的工业遗产，讲述着滨海新区工业发展的历史传承与创新发展的精彩瞬间。老师傅用放大镜校准0.1毫米精度的场景，诠释了“一辈子做好一件事”的匠魂，这种极致追求使中国“陀飞轮”技术比肩瑞士。其中，大量历史文献资料及工具重现了1955年新中国第一只自行设计制造的手表在天津诞生的场景，而小立铣、端面滚齿机、二尺车床、四工位钻床四台设备则展示了现代手表产业设备的雏形。

天津机床工业博物馆

（四）笔墨传情：天津墨水厂（入选天津市工业遗产名单）

天津墨水厂起源于1875年的“诚文信”字号，在天津始建于1935年，是中国国产第一滴墨水——鸵鸟墨水的诞生地。厂史纪念馆有20世纪60年代仓库、铁胆墨水和碳素墨水配方及生产工艺，以及诚文信全记公私合营和1956—1998年国营历史档案。历史并没有成为过去，如今当代“鸵鸟”人通过创新，将“鸵鸟”产品衍生为5

大类百余种，国内市场占有率达到40%，引领中国墨水产业的发展。“鸵鸟”并没有消失，而是奋力前进，让老字号焕发出新生命，重新在市场站稳了脚跟。

三、空间叙事的文明转译

（一）天津电业摇篮：第一热电厂旧址

漫步天津市海河东路，一座L形巨大厂房引人注目。这里是第一热电厂旧址，如今是天津金茂汇商业综合体所在地。天津第一热电厂始建于1937年，曾是华北地区最大的电厂，也是京津唐电网的主力电厂之一，被誉为“天津电业的摇篮”。从18世纪的柳墅行宫、19世纪的武备学堂，到1937年的发电所，几经变迁，见证了天津的发展史。随着天津工业战略东移，2011年实施“关停并转工程”，天津第一热电厂正式退出历史舞台，后经改造正式变身为商业综合体，总体改造遵循“修旧如旧，新旧并置”，尽可能保留老建筑原始结构美学，重塑其历史价值。巨型煤斗悬挂于商场入口处，混凝土结构与玻璃结构结合，传统与现代交融，历史工业遗迹与现代繁华交错，重获新生的老电厂以另外一种方式继续“发电”，为不可再生的工业遗迹重新注入生命的活力。

（二）老厂变身潮流，破圈更出圈：天拖·巷往1956

始建于1956年的天津拖拉机厂，曾是新中国第一批中马力轮式拖拉机“铁牛”的诞生地，是中国北方重要的工业基地。1980年天拖拖拉机产量居全国第一，天拖见证了中国农机工业从自力更生到市场化转型的历程。随着城市产业升级和制造业外迁，天拖逐渐沉寂。但城市更新活化了天拖老厂区的建筑肌理，保留了老厂房的部分红砖墙、锈铁横梁、前门吊等传统工业符号，融合潮流，打造工业风沉浸式年轻新街区，使其从农机先锋变身为城市地标。

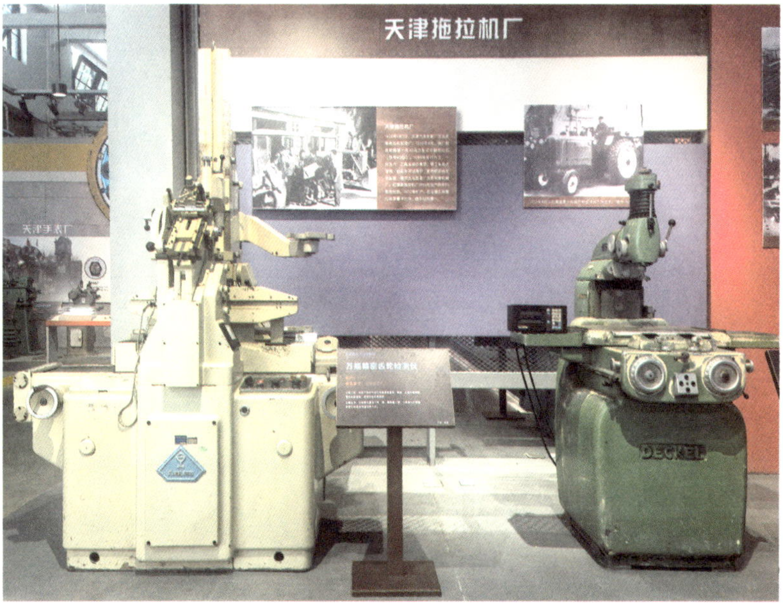

天津机床工业博物馆

（三）民族工业的艰难历程：三条石历史博物馆（福聚兴机器厂旧址）

三条石历史博物馆坐落在天津市红桥区三条石大街，是三条石地区唯一保留下来的反映天津市机器制造业形成、发展进程的历史遗存，也是天津市现存较为完整的工业遗产之一，其馆名由周恩来总理亲自题写。天津在官办工业发展的同时，地处三岔口的“三条石”逐渐萌生了近代民族工业，这一地区在20世纪三四十年代曾集中了300多家手工作坊和工厂，成为天津乃至华北地区机械

三条石历史博物馆　三条石曾是天津近代民族工业重镇，鼎盛期聚集逾300家铁工厂，民间俗称“铁厂街”。

制造及铸铁业的中心地区。福聚兴机器厂是三条石地区民族工业发展的缩影，产品不但销至华北各地，甚至远销南洋。旧址占地面积630平方米，现存的完整车间厂房和机器设备具有很高的文物价值和历史价值。展览分为“三条石地区铸铁业和机器制造业变迁史”“福聚兴机器厂复原陈列”，保留了大量当年的票据、广告、小型机器、铸铁成品等实物和各种图表、画像等，可以近距离参观陈列展品，深入了解天津近百年来中国民族工业的艰难发展历程。

（四）天津电力科技博物馆：比商天津电车电灯股份有限公司旧址（2019年入选中国工业遗产保护名录、2025年入选天津市工业遗产名单）

旧址始建于1904年，坐落在天津市河北区进步道29号，当时包括公司办公楼、5千瓦直流发电机、电能表、电力设备等，以及天津第一条交流电缆等相关设施。同时，比商天津电车电灯股份有限公司兴建了天津第一条有轨电车路线，也是中国最早的公交线路（距世界第一辆有轨电车的出现不到20年的时间），使天津在全国率先跨入电车时代。在这里天津还首次安装了汽轮交流发电机组，发电容量在当时华北地区首屈一指，记录了天津作为中国第二座进行城市供电的大都市的电力发展史。电力科技专业博物馆是国内第一家融合科技馆与博物馆于一体的电力专业展示馆。

（五）天津电话局的发端：天津电话东局旧址［2019年入选中央企业工业文化遗产（信息通信行业）名录］

1899年天津电报官局在东门里官电局内设立了磁石式人工交换机，之后又架起了中国自建的第一条长途电话线，这是天津电话局的发端。1927年留学美国归来的电气硕士朱彭寿，亲自指导设计、施工，组织建设天津电话东局，大楼是三层砖混结构，正面是三角形的廊檐设计，是典型的古罗马风格。1927年10月1日在意大利租界四马路（今光复道）建成天津电话东局（后改称四局），安装引进了德国西门子电机厂A-

22型步进制自动交换机1000门，这是我国自建的第一个自动电话局。目前作为中国联通天津分公司光复道分局，建筑内现有通信设备仍在使用，数字技术创新使这里有了更加现代的体验，成为解析工业体系发展的生动历史见证。

（六）文物活化新样本：天津市总工会第二工人疗养院旧址（入选天津市2025年度历史文化资源盘活利用典型案例）

第二工人疗养院建成于1956年，坐落在天津市河西区柳林路，周边为工业区和居民区，成为当时工人劳动模范和先进工作者疗养休息的胜地，由著名建筑家阎子亨、孙淑琴精心设计，是典型的“民族式”建筑，继承了梁思成中式大屋顶的建筑思想，具有较高的建筑艺术和历史人文价值，2013年成为第四批天津市文物保护单位。2023年，随着海河柳林设计之都城市更新项目的启动，其作为创意中心以修旧如旧的匠心实践和文产商融合的创新模式从众多项目中脱颖而出，破茧重生，从闲置文保到创意之城，活力绽放，从而让历史见证未来。

（七）建构工业文明新生态：天津范式

为破解工程建设与文物保护的矛盾，天津提出了“地铁+博物馆”新模式，如地铁4号线东南角站，有个承载着天津建城历史的明清天津卫故城东城遗址展厅，对天津珍贵的城墙遗址进行保护，开创了国内地铁建设与重要历史遗迹保护融合的先例，成为市民了解城市起源、触摸历史记忆的新文化地标。而老厂区改造使其焕发了新的生命力，产业升级为新型科创园区也成为新型工业文明的一种有温度，有魅力，近者悦，远者来的重要表现方式。

（八）首创特色园区：“二次方”二手商品流通电商产业园（原天津市木材四厂）

首创特色园区位于天津市河东区十四经路，通过盘活闲置资产，为推进城市更新探索了一条新的途径。经过改造，这里成为全国首个以二手商品为主题的电商产业园，汇集了国内从事奢侈品、数码、乐器、潮玩等二手高价值商品流通的企业，目前入驻企业和纳税额已相当可观。这不是对旧厂区的简单改造，而是同步实现了产业升级，实现了跨越式发展。这里有蜿蜒的铁路、老式的站台，仿佛在讲述着天津这座工业城市的往昔。

（九）特色高新技术产业园区：通广科技产业园（原国营第七一二厂）

通广科技产业园位于天津市河北区新大路185号的原国营第七一二厂，厂房均为20世纪50年代至80年代建造。2022年，园区一期4000平方米数智化改造启动，由闲置老工业园区翻新而来，通过“产业导入—企业孵化”模式，打造了中关村（智造）中试服务平台，选择医疗器械、生物医药作为主导产业，于2023年正式运营。通广科技产业园将被打造成为天津智能科技创新高地、产业孵化创新中心、京津冀军民融合示范基地，形成集平台、产业、资本、科技、服务为一体的科技产业园，具有“尖端化、融合化、高值化”特色，实现高质量发展。

（十）主题产业园区示范项目：天津数字出版产业园（原天津美术印刷厂）

天津数字出版产业园位于天津市河西区宾馆西路12号，原为天津出版传媒集团美术印刷厂闲置老旧厂房，建于20世纪70年代。园区围绕智慧教育、游戏电竞、网络文学、数字版权四大板块引入企业，打造数字出版融合发展新业态，这是盘活存量国有资产、提升老厂房利用效率的又一鲜活案例。

（十一）网红打卡地——天津印字馆：天津第一家铅字印刷厂（原天津印刷公司）

原天津印字馆旧址，位于天津市和平区解放北路189号。这里最初属于怡和洋行的一家商行，在1891年《中国时报》停止发行以后，成为天津印字馆。它是天津第一家铅字印刷厂，还是当年路透社天津分社、英文《京津泰晤士报》和天津印字馆三位一体的英国文化机构地点。现已被改造为网络咖啡店、高档商品展示销售地。

四、当代文明激活历史

（一）中国造船工业和兵器工业的活化石：大沽船坞（2018年入选中国工业遗产保护名录）

大沽船坞坐落在天津市塘沽大沽坞路27号，占地约46 000平方米。现为北洋水师大沽船坞遗址纪念馆。1880年李鸿章为修理北洋水师舰船的需要而建造，是中国第三所近代造船所，汇集了当时中国先进的造船机器，也是中国北方最早的船舶修造厂和重要的兵工基地，还是我国第一批使用机器生产的近代化企业，推动了近代中国军事装备的改革。同时培育了中国北方第一代产业工人，不仅为日后华北造船工业的发展提供了人才，还带动了中国各地造船工业的兴起。作为近代北方工业摇篮、中国造船工业和兵器工业的活化石，大沽船坞在中国近代军事史上写下浓重的一笔。

（二）天津解放的象征：天津金汤桥（2018年入选中国工业遗产保护名录）

金汤桥始建于1906年，是天津最早也是国内仅存的三跨平转式开启的钢结构桥梁，是当时市政建设现代化的景观，命名为“金汤桥”，取固若金汤之意。金汤桥是连接河北、南开两区的重要通道，也是天津解放战争中解放军会师的地点。1984年在金汤桥海河东路一侧设立了解放天津会师纪念碑，是象征天津市解放的标志性建筑，也是天津市爱国主义教育基地，具有重要的历史意义。

（三）全国唯一一座立转式开启桥：天津解放桥（原万国桥，2019年入选中国工业遗产保护名录）

解放桥坐落在天津市河北区三经路与和平区解放北路之间的海河上，筹建于1923年，是天津海河跨桥中仅存的三座可开启的桥之一，也是全国唯一一座立式开启桥，由美国芝加哥布施尔泽尔桥梁公司设计，法国戴德·萨德与施奈尔公司共同建造，是海河上造价最高的一座桥梁，也是天津的标志性建筑物。

开启的万国桥　1927年10月18日，具有当时先进水平的万国桥举行落成典礼。它是市区最早的开启桥。1945年更名为“中正桥”，1949年改称解放桥。

（四）中国近代邮政的起源地：大清邮政津局（2019年入选中国工业遗产保护名录）

大清邮政津局坐落在天津市和平区解放路103—111号，成立于1896年。是中国近代邮政的起源地，诞生了中国第一个邮政代办机构、第一部邮政规章、第一条邮路、第一套邮票等，其大楼是中国邮政史上珍贵的建筑文物，是中国近代邮政创建和发展的历史见证。

（五）关内外铁路（京奉铁路）：天津段（2019年入选中国工业遗产保护名录）

关内外铁路是连接东北和北京的第一条铁路，建于1890年。天津段包括北仓、天津北站、天津东站和张贵庄。其中塘沽南站建站122年，现存建筑103年，由英国工程师金达设计，中国工程师詹天佑参与，砖木结构的英式站房各功能区及各部构件至今基本保存完好，铁轨上的北宁铁路遗存及铭文，是中国第一条标准化铁路的历史见证。海河边原八号码头旁的塘沽材料处是中国铁路公司于1900年设立的中国当时最大的铁路材料处，见证了八国联军入侵、军阀混战、皇姑屯事件、日本侵华、东北解放等近代重要历史事件。

（六）津浦铁路：天津段（2019年入选中国工业遗产保护名录）

津浦铁路建于1908年。天津段包括天津新站（天津北站）及天桥（北天桥）、天津西站、静海站、陈官屯站、唐家屯站、杨柳青站。这是中国近代完成的继京汉铁路之后第二条重要的南北铁路干线，采用当时最先进的铁路建造技术和管理制度，是清政府借款建成的最长的铁路，也是清代修建速度最快的铁路，由英、德分段修建。中方督办大臣和工程技术人员在铁路建设中发挥了主导性作用，并最终恢复了自主支配铁路运营利润的权利。天津西站是全国铁路枢纽中现存使用的修建最早、保留最完整、规模最大的德式建筑。天津北站曾是天津四大火车站之一，是天津铁路枢纽的咽喉，木质天桥是当时中国铁路车站中最豪华也是最早的天桥，是国内保留下来的历史最悠久、最大的车站天桥。作为配套，还有津浦路西沽机厂旧址。该建筑于1909年建成，建筑风格为纯德式，具有很高的工业遗产价值。这里不仅是重要的铁路机车修理厂，还是革命活动之地，李大钊领导的北京共产主义小组曾在此宣传马克思列宁主义。

（七）英美烟公司（天津公司于2019年入选中国工业遗产保护名录）

天津公司坐落在天津市东丽区成林道319号，建于1919年。天津公司的遗存有美国第一代奥的斯货运电梯电机与电梯摇把、生产用摇臂钻、档案、近百张天津英美烟公司工厂的厂房设计图（藏于天津卷烟厂档案室）。1949年前天津公司是中国最大的烟草企业，最高时占中国烟草市场79%的份额。在上海、天津、青岛三地的工厂有中国烟草工业“上青天”之称。

（八）大港油田的发源地：大港油田港5井（2019年入选第三批国家工业遗产名单，2023年入选首批天津市工业遗产名单）

大港油田港5井建于1964年，坐落在滨海新区。是大港油田的第一口发现井，作为大港油田的发源地，见证了几代石油人艰苦卓绝、无私奉献、沧桑砺洗的创业历程，对中国东部沿海石油勘探开发具有重要意义。大港5井多次获得省部级荣誉称号，2007年9月，被评为天津市“十佳不可移动文物”，2019年11月，被评为中国石油“石油精神教育基地”，2019年12月，入选第三批国家工业遗产名单，2021年3月，入选天津市第一批不可移动革命文物名录，2021年10月，入选中国石油首批工业文化遗产名单，2022年8月，入选国家首批“大思政课”实践教学基地名单（工业文化专题）。如今，港5井已经成为大港油田公司企业文化教育的重要基地和对外形象展示的重要名片。2023年年底，大港油田公司在港5井原址附近利用老旧库房改造建成崭新的大港油田石油文化馆。作为一座集历史、科技、文化于一体的现代化展馆，它散发着光芒。

（九）千年盐场：汉沽盐场传统制盐区（2024年入选第六批国家工业遗产名单，2022年入选国家工业旅游示范基地，2023年入选首批天津市工业遗产名单）

汉沽盐场历史悠久，置场已达1099年，是中国海盐生产的重要基地之一，有着悠久的制盐历史和丰富的海盐制盐文化，是国内食盐生产企业中唯一的中华老字号。这里所产的原盐色泽白润，质地透明，品质极为纯正，被誉为“芦台玉砂”，是海盐生产工艺的活化石。汉沽盐场坚持盐田利用与遗迹保护双向发展，立足传统盐田开展工业游项目，将保护与活化利用相结合。长芦汉沽盐场的“七彩盐田”天空之境，为全国最大的海盐单池结晶区，已开发盐业风情浏览区，游客可以在这里领略浩如烟海的万顷盐池。每年夏秋季节，结晶池自然呈现红黄棕等不同颜色，五彩缤纷，自然天成，众多白色高大的风力发电大风车随风轻转，仿佛在倾诉盐场的变迁，成为长芦盐田独具特色的景观。

天津入选国家级名录的工业文化遗产都是国之重器，深深镌刻着历史的光辉印记。一个个鲜活生动、不断更迭的工业文化遗产，必将为再造天津贡献力量。

五、食品制造的老字号活化石（天津市工业遗产名单）

（一）三百年的酱香传奇：芦台春传统酿酒群落

芦台春由天津芦台春酿造有限公司传承，是具有代表性的传统白酒品牌，是华北地区浓香型白酒的代表，跨越百年，从地方酒坊发展成为津门白酒标杆，折射出中国传统酿酒人的坚守和创新，不仅承载着历史的记忆，而且依然保持着活力。

（二）激活工业老遗产新活力：静海天立独流老醋传统酿造区

静海天立独流老醋传统酿造区有着独一无二的传统制醋工艺，以其悠久的历史和独特口感远近闻名。如今这里是天津市天立独流老醋股份有限公司所在地，传承了独特的老醋酿造技艺。公司建有醋博室，使即将失传的制醋老物件和图文资料得到保护，让这个拥有300年历史的中华老字号在不断传承和创新中历久弥新。

（三）历经百余年的洗礼：桂顺斋食品有限公司南开厂区

桂顺斋食品有限公司南开厂区从1924年建成至今已有百余年，现隶属于天津食品集团，其清真糕点被认定为南开区非遗。老字号的底气在老，出路在新，这个厂区见证了传统糕点制作工艺的传承与发展，同时不断创新，用老味道赋能新理念、新技术，经过岁月洗礼，传承至今。

（四）百年活窖生香：渔阳酒活窖池群

位于蓟州区的天津渔阳酒业有限责任公司，始建于清朝同治年间，距今已有150多年的历史，时称“兴泰德烧锅”，是当时全国十大宫廷御酒之一，承载着丰富的酿酒文化。2009年渔阳酒业以其历代传承的工艺和百年历史获得首批“津门老字号”称号，2011年获得“中华老字号”称号，2013年兴泰德烧锅白酒酿造技艺被列入天津市非遗名录，百年老字号传承工艺闯出了新天地。

（五）百年不衰退：直沽酿酒厂

大直沽是天津白酒业的发祥地，天津市直沽酿酒厂保留了大量酿酒设备和传统工艺，是天津酿酒工业的重要代表。2010年，天津市直沽酿酒厂被商务部认定为中华老字号企业，2022年被认定为天津市“非遗”。“天沽”牌、“聚永”牌白酒连续多年被评为天津市名牌产品、天津市著名商标和“老百姓喜爱的天津食品”。其借助自身品牌历史和大直沽地区的文化旅游资源，走出一条“老字号+旅游”的新路。

（六）百年传承，“利民”为本：天津市第一调料酿造厂大毕庄厂区旧址

隶属于天津市食品集团的百年公司——天津市利民调料酿造有限公司，遗存有玉川居酱菜制作工艺、光荣牌酱油酿造工艺及相关历史档案。其还获得了辣椒酱国家标准制定权和甜面酱行业标准制定权，这是来自调味品行业的最大肯定。

工业遗产是工业文明的重要载体，具有丰富的文化内涵，记录着中国近代工业的艰难起步以及诸多成就，更承载着历久弥新的工匠精神与民族精神。近年来，随着文旅产业的快速发展，通过深度挖掘工业遗产的文化属性，对一批废旧厂房、工业遗存进行存量盘活，重构老厂区的空间价值、文化价值、情绪价值，为被遗忘的角落重新赋予了新的意义。当荣光褪去后，这些历史痕迹并没有被遗忘，而是成了“活化利用”的新素材。通过改造和激活这些工业遗产，带动周边地区的经济发展，为城市带来活

力，将来会有更多的工业遗产被擦亮，让沉睡的水泥重现生机。当老厂房的热气化作城市的精神蒸汽，那些齿轮咬合的声响、淬火升腾的烟雾，终将凝结为文明的星火，照亮通向未来的铁轨，这也是天津作为老工业基地流传给后世的工业遗产，谱写出“诗和远方”的华章。

第四节
从制造老城到国际新城，天津的再造与突破

天津一直是北方对外开放的高地。新时代，天津以更高水平扩大对外开放，主动谋划制度型开放，对接国际高标准经贸规则，推动规则、规制、管理、标准相通相融，引导工程技术、研发设计等专业服务机构“走出去”，开展“跨境电商+产业带”行动，促进外向型经济加快发展。为发挥服务内陆腹地出海口作用，依托联通欧亚、背靠京津冀、面向太平洋的区位优势，以及自贸试验区在对外经贸合作方面的优势，天津将强化服务“三北”，面向东北亚，以双向投资、国际贸易、口岸开放、国际合作、租赁创新等为重点，深化改革，扩大开放。

一、深度融入共建“一带一路”

天津与“一带一路”共建国家的外贸快速增长，通过沿线经济走廊的海外园区建设，深度参与中蒙俄、中巴经济走廊建设，推动扩大双向投资，持续提升境外经贸合作区功能。在推进产业经贸深度合作方面，天津将深化对外投资、产品出口、工程承包和劳务合作，带动优势产能、技术标准和经营管理服务“走出去”，同时推进大宗商品境外生产基地、中埃·泰达苏伊士经贸合作区拓展区建设，推动印度尼西亚农业产

业园区升级为国家级境外经贸合作区。依据现有科技创新条件、高新技术产业发展基础和制造生产配套能力，建立健全“一带一路”科技创新和高新技术合作机制，促进国际技术转移和科技人才交流，加快科技创新和新兴产业培育等方面的合作。

（一）标准和模式输出：中埃泰达园建设

一片荒芜的黄沙戈壁，中埃·泰达苏伊士经贸合作区平地而起，这是泰达人将中国开发区运作模式“泰达模式”“走出去”的典范。从园区的总体规划、基础设施的改造提升到招商引资、管理服务等实现了体系化“走出去”。那块1.34平方千米的土地很快就化腐朽为神奇，为埃及贡献了1.5亿美元的年产值，进出口总额达2亿美元。一直以来中国企业“走出去”，多半是一个项目、一个或一批企业抱团“走出去”，而“输送”出去一座活力四射的现代化工业新城，这可能还是独一份。

天津经济技术开发区总公司（天津泰达投资控股公司前身）与埃及银行、埃及国民投资银行、阿拉伯承包商公司和苏伊士运河管理局签署协议，成立埃中合资投资股份公司，共同发展建设苏伊士湾经济特区。这是天津企业首次“走出去”。2007年11月，天津泰达投资控股公司通过投标，获准在埃及建设苏伊士经贸合作区。2008年10月，中非发展基金与泰达投资控股公司合作，共同出资4.2亿元人民币，成立中非泰达投资股份有限公司。2009年11月，中埃·泰达苏伊士经贸合作区正式授牌。这是在中埃两国国家元首共同关注下成长起来的国家级境外经贸合作区。经过10多年的开发建设，已逐步成为中埃经贸合作的重要平台，成为中非合作共建“一带一路”的示范性项目。作为国家级境外经济贸易合作区，中埃·泰达苏伊士经贸合作区让古老的丝路文明在新丝路的建设中焕发生机。成功的海外建设经历，也形成了一套完整的“泰达模式”，实现了四宗“最”：综合环境最优、投资密度最大、单位产出最高、中资企业最密。截至2020年12月底，项目共吸引96家企业入驻，实际投资额超12.5亿美元，累计销售额超25亿美元，纳税近1.76亿美元，直接解决当地就业约4000人，产业带动就业3.6万余人。眼下，6平方千米的拓展区正在建设中。保税维修、跨境电商等产业服务新业态将逐步落地。合作区内的保税仓服务功能已启动运行，还引入了MTS海关物流系统和Go Bus汽车站。入园客户可享受一站式网上清关及物流服务，区内交通也颇为顺畅。合作区已成为中国企业“走出去”的桥头堡、“一带一路”上的标杆。

中埃·泰达苏伊士经贸合作区是埃及参与“一带一路”建设的重要依托，将吸引越来越多的中国企业在区内投资实业，有利于带动中国具有行业竞争优势的龙头企业及相关配套企业集体“走出去”，形成专业化的产业集群，开拓埃及市场乃至西亚、北非市场，使其成为深化国际产能合作的新平台。中埃·泰达苏伊士经贸合作区已成为海外明星工业园区，在中国企业的投资带动下，它在为埃及带来较大经济效益的同时，也将促进埃及的工业生产能力和产业技术水平的提升。中埃·泰达苏伊士经贸合作区有望成为北非地区物流和相关增值服务的枢纽。随着“一带一路”国际合作的深入推进，越来越多的中企选择“走出去”，中国境外经济贸易合作区建设的步伐也进一步加快。其具有以下主要特点。

一是标准和模式整体“走出去”。境外经贸合作区是中国实施“走出去”战略的一条重要途径，可以在很大程度上降低或规避企业“走出去”过程中可能遇到的各种微观、中观及宏观风险。1994年，时任埃及总统的穆巴拉克访华时到天津经济技术开发区参观，他在看到这座中国园区强大的生命力后对在埃及建设产业园产生了兴趣，并邀请天津开发区的开发企业泰达赴埃及合作，传授建设园区的中国经验。与泰达受邀建立园区不同的是，更多的中企在海外建立园区是为了满足自身海外业务发展需要。比如在1999年，海尔集团为了开拓美国市场，在美国南卡罗来纳州建立了工业园，进行研发设计与生产；2001年，海尔又在巴基斯坦与当地一家企业合资建立了产业园区，助力海尔打入当地市场，一些国内的配套厂家也前往入驻；2002年，河南国基集团将塞拉利昂一处废弃火车站改造为工业园，吸引了众多上下游厂家入驻。与其他境外经贸合作区的建立背景不同的是，中埃·泰达苏伊士经贸合作区以天津开发区建设经验为基础，具有以开发区为主体整体“走出去”的特点。在多年发展中，中埃·泰达苏伊士经贸合作区探索出了具有可持续性的成功模式，得到了较好的资金回报，也获得了政府涉外部门越来越多的肯定。一直以来，一提到改革开放，我们听到最多的是“积极引进国外先进的管理经验”。如今，天津人已经开始积极向国外输出自己的管理经验。

二是模式的可操作性和借鉴性。境外园区这种经贸合作形式并不是中国首创，但中国却将园区的优势发挥得淋漓尽致，一些发展中国家也开始向中国学习经验。截至目前，“泰达模式”已经先后参与了吉布提港口前期建设、肯尼亚蒙巴萨园区建设、刚果（金）黑角经济特区建设的咨询和评估等工作，让更多的共建国家分享了“一带一路”倡议带来的“中国经验”。天津充分发挥中埃·泰达苏伊士经贸合作区的平台优势，将其作为天津企业“走出去”和对接“一带一路”倡议的重要支撑点的同时，积极探索该模式的可复制性和可推广性，并努力加以实现，以更加积极地参与到“一带一路”倡议下的海外投资与贸易中来。此外，还应注意借助“中国—中东欧国家合作机制”，争取其他方面的合作或发展机会。

企业自发设立园区或是因为其需要在当地进行大规模生产，希望引入上下游厂家入驻以提供支持，或是看到一些刚到海外的企业因缺少经验而倾向于抱团以减少风险。这些企业的实践也为政府后期出台合作园区政策奠定了基础。2006年，商务部发布了《境外中国经济贸易合作区的基本要求和申办程序》，开始招标遴选海外合作区。境外经贸合作区是中企“抱团出海”、降低海外投资风险的一个平台。除少量双边政府大力鼓励支持外，在带有政府间项目色彩的园区中，绝大部分境外园区还是属于企业行为，以企业作为主要的投资方和运营建设方。境外经贸合作区是产业集聚区，上下游、产业链的带动作用强，很受东道国欢迎。如天津中白工业园、埃塞俄比亚东方工业园、巴基斯坦海尔-鲁巴经济区、中埃·泰达苏伊士经贸合作区、中国·印尼聚龙农业产业合作区……10多年来，中国境外经贸合作区从无到有，由少到多，已成为中国进一步推动改革开放、助力中企走向世界的重要平台，也是与广大发展中国家互利共赢的有效途径。

三是园区建设的精耕细作性。中央与地方政府支持企业“走出去”的政策环境日益优化。例如，在2013年商务部和财政部印发的《境外经济贸易合作区确认考核和年度考核管理办法》中，就加大了对合作区的补贴支持力度。这种变化更加凸显了天津借助这一平台的优势和便利，“一带一路”倡议的提出推动合作区建设提速，中国企业“走出去”的步伐也在不断加快。指导组织市属国有企业从招商引资、投资规划、产业配套到人才支持、政策优惠等多方面入手，持续加大开发建设力度，推动园区形成“横向成群、纵向成链”的产业集聚特点。

四是加强横向联系，推动国内优势企业“走出去”。为深入推动“一带一路”建设，充分发挥国家级境外经贸合作区的集成优势，扩大对外投资和经贸合作，天津泰达园区加强横向联系。由天津市商务局与山东省商务厅联合主办的“跨国并购及走出去带动引进来政策与实务培训班暨中埃·泰达苏伊士经贸合作区山东推介会”在泰安市成功举办。山东省各市、区商务主管部门以及中国电建、潍柴集团、雷沃重工、青岛海尔等山东重点境外投资企业相关负责人100余人参加了推介会。会上，中非泰达投资股份有限公司介绍了埃及的投资环境和合作区基本情况，山东企业参与对接活动积极、热烈，对这次活动给予高度评价。现在，泰达控股又将在沙特开启新征程，如果进展顺利，沙特国内近40个工业园区今后有可能全部交给天津泰达人管理。此前，双方已签署相关框架协议。他们要为天津打造更高水平的对外开放“桥头堡”。

（二）农业“走出去”，推动农业国际投资与合作

天津在农业科技研发、文化交流方面具有较大优势，在推动农业政策对话、农业科技合作、农业对外援助方面取得了一些成绩。保加利亚玉米种植、天隆种业越南杂交水稻种植等一批合作项目落地实施，成为当地农业领域的示范性合作项目。

首先，加大政策支持力度。联合政策性和商业性保险机构，为“走出去”农业项目提供融资和保险服务，为企业海外经营保驾护航。深入各区解读和宣传推介“走出去”政治风险统保平台，进一步扩大海外防风险政策的支持覆盖面。通过积极协调资金完成涉及民营企业人身意外伤害保费在内的地方资金拨付，对民营企业境外投资前期费用、贷款贴息等予以支持。按照《天津市“走出去”企业海外投资保险统保平台三年工作方案（2018—2020年）》文件要求，对企业投保重点方向海外投资保险的保费给予补助。其次，推动对外投资便利化。推行“鼓励发展+负面清单”的对外投资监管模式，支持包括农业产业在内的实体经济“走出去”。如天津天隆农业科技有限公司响应国家“一带一路”倡议，扩大对外交流合作，成立了从事杂交水稻海外推广和现代农业国际合作的专业化公司，将我国优势杂交水稻、蔬菜技术和产品推广到海外。该公司先后为印尼当地883户农户、累计逾1000人次进行了农业技术培训。天津食品集团成立全资子公司在保加利亚从事农产品种植和贸易经营活动，先后完成谷子试种、水稻栽培试验、玉米喷灌试验、20个蔬菜大棚试验等项目。天津食品集团也积极融入“一带一路”建设，加快农垦“走出去”步伐。该集团在保加利亚投资3.57亿元，购置租赁91.33平方千米土地，打造首个中国—中东欧国家农业合作示范区，聚集先进科研

机构和农业企业，进行玉米、小麦、油菜、水稻等作物种植试验，积极发展与保加利亚双边大宗农产品贸易，促进中国与中东欧国家的农业合作，该园区被农业农村部命名为“16+1”农业合作示范区。同时，食品集团在加纳投资1300万元建设番茄酱加工厂，2019年上半年建成投产后，年产小包装番茄酱达5.4万吨，预计可实现年营业收入4亿元，利润1206万元，有利于壮大食品产业规模，促进当地就业和经济发展，扩大天津食品品牌的国际影响力。

（三）打造中医药“走出去”品牌

经过多年的积累及开发，天津在中药现代化等领域处于全国领先水平。在《中共中央 国务院关于促进中医药传承创新发展的意见》发布后，国家对中医药的支持力度不断加强。中医药产业是天津市传统优势产业，并且拥有科研能力较强的知名高校和技术创新机构，拥有速效救心丸、复方丹参滴丸、血必净、京万红软膏等一大批国内知名的传统中药特色产品，具有较强的技术创新和临床服务优势。天津中医药产业规模较大，中医药在抗击新型冠状病毒感染中也发挥了重要作用，天津中医药大学张伯礼院士作为全国顶尖的中医药专家，被授予“人民英雄”国家荣誉称号。天津通过承接中医药领域国家级产业集群、产业创新中心、重点实验室、重大基础设施平台，积极推进中医药海外合作，建设国家中医药服务出口基地，参与中医药产业标准制定工作，不断创新中医药应用场景，成为天津中医药“走出去”的主要方式。天津市指导天津中医药大学、天津天士力医疗健康投资有限公司制订中医药服务出口基地建设方案。加强中医药治疗新冠肺炎经验的海外宣传，搭建线上中医药学术交流和教育平台，开展多样化境外办学活动。逐步开放中医药产品海外注册公共服务平台，发挥现代中药创新中心在中医药产品国际研发等方面的作用。随着中医药的技术与经验在海外得到不断推广，中医药治病与保健逐渐成为一些国际友好城市新时尚。天津充分运用中医药产业、教育发展基础较好的优势，通过海外科研合作、中医药交流、教育培训等方式促进中医药“走出去”。

二、做优做强鲁班工坊

天津作为现代职业教育改革创新示范区，跨越国界建设鲁班工坊。鲁班工坊是天津首创并率先主导推动实施的职业教育国际品牌，紧紧围绕所在国家的产业和我国“一带一路”建设对接需求，以建立院校合作、培养技术技能人才项目为主体，以工程实践创新项目为教学模式，通过研发国际化专业教学标准，将中国优质职业教育和中国优质产品技术向合作国输出，培养当地熟悉中国技术、产品、标准的技术技能人才。在密切人文交流合作方面，天津将借助中国—中东欧国家高校联合会等多边机制，加大与中西亚、东南亚、南亚地区的教育培训合作，开展文化领域的交流与合作，打造鲁班工坊天津品牌。天津院校遴选了大城技术学院、奇切斯特学院、塞图巴尔理工学院、艾因夏姆斯大学、埃塞俄比亚技术大学等一批优秀合作院校，对接了中泰高铁、中国—澜湄五国合作、中巴经济走廊、金砖投资项目、亚吉铁路运营、中企工业园等一批重大项目，合作办学层次从中职教育、高职教育、应用本科到工程硕士，已经在20个国家建设了21个鲁班工坊，遍布亚欧非三大洲。2016年天津渤海职业技术学院在泰国大城府建立的鲁班工坊正式挂牌，这是我国在海外建立的首个鲁班工坊。2017年在英国、印度和印度尼西亚又建三个。2018年在巴基斯坦、柬埔寨、葡萄牙建立了新的工坊。2019年由天津铁道职业技术学院、天津市第一商业学校、吉布提工商学校和中国土木工程集团有限公司共同建设的吉布提鲁班工坊挂牌，完成在非洲的鲁班工坊建设任务，旨在推进与“一带一路”国家在教育、科技、文化、卫生等领域的合作，充分利用国际性会展平台，为扩大开放营造良好环境。

三、深化国际友好城市合作，提升城市国际影响力

天津深度参与共建“一带一路”，借力区域全面经济伙伴关系协定，强化与东北亚、东盟、欧盟等国家和地区的经贸往来和产能合作，积极融入中蒙俄、中巴等国际经济合作走廊建设。优化鲁班工坊全球布局，充分发挥夏季达沃斯论坛、世界智能大会等重大会议活动的集聚效应，深化国际友好城市合作，提高天津国际知名度和影响力。高水平改革开放是推动天津发展的关键，也是全面建设社会主义现代化大都市新征程的关键。国际友城在服务国家总体外交、服务地方经济社会发展、服务全面推进“一带一路”建设，特别是在服务推动构建人类命运共同体等多方面正发挥着越来越重要的作用。

作为对外开放的重要国际化港口城市，天津是中蒙俄经济走廊主要节点、海上丝绸之路的战略支点、“一带一路”交会点、亚欧大陆桥最近的东部起点，区位优势明显。以此为依托，天津在国际友城布局上更加优化，交往水平进一步提升，合作成果日益丰富，特别是在东亚地区国际友城品牌建设上取得了突出成就，对提高天津国际知名度和影响力发挥了重要作用。其中，与日韩友城交往具有引领性的品牌效应，与东盟友城交往具有“东盟方式”的品牌效应，国际友城建设为促进天津经济社会发展带来更多对外合作空间，特别是通过深化港口城市间的合作交流，充分展示了天津的区位和产业优势。

（一）与日韩友好城市交往具有引领性的品牌效应

中日韩民间交往历史源远流长，地方政府借助友城交流的机制化建设，增进了解，深化合作，促进各国人民之间友好交流。天津在这方面进行了积极探索，并取得了良好效果。在中日和中韩双边交往的基础上，天津积极探讨中日韩、“中日韩+”的友城

合作模式。1973年，天津市与日本神户市结为友好城市，这是我国与外国建立的第一个友城关系。1993年，天津市与韩国仁川市建立友好城市关系。截至2021年，天津与日韩结好城市达到12对，占天津与50多个国家中的97对结好友城的约12%，友城建设产生了积极的品牌效应，呈现出鲜明的引领性特色，在地方对外合作交流中发挥着重要作用。天津多次举办中国·天津国际友城圆桌会议，邀请友城市长、议长来津参会。2017年天津举办“一带一路”国际港口城市研讨会，推动建立“一带一路”港口城市合作联盟，积极主动拓展对外交往渠道，开展各种经济合作与人文交流活动。天津在友城建设中围绕特定议题将一方结好、多方参与、共同受益的友城城市群合作的发展推向深入，不仅在传统经贸领域加强提质增效，还加强新兴产业领域如健康医疗、智能科技、时尚消费等领域的合作与交流，在中国城市外交中起到了良好的示范作用，通过友城渠道推动天津的对外开放。

日本的神户市、四日市、千叶市、函馆市、秋田县、北九州市等友城，韩国的仁川市、釜山市、京畿道等友城都是重要的港口城市。多年来，天津借助港口友城的平台，通过高层互访、经贸推介、人文交流、论坛展会、平台活动、人员互派等多种形式，不断深化与日韩友城在经济环保、城建绿化、文化体育、观光旅游、医疗卫生、人员交往等各个领域的合作并取得丰硕成果。受益于双方城市自身的快速发展，天津与日韩友城之间的友好交流合作日益向解决实质问题发展，借助“一带一路”建设和友城合作呈现出“双促进”的局面。双方具备坚实的合作基础和对外合作的迫切愿望，这使得友城的交往不断扩展到各个领域。

（二）与东盟友好城市交往具有“东盟方式”的品牌效应

自中国提出“一带一路”倡议后，天津市与东盟友城如印度尼西亚的东爪哇省、越南的海防市、泰国的曼谷市、柬埔寨的西哈努克省等城市的合作日益紧密，带动经济贸易、农业合作、金融创新、卫生医疗、旅游服务等方面的交流合作，交往方式体现出我国与东盟长期形成的对话合作、友好交往、协商一致的“东盟方式”的鲜明特征。

一是加强与友城华商的联系与合作成为显著特色。天津一直重视与东南亚各地的侨联侨商建立和巩固联系，通过举办形式多样、内容丰富、特色鲜明的民间外交活动，真实、立体而全面地讲好天津故事，助力营造一流的营商环境。

二是职业教育培训成为天津加强与东盟合作的亮点。随着“一带一路”建设的深入推进，天津与共建国家的职业教育合作成为促进民心相通的样板工程。由天津原创并率先推进实施的鲁班工坊在泰国取得较大成效，将技术、产业与教育紧密结合，从而使职业教育成为服务“一带一路”的重点项目，形成了立足泰国、辐射东南亚的技术技能人才培养中心。天津的职业教育成为可复制、可推广的构建民心相通、促进当地经济社会发展的重要品牌。

三是人文交流项目日益品牌化。天津在东盟地区设立的企业和机构达160多家，为此，天津加强友城人文交流项目的品牌化。首先，加强机制建设，推动建立国际友城工作联席会议机制，推行国际友城工作联络员制度，整合资源，形成合力。其次，形成“政产学研”合作模式。最后，通过观光旅游形成特色品牌旅游。

深化国际友城合作成为天津扩大开放、加强城市国际化建设的重要途径。《天津市国民经济和社会发展第十四个五年规划和二〇三五年远景目标纲要》指出天津积极融入“一带一路”，深化改革，扩大开放，加强国际交流合作，深化国际友好城市合作，以“一带一路”沿线港口城市为重点，激发新发展活力，全面提升城市国际影响力。

盘活友城合作资源存量，开辟建立新友城关系增量，优化全球友城布局，是天津国际化发展的重要抓手。继2017年首届世界智能大会在天津举办以来，友城论坛成为其重要的一个环节。随着“一带一路”高质量发展全面展开，中国与“一带一路”国家的贸易占比稳定在三分之一，形成了更大范围、更宽领域、更深层次的对外开放新格局。天津在城市国际化布局中，依托“一带一路”倡议，基础设施建设、高端装备制造、工业园区合作建设等一系列重大项目在“一带一路”共建国家落地生根，结出硕果。天津500多家企业和机构对“一带一路”共建国家和地区直接投资达到47亿美元。截至2018年，入库“一带一路”项目85个，总投资1800亿元，引领了“一带一路”海外投资贸易建设的新方向。截至2017年底，天津共有1000多家企业在海外注册机构或企业1800多家，中方投资额达467亿美元。从“走出去”企业的情况来看，其中有一些企业在国外设立了办事处，如在美国、日本、韩国等设立办公室的有290多家；加工制造类企业有131家，分布在美国、乌兹别克斯坦、埃及等国家；资源能源开发类企业有68家，分布在印度尼西亚、蒙古国、俄罗斯等国家；服务业“走出去”企业主要从事商贸物流、港口运营、公司租赁等业务。

作为东亚经济圈的活跃城市，天津通过发展和深化与国际友好城市的关系，重点发挥“一带一路”建设中沿海友好城市港口建设的优势，厚植基础，培育特色，打造品牌，为促进“一带一路”倡议和人类命运共同体理念在天津落地生根做出了积极探索，取得了突出成果。

四、再造天津开始蝶变

河海交汇，天工开埠。作为我国近代工业发祥地，天津这座港口城市甫一勃兴，血脉里流淌着的工业基础成为这座城市特有的风骨。如今，制造业立市的天津已经成为中国工业产业体系最完备的城市之一。不谋万世者不足谋一时，不谋全局者不足谋一域。天津勇立潮头，腾笼换鸟，不惧烈火重生，着力提升发展质量，增强发展后劲，释放发展活力，正闯出一条新路子，拼出一个新境界。在奋进中发展，于变革中笃行，天津聚合澎湃之力，向着高质量发展破浪扬帆。

作为国家重要中心城市，天津在我国高质量发展中具有不可替代性。

首先，体现在其具有破解区域发展失衡的全局价值。2024年国务院批复的《天津市国土空间总体规划（2021-2035年）》，将天津定位于国家重要中心城市、历史文化名城，并赋予其国际性综合交通枢纽城市和现代海洋城市的重要职能。作为国家中心城市上榜的还有北京、上海、重庆和广州，这基于历史沿革、对外交流重要交通节点、经济中心等多种因素的考虑。通过这次总体新规的颁布，天津作为国家重要中心城市的定位再一次得到明确。天津是环渤海经济圈的核心，连接华北、东北和西北的重要枢纽，完善的交通设施让其周边地区受益。天津正在发挥全国先进制造研发基地、北方国际航运核心区、金融创新运营示范区等功能，为改革开放先行区和社会主义现代化大都市，奋力谱写中国式现代化建设天津篇章。

其次，天津作为重要国家中心城市折射出的底层逻辑，体现出中心城市不仅是经济引擎，更是承载战略支点功能的国之重器。

当前，中国经济南强北弱趋势加剧，作为中央保留国家中心定位的直辖市，天津肩负着通过产业协同、制度创新带动区域振兴的使命。天津的区位优势具有不可复制性，是“一带一路”海陆交会点，中欧班列天津线覆盖多个国家，背靠华北、西北、东北三大腹地，辐射东北亚经济圈，连通欧日韩，具有较强的全球资源配置能力。天津又是北方唯一同时拥有亿吨级港口和国际航空枢纽的城市。天津以双港为驱动，通过加快建设京津冀世界级港口群和机场群，成为国内国际双循环的核心节点。

天津的制造业基础与北京的科创资源形成互补，构建研发转化产业链条。在京津冀协同战略中，截至2023年，天津累计引进北京企业投资项目超6900个，资金到位额1.2万亿元，为区域经济重构提供支点。相较于深圳、杭州等南方经济强市，天津在平衡区域开放格局中的战略权重更为突出。作为国家首批自贸试验区，天津的制度创新价值远超经济数据，其融资租赁业务占全国的1/3，飞机、船舶租赁规模居全球前列。东疆综合保税区探索的离岸贸易模式，为北方港口转型提供了范本。面对传统产业转型压力，天津以壮士断腕的勇气和决心关停了2.2万家“散乱污”企业，同时推动石化产业链向碳纤维等新材料延伸，单位产值提升3~5倍。这种在环保约束下寻求产业升级的路径，为资源型城市转型提供了可复制的经验。

国家中心城市不仅需要经济实力，更要承担区域协调责任，天津每年上缴中央的税收超千亿元，对口支援涵盖甘肃、青海、新疆等8省区，涉及教育、医疗、基建等多领域。相较部分新兴城市，天津展现出直辖市特有的全局意识，如“海河英才计划”，虽引入53.8万人才，但仍能在人口流失压力下保持对欠发达地区的反哺。这种强自身与助四方的平衡，正是国家中心城市存在的深层意义。作为京津冀一体化的东方端口、走向深蓝的启航之城，凭借历史文化的厚重深度与国际消费中心城市建设，天津的再次崛起指日可待。

第三，天津的命运始终与国运深度交织。从165年前开埠的国门之痛，到今日国家战略棋盘上的关键棋子，天津的地位保留绝非偶然，而是国家在平衡南北、陆海联动、新旧动能转换等多重维度上综合考虑的结果。当城市竞争从唯GDP论转向功能适配论，天津用百年工业沉淀、改革锐气和区域担当，诠释着最强的竞争力。

天津是国家科技创新和高端制造业的基地，顶尖科研机构和企业汇聚于此，为国家科技自立自强贡献了重要力量。天津承载着区域联动的使命。深入实施京津冀协同发展等重大国家战略，“一带一路”和构建新发展格局等重大机遇交会叠加，明确天津加快推动区域深度融合，围绕“双城记”，主动服务北京城市副中心建设，全力支持河北雄安新区建设，建立滨海新区与北京城市副中心、河北雄安新区协同联动协作机制，加快形成北京引领、三区联动、功能互补错位发展的协同合作格局。深化区域一体化、京津同城化，立足天津海陆交会优势，贯通面向内陆地区的交通通道，推动物流产业链向内陆延伸，天津作为京津冀城市群枢纽全面与山东城市群、辽中南城市群协调联动。

天津的兴衰与民族的命运息息相关，从历史的角度看天津，百年前中国被迫一步步开放过程中，天津承担了最为重要的角色，百年后的今天，天津必将承担更为重要的历史使命。

第三篇

独特的城市文化与天津发展

文化是一个国家、一个民族的灵魂。文者，贯道之器也。观乎人文，以化成天下。习近平总书记在2024年2月视察天津时，在古文化街等地考察并讲话，提出了天津文化建设的“四个以文”重要指示，赋予了天津文化建设新的使命。“四个以文”，就是要充分发挥文化的作用。文化是城市的软实力，也是发展的硬道理。一个城市的历史遗迹、文化古迹、人文底蕴，乃是城市生命的一部分。城市文化承载并积淀着中华民族最深层的精神追求，孕育着城市的灵魂和根脉，也蕴藏着通往现代化之路的持久创新活力和不竭发展动力。天津历史文化底蕴深厚，独特的津派文化在古今中西的文化碰撞交融中积淀形成，从栩栩如生的泥人张彩塑、杨柳青年画，到古文化街的古朴韵味、大运河的千年流淌，都是历史赐予我们的宝贵财富。

第一节
津派文化的根与魂

津派文化植根于天津独特的地理禀赋与厚重的历史积淀，是在河海交汇、古今碰撞、中西互鉴中孕育的文化瑰宝。这座因漕运而兴、因开埠而盛的城市，既承载着“九河下梢”的水韵灵秀，又镌刻着“畿辅门户”的战略印记；既延续着千年文脉的深沉底蕴，又激荡着近代开放的革新浪潮。

从金代直沽寨的戍守，到明清卫城的崛起，再到近代通商口岸的风云际会，天津在时空流转中不断重塑文化基因——运河漕运带来的南北交融、洋务运动催生的实业精神、租界文化碰撞的兼容气度，以及红色岁月铸就的革命风骨，共同熔铸了津派文化“多元共生、刚柔并济、守正创新”的精神特质。

一、古今交融、中西交会的天津城市文化特质

“明初置卫今商埠，水陆交通此转枢。”天津自元、明、清三代以来，或为漕运之总汇，或为国防之要塞，地位均极重要。近代以来，中外之冲突，“亦均于此决胜负”。因此，天津由一座军镇发展成为近代中国北方最大的工商业都市并成为畿辅重镇，乃是凭借其特殊的地理位置和文化底蕴。万年的人文史、千年的文明史、六百多年的建城史，让这座充满独特韵味的美丽城市既具有深厚的传统文化积淀，又具有近代开埠通商后所形成的中西交会之优势。诸多文化元素在这里汇聚一处，形成了古今交融、中西交会的历史特质，为天津的不断发展提供了深厚的历史文化基因。

（一）古今交融彰显城市底蕴

古今交融是天津城市的一个突出特质。天津历史悠久，“盖在冀、兖州之域，而周为幽、兖二州地”。后天津渐因漕运而兴起，唐中期以后成为南方粮、绸北运的水陆码头，被称为“三会海口”。杜甫《后出塞》诗云：“云帆转辽海，粳稻来东吴。”辽金以后，随着北京地位的日益提升，天津亦逐渐显示出它的独特性与重要性。金代设直沽寨，元代建海津镇，明永乐二年正式设卫筑城，成为中国古代少有的有确切建城时间的城市之一。清代更是成为京畿重镇，“当河海之要冲，为畿辅之门户，冠盖相望，轮蹄若织，俨然一大都会也”。悠久的历史，使天津成为一座历史底蕴深厚、充满古色古香的历史名城。近代以来，天津一举跃升为北方工商业中心、全国第二大综合性经济中心，率先开启了走向现代化的历史进程。中华人民共和国成立初期，天津已经发展

成为北方交通枢纽和近代工业基地、商贸金融中心。特别是改革开放以后，天津作为全国开发开放先行区，始终引领着全国的社会主义现代化进程，日益成为具有世界影响的社会主义现代化大都市。现代技术、现代生活、现代文化，让天津成为引领现代潮流、充满现代气息的时尚之城。

在古今嬗变的历史进程中，天津实现了商贸、军事、建筑、工业、民俗等多种文化的碰撞、交会与融合，形成了独特的文化风貌。天津不仅有大运河、长城两处世界文化遗产，还有国家级非物质文化遗产代表性项目49项和市级非物质文化遗产代表性项目357项。这些“非遗”项目萌发于海陆交会、中西合璧间，孕育于街角巷陌，蓬勃生长于天津社会之中，既呈现出天津丰富的历史底蕴，又展现出积极面向未来的姿态，而这正是天津古今交融的生动体现。

（二）中西交会领风气之先

天津与外事相关者，自清嘉庆年间始。1860年被辟为通商口岸后，遂逐渐成为中国北方开放的前沿和近代中国洋务运动的中心，“清政府在津设置通商大臣，而天津遂成中外交涉窗口，外事来往频繁”。天津社会科学院历史研究所原所长罗澍伟认为，“吾国外事尽萃于天津，外交之利害，全国之安危，而恒于是乎卜之，故往往动中外人之视听”。近代以来，天津有20余个国家的领事派驻于此，有30余个国家的侨民生活于此地。天津见证了近代中国的风云变幻，是中国现代化的孵化器和中外交流的窗口，故有“近代百年看天津”之说。同时，天津也是“世界货物之一大贸易场”。正如金钺为《天津政俗沿革记》所作序言所言：“天津地处偏僻，昔非冲要。自与海外列国通商以后，于此为往来出入之门户。轮楫交驰，冠裳骈集，遂蔚然成一巨埠。”近代天津，在城市建设、制度管理、军事教育、交通通信、金融制度等各个领域都呈现出革故鼎新、领风气之先的气度，是我国近代北方工业的摇篮和肇兴之地。“银行次第成立，其会计制度及营业方法，多取法欧美日本。”此皆受到西方文化之影响，“盖庚子以后欧西各国挟其物质文明以俱来，乃令我有趋重改革之倾向”。率先引入电报、铁路等西方技术，北洋大学开启中国现代高等教育先河，劝业场“商战救国”理念，河北“新区”试验田，近代邮政的创设，近代中国的诸多“第一”，无不昭示着天津这座城市的敢为天下先。正所谓“夫数十年来，国家维新之大计，擘画经营，尤多发轫于是邦，然后渐及于各省”。

在社会生活方面，亦呈现出中西交会的特征。开埠以后，西方文化渗入并影响了天津城市的方方面面。它既和固有的传统文化发生碰撞，又在中西交流中相互融合。如京剧、相声、曲艺等传统艺术形式，在西方文化的冲击与影响下焕发新生，在天津获得繁荣与发展。京剧界有“北京学艺、天津唱红、上海赚包银”的说法。各派艺术家会聚天津，相互学习借鉴，促进了京剧艺术的发展。杨柳青年画、泥人张彩塑等，也在此时获得技术的更新与发展。另一方面，诸多新兴的艺术也在天津兴起并生根发芽，例如，话剧、现代音乐与绘画等都逐渐成为天津人新的艺术享受。天津被誉为“话剧摇篮”“曲艺之乡”“戏曲大码头”，充分说明天津在社会生活上中西互鉴，这些文化元素在天津相互交织，形成了独特的文化氛围。

（三）万国建筑观古今中外

天津素有“万国建筑博览会”之称，目前共有877幢历史风貌建筑、33处国家重点文物保护单位、142处天津市文物保护单位、348处不可移动文物点。历史风貌建筑是特殊历史、地理环境的产物。从明清时期的卫城建设，到近代租界的形成，再到现代化都市的演变，天津的建筑风貌始终在城市发展中不断变化与丰富。既有传统的四合院建筑，更多的是近代中西合璧的小洋楼，也有延续发展本土文化、融合中西理念的当代建筑。正所谓“昔日天津店肆建筑朴实，视京师之金碧辉煌，瞠乎后也，今则争新斗巧，尽皆新式”。中式历史风貌建筑以文庙、天后宫和大悲禅院等为代表，主要分布在老城与古文化街一带。西式建筑则主要分布在原租界区。历史文化街区是城市生命的一部分，也代表着城市独特的历史文脉。我们一定“要保护好、挖掘好、运用好，不仅要在物质形式上传承好，更要在心里传承好”。

历史风貌建筑带有鲜明的城市印记，是传承城市文脉的特色场所。一座城市之所以迷人，不在于有多少高楼大厦，而在于街道所体现的城市风貌与个性，在于它的特色与底蕴。习近平总书记在考察天津时指出：“天津是一座很有特色和韵味的城市，要保护和利用好历史文化街区，使其在现代化大都市建设中绽放异彩。”[①]从中国古代建筑的代表蓟州独乐寺，到荟萃传统历史文化的古文化街，再到充满异国风情的五大道、意式风情区（以下简称“意风区”），乃至如今的天津之眼，都散发出天津这座城市的历史特质与独特魅力。它们不仅是天津城市发展的见证，也是中西文化交融的重要载体。天津的历史建筑既继承了传统文化的基因，又融合了西方文化的元

意式风情区的地中海式洋楼　　摄影：杨惠全

①《向全国各族人民致以美好的新春祝福　祝各族人民幸福安康　祝伟大祖国繁荣昌盛》，《人民日报》2024年2月3日。

素，在时空维度上形成了古今交融、中西交会、和谐共存的风貌特色。

天津依靠特殊的地理位置与历史进程中的特殊地位，将漕运文化、近代文明、工业遗产与现代都市有机结合，塑造出“京畿风范打底、山海风光为骨、中西风情塑形”的多元文化形态。在这里，你可以穿越时空的长廊，感受历史的厚重与文化的魅力；也可以漫步在现代都市的街头巷尾，体验活力与创新的氛围。天津，以它独有的方式，展现出古今交融、中西交会的历史特质。

二、河海文化是城市之根基

天津是一个四方杂处的城市，是一个由军镇逐渐发展起来的商业都市，又因地处九河下梢，南来北往的商旅流经此地，使得天津不仅成为一个移民城市，更拥有丰富多彩的外来文化，这些文化交织在一起，在天津这块独特的地域之中形成了独具特色的津派文化，历经岁月的洗礼，至今仍在影响着现在的天津人，规范着天津人为人处世的方式和方法。

九河入海的特殊地理位置和近代以来的风云际会，共同造就了天津内陆文化和海洋文化相互借鉴、传统文化与现代文化交相辉映、中华文化与外来文化兼容并蓄的特质。从历史传承的脉络看，天津文化的原始底色是“上善若水、沽水流霞”的“水文化”；从区域文化经纬看，天津文化的发展涵养了“南北交会、东西互鉴”的“融特质”；从时代发展的视野看，天津文化的创新创造衍生了“志在万里、达济天下”的“开放范”。多元性、包容性、融通性、开放性、创新性构成了天津文化的基本特征。天津文化名人辈出，是京剧和相声的大码头、评剧发祥地、北方曲艺之乡、中国话剧摇篮、歌唱家摇篮，不仅在近代文化史上占据特殊地位，也形成了具有较高辨识度的津派文化。

（一）运河载来的城市

天津是一座因运河而生并伴随漕运而兴起的城市，甚至被称为“运河载来的城市”，由此可见运河对天津城市发展所具有的影响。

天津城的出现也得益于运河改道，时在金代。当时金朝迁都北京后，利用永济渠运送漕粮，但上游经常河泥淤塞，1205年改凿运河，引永济渠在独流北流至三岔口，经潞水达通州，这就是今日的南北运河。后来金朝又在三岔河口南岸设立直沽寨，驻守重兵。直沽也成为天津最早的地名。到了元代，又开通了海漕，海船在直沽改装成河船直达北京，直沽成为海河漕运的枢纽，由此出现了“晓日三岔口，连樯集万艘”的繁荣景象。

燕王朱棣从北大关处渡运河直取沧州攻入南京，将“天子津渡之地”赐名天津，并在1404年设卫筑城，由此天津从一个军镇发展成为商业都市，开埠后更是迅速发展，成为中国北方一大商埠。

运河流经了天津的大部分区县，也造就了一批因运河而兴盛的城镇，如河西务、杨村、北仓、杨柳青、独流等各具特色的历史名镇，并促进了两岸商贸、民风、建筑、饮食、艺术等各方面文化的发展。直到现在，这些村镇还在借助京杭大运河申遗成功的东风，继续创造属于自己的辉煌。无论是武清郊野公园，还是西青古镇的打造，以及红桥区桃花堤的日益繁华，都说明大运河仍旧在给天津这座城市注入新的活力。

三岔河口是京杭大运河南北水路的要冲，这里至晚在北宋中叶就形成了居民聚集地，大都以捕鱼、晒盐为生。后来这里又成为南北运河和海河干流的交汇点，其地理位置更加重要，成为重要的商品物资集散地、漕粮转运枢纽、水陆码头和繁华市镇。甚至有“先有三岔口，后有天津卫”之说。最初，三岔河口位于今天的狮子林桥附近。

1918年该处进行裁弯取直工程，去掉了侯家后大弯，形成南北运河在金刚桥处与海河干流交汇的情景，就是现在的三岔河口。

三岔河口一直都是天津的政治中心。从金代的直沽寨、元代的海津镇、明代的天津卫，到清代的天津府，其衙署都坐落在三岔河口。1898年直隶总督荣禄，为迎接慈禧太后和光绪皇帝来津阅兵，曾在三岔口窑洼浮桥北端临时修建了行宫。1902年袁世凯接收天津后，将省城从保定迁至天津，这里成为直隶总督衙门。

三岔河口作为南北漕运的中转枢纽，很多物资如丝绸、茶叶、糖、漆器等，经过此地转运到北京。当时的一首歌谣“三岔口，停船口，南北运河海河口，货船拉来盐粮来，货船拉着金银走，九河下梢天津卫，风水都在船上头”就很真实地反映了这里的繁忙景象。

伴随这一带的繁荣，很多商号开始在这里开设，同升和、德华馨、谦祥益、瑞蚨祥、正兴德等在此出现。同时，这里也是天津机器制造业的重要地区。三条石大街陆续出现了各种铸铁作坊，为往来船只服务。商家的不断涌现，使得娱乐业也得到很大发展。四大名园——金声茶园、庆芳茶园、协盛茶园、袭胜茶园都分布在三岔河口附近的侯家后、钞关一带。余三胜、杨月楼、谭鑫培、孙菊仙等老一辈艺人，都曾在这里演出过。当时这一带的茶园就有五十多处。此地的教育也非常发达，北门东中学、三条石中学等官立、私立学校层出不穷，不胜枚举。这里也是饮食的聚集地，聚庆成为首的八大成相继在这里开张纳客。

这里的繁华盛世也引起了很多文人骚客的注意，他们纷纷作诗以记录。如傅若金作诗云：“转粟春秋入，行舟日夜过。”大文豪李东阳的《吴粳万艘》云：“盛朝供奉出三吴，白粲千钟转舳舻。欸乃声连明月夜，参差帆指紫云衢。万年壮丽留畿甸，千里清香上御厨。圣主忧勤先稼穑，予来应未有稽逋。”

（二）运河带来的妈祖信仰

明成祖迁都北京后，军需民用仍旧依赖江南粮赋，由此南粮北运更加频繁，天津漕运获得了更大发展。但是海运往来充满艰险，《元史》记载：“风涛不测，粮船漂溺者，无岁无之。”人们把航海视为畏途，都以侥幸心理驾驭海船航行，途中祈求神祇的护佑。福建莆田的林默娘娘，成了水手们和押运官员的精神寄托。最初林默娘娘崇拜只在闽粤之地，后来伴随着往来船只的传播，天津也开始祭祀天妃，并建起第一座天妃宫，正式名字为“灵慈宫”。每逢南粮抵达，当地接运人员及万户府官员均到庙里祭祀。这座天妃宫号称东庙，毁于庚子事变。

通过运河北上的漕船，在抵达三岔口时还需要继续通过北运河运抵京师，如果此时祭祀天妃祈求平安，就需要绕道河东大直沽烧香，于是官商决定在东门外海河河畔另建一座庙宇，这就是第二座天妃宫，现在的天后宫，因位于大直沽天妃宫之西，故号称“西庙”。此后以东西庙为核心，天后崇拜愈发兴盛。

天后宫的主神为天妃，还有其他九位娘娘。除了天后圣母掌管全面工作及护航漕运，两位娘娘专司眼科、耳科“专科门诊”，其余七位娘娘则和生育、保育、护理婴幼儿健康有关。因此，天后宫成为天津妇女们香火最为旺盛的道观，每逢初一、十五都要到庙里进香。

康熙年间，妈祖又被加封为天后。妈祖原籍福建莆田，远在天津会想家，于是人们在她生日时将妈祖抬出来，送到北城根的闽粤会馆省亲，此为“娘娘出巡”。出巡时则有送驾、迎驾、接驾等活动，且仿照官府排场，隆重非常。过生日还要演戏庆寿，踩街上会，进行花会表演，于是就有了庙会。1773年乾隆第五次来津，看到庙会很高兴，尤其是表演鹤龄的孩子摆出“天下太平”的字样，更是欢喜，赏赐他们黄马褂，后来遂改称“皇会”。此后规格越来越高，成为天津重要的节日活动之一。

（三）运河与城市发展

元代，北京已经是首都，需要南粮北调，海船将南方的粮食经渤海进海河运抵三岔河口，然后再用小船运至大都。作为物资集散地，三岔河口处逐渐繁荣起来，元时曾有这样的诗句："晓日三岔口，连樯集万艘。"明朝永乐二年，即公元1404年，明朝在三岔河口西南不远处筑城设卫。此后不久，城外东北角沿海河、南运河一带逐渐发展成商贸中心。

1860年，天津开埠后，各国又相继在海河两岸开辟了租界，并在租界里沿河兴建码头、仓库、工厂和银行等商贸设施。由此，海河日益成为繁忙的航道，并带动了两岸经济的发展。从三岔河口到入海口虽仅有70多千米，却孕育了天津这座北方工业重镇。三岔河口也被认为是天津的发源地。当地有句俗语："先有三岔口，后有天津卫。"这里是天津最早的居民点、最早的水旱码头、最早的商品集散地，有"天津摇篮"的美称。

到20世纪20年代，天津已经形成了以轻工业和出口加工业为主的工业体系，基本上改变了仅仅是商业和手工业繁荣的商品集散转运中心的面貌，改变了传统城市以政治职能为主、经济职能为辅的格局，成为以工业为基础，金融业和商业发达的具有先进交通通信的近代开放型城市，成为仅次于上海的中国第二大工商业都会。

中华人民共和国成立初期，在相当长的一段时间内，天津的工业发展仍旧迅速，内外贸易活跃，各项经济指标在全国名列前茅。因此，一直到20世纪六七十年代，天津仍旧保持着首都门户、全国第二大工商业城市、北方经济中心的地位。

三、红色文化资源滋养城市文明

2024年2月2日，习近平总书记在天津考察平津战役纪念馆时，强调对中国革命战争史要学而时习之，珍惜来之不易的红色江山，发扬革命传统，增强斗争精神，勇于战胜前进道路上的各种艰难险阻。历史是最好的教科书，中国革命历史是最好的营养剂。重温这段伟大历史，用好红色资源，赓续红色血脉，能够受到党的初心使命、性质宗旨、理想信念的生动教育，对走好新时代长征路、夺取全面建设社会主义现代化国家新胜利具有十分重要的现实意义。

党的十八大以来，习近平总书记在各地调研考察期间，多次到访革命纪念地，瞻仰对中国共产党具有重大历史意义的革命圣地、红色旧址、革命历史纪念场所。回顾党的历史，重温峥嵘岁月。习近平总书记反复强调红色是中国共产党、中华人民共和国最鲜亮的底色，谆谆告诫全党同志不能忘记红色政权是怎么来的、新中国是怎么来的、今天的幸福生活是怎么来的，要深刻认识到红色政权来之不易，新中国来之不易，中国特色社会主义来之不易。珍惜来之不易的红色江山，懂得党的初心和使命之可贵，理解坚守党的初心和使命之重要。

习近平总书记在天津考察时强调："要深入发掘历史文化资源，加强历史文化遗产和红色文化资源保护。"[①]红色资源见证着中国共产党走过的辉煌历程、取得的重要成就，展现了中国共产党的梦想和追求、情怀和担当、牺牲和奉献，在不同年代形成的一个又一个中国共产党人的伟大精神，构筑起以伟大建党精神为源头的中国共产党人精神谱系。红色资源是中国共产党艰辛而辉煌奋斗历程的见证，是最宝贵的精神财富，是不可再生、不可替代的珍贵资源，一定要用心用情用力保护好、管理好、运用好。

天津有着光荣的革命传统，是中国最早传播马克思主义、最早建立党的地方组织的地区之一。在中国共产党的领导下，天津经历了新民主主义革命的战火硝烟。其间，成千上万的优秀儿女将热血洒在了津沽大地。在平津战役中，人民解放军伤亡达3.9万

①《向全国各族人民致以美好的新春祝福 祝各族人民幸福安康 祝伟大祖国繁荣昌盛》，《人民日报》2024年2月3日。

人，其中牺牲7030人。天津也是英雄辈出的地方，李大钊、蔡和森、张太雷、陈潭秋、邓中夏、吉鸿昌、江震寰等都是曾在天津战斗生活的英雄先烈。一寸山河一寸血，一抔热土一抔魂。津沽大地每一寸鲜血浸染的红色热土、每一段感人的红色故事，都凝结着艰苦卓绝的牺牲与奉献。

红色文化蕴含着党的光荣传统、基因血脉和精神谱系，是中国共产党艰辛而辉煌的奋斗历程的见证，是最宝贵的精神财富。传承红色基因，赓续红色血脉，就是要不忘初心，继续前进，以敢于担当、勇于创新的奋斗姿态，认真贯彻落实习近平总书记对天津提出的重要要求，奋力谱写全面建设社会主义现代化国家新篇章，创造无愧于时代、无愧于人民、无愧于先辈的业绩，确保红色江山永不变色。天津见证了东西文明汇流，也见证了中国共产党领导人民为争取民族独立、人民解放而英勇斗争的历史，留下了大量珍贵的红色资源，展现了无论是处于顺境还是逆境，共产党人从未动摇对马克思主义的信仰，从未动摇为中国人民谋幸福、为中华民族谋复兴的初心和使命担当。走得再远，都不能忘记来时的路。做好红色资源的保护利用工作，在保护中发展，在发展中保护，天津一定能创造出无愧于时代的成绩。

习近平总书记强调："加强革命文物保护利用，弘扬革命文化，传承红色基因，是全党全社会的共同责任。"①近年来，天津本着对历史负责、对人民负责的态度，高度重视红色资源的保护利用工作，深入开展红色资源专项调查，加强红色遗址、革命文物保护工作，统筹好抢救性保护和预防性保护、本体保护和周边保护、单点保护和集群保护等，确保红色资源的历史真实性、风貌完整性和文化延续性。

天津建立了红色资源保护与传承工作联席会议制度，审议了《天津市红色资源认定标准》《天津市首批红色资源建议名单》等文件，强化了对红色资源保护与传承的制

---

①《切实把革命文物保护好管理好运用好 激发广大干部群众的精神力量》，《人民日报》2021年3月31日。

度设计，形成了红色资源保护利用的专项机制。2021年2月和2023年5月，先后公布了天津第一批、第二批革命文物名录。两批革命文物名录，包括不可移动革命文物76处、可移动革命文物8220件（套）。2023年，又公布了《天津市红色资源名录（第一批）》，首批名录包括重要旧址、遗址、纪念设施或者场所类红色资源151处，重要档案、文献和实物类红色资源92件（套）。中共天津市委宣传部、中共天津市委党校等联合编写了《天津市红色资源概览》。这些努力，有效守护了红色资源这一精神之源、生命之魂、发展之根。

天津还构建了党委领导、政府负责、部门协同、社会参与的工作机制，加强了对红色资源的整体性、系统性保护。深入开展党史研究和党史资料征编，编写《天津市革命遗址通览》《天津市革命遗址图册》，绘制天津市革命遗址地图，编写《中国红色旅游指南（天津卷）》。另一方面，着力夯实红色资源保护与传承的制度根基。2021年11月，天津市十七届人大常委会第三十次会议审议通过了《天津市红色资源保护与传承条例》，使天津成为全国率先进行保护红色资源地方性立法的地区之一。旨在加强对红色资源的保护与传承和充分发挥红色资源在开展爱国主义教育、传承红色基因、培育和践行社会主义核心价值观中的重要作用，激发实现中华民族伟大复兴中国梦的强大精神力量。

未来，天津市要切实加强红色文化资源保护，首先要落实好《天津市红色资源保护与传承条例》，发挥红色资源保护与传承联席会议制度等的作用。即对红色资源进行界定，并进行分类概括。建立红色资源名录，完善保护措施；建立红色资源档案信息平台，健全信息共享机制；授权市和区人民政府根据红色资源保护需要，对红色资源中的旧址、遗址或者场所，以及英雄烈士纪念设施和其他纪念设施划定保护范围。打造红色资源品牌，加强传承与弘扬。加大红色资源保护力度，严厉打击破坏行为。对擅自迁移、拆除、修缮红色资源的，或者擅自在原址重建造成红色资源破坏，亵渎红色资源等行为设定相应的处罚。二是要加强市、区两级联动，完善市、区两级红色资源保护与传承工作机制，推动跨区域保护与利用合作。强化部门协同联动，全面落实党委领导、政府负责、部门协同、社会参与的工作机制。三是要立足自身资源优势，以革命文物、纪念设施、红色剧目为依托，策划推出主题突出、导向鲜明、内涵丰富的革命文物陈列展览和宣传教育活动。四是要因地制宜开辟“第二课堂”，深入推进思政课改革创新，把统筹推进大中小学思政课一体化建设作为一项重要工程，推动思政课建设内涵式发展。让文博场馆成为“党史教室”，让文物史料成为“党史教材”。引导人们追寻初心之路，感悟信仰之力，从党的百年奋斗史中汲取担当奋进的力量，始终保持艰苦奋斗的精神，不断在新时代新征程中建功立业。

天津在传承红色基因、赓续红色血脉方面一直积极作为，不断前行。一是结合城市规划，让红色血脉、红色文化贯穿在城市细节中，体现在日常生活中。如天津地铁三号线周邓纪念馆站，展示周恩来和邓颖超时刻以民族前途为念的家国情怀和责任担

天津地铁三号线周邓纪念馆站内　此“家国情怀·党风楷模”主题车站，通过图文展示周恩来、邓颖超伉俪的生平事迹与革命精神，营造浓厚的红色文化氛围。

当。二是依托场地资源打造红色教育阵地。天津市组织开展了多项红色教育主题活动，在青少年中营造了浓厚的红色文化氛围。三是成立红色文化遗产研究院，开展红色文化的传承与研究。四是广泛开展革命文物进校园系列活动，让校园的红旗飘起来。各高校利用校内外红色育人资源，创新教育形式和载体，推动党史学习教育走深走实，教育引导广大青年学生从党史学习教育中汲取奋进力量。五是充分挖掘红色文化资源所蕴含的历史价值和时代价值，通过群众喜闻乐见的形式进行宣传宣讲。六是深入挖掘小洋楼所蕴含的红色基因，通过与时俱进的传播手段，将红色故事传播给游客，播撒到更多青年心中。七是通过多种形式，把红色文化基因嵌进城市文博的肌理，向人们传递红色信仰和力量，让红色文化激励人民在新时代的征途中续写新的天津故事。

天津重视落实《爱国主义教育法》《革命文物主题陈列展览导则（试行）》，着力推进革命文物历史脉络梳理和部分烈士生平确认，着力打造“红色记忆——天津革命文物展”等精品展览，着力开展红色教育进课堂活动，弘扬革命文化，生动阐释了中国共产党是怎么来的、中华人民共和国是怎么来的，引导全市广大干部群众特别是青少年知史爱党、知史爱国，了解中国共产党领导天津人民走过的波澜壮阔而又艰难曲折的革命奋斗历程，深切体悟党的奋斗历史和天津地方党史，用实际行动诠释了“共和国是红色的，不能淡化这个颜色”。

习近平总书记反复强调要用好红色资源，传承好红色基因，把红色江山世世代代传下去。未来，天津要进一步推动用好用活红色资源，让流淌在城市血脉中的红色基因赓续相传，把红色文化资源作为生动教材，加强理想信念教育，深入开展革命传统教育、爱国主义教育和党史、新中国史、改革开放史、社会主义发展史、中华民族发展史的宣传教育，组织红色文化主题活动，讲好红色故事，教育引导干部群众铭记党的光辉历史、传承红色基因。

第二节
以文润城，让文化赋能现代化

文化是城市的灵魂，更是现代化建设的深层动力。天津作为一座兼具历史底蕴与时代活力的城市，其文化根系深植于河海交汇的地理禀赋，历经漕运繁华、开埠交融而愈发厚重多元。“以文润城”，正是要激活这份流淌在城市血脉中的文化基因，让演艺的雅俗共赏、非遗的匠心传承、饮食的五味调和、街区的古今相映，转化为赋能现代化的强劲动能。

从“戏曲码头”的百戏争鸣到文旅融合的创新实践，从五大道的万国风情到古文化街的市井烟火，天津的文化不仅是陈列的遗产，更是可感知、可参与、可生长的活态资源。

一、演艺文化带动文旅发展

演艺文化是一个国家和民族精神文化的重要内容，不仅反映出人类生活的丰富多彩，也见证着人类文明的历史进程。它既是中华优秀传统文化的组成部分，又具有鲜明的地域特征。津派演艺文化，便是具有鲜明天津地域特征与艺术特色的演艺文化。习近平总书记在2024年春节前夕视察天津时指出，天津是一座很有特色和韵味的城市。津派演艺文化孕育于天津，具有鲜明的天津特色，彰显着天津城市的韵味，并不断提升着天津城市的热度和吸引力。

（一）演艺文化的深厚底蕴

天津地处水陆码头，素有“九河下梢”之称，居民五方杂处，独特的地理位置和人口构成，使天津成为一个多元文化交融之地，为演艺文化的形成提供了肥沃土壤。天津素有“戏曲码头”“曲艺窝子”之美誉，又被称为“北方曲艺之乡”，这是因为作为一个移民城市，很多外乡人将家乡的娱乐带到了天津，促使各种声腔曲种在天津相互竞争和融合，形成了多元化发展的局面。北方曲艺大约有40种，几乎都在天津演出过，并受到天津观众的欢迎，很多曲艺形式甚至是在天津形成和发展的。如天津时调、天津快板、西城板、大擂拉戏等，都是天津特有的曲艺形式。京韵大鼓、京东大鼓、铁片大鼓、快板书等，也是在天津形成的。相声、评书、单弦、梅花大鼓、西河大鼓等，也都是在天津兴盛和发展的。其表现有四个方面：一是曲种多，二是演出场所多，三是造就了一批曲艺演员，四是有热爱曲艺的观众。

梨园行更有“北京学艺、天津走红、上海赚包银”的说法。众多艺术门类在此落地生根，为天津演艺文化的繁荣奠定了坚实基础。京剧产生于北京，是我国传统文化的精髓，在京师轰动后，很快便向各地流传。天津是北京的门户，京剧外传的第一站就是天津。天津还是各地来京邀角的中转站，路过这儿的戏班经常要演出几天，故天津有“过路班”之说。早在1843年余三胜来津演出后，很多著名京剧演员都曾在天津演出过。到了光绪末年，天津京剧已经进入鼎盛时期，也造就了阶层广泛的京剧爱好者——票友。名丑刘赶三原来是侯家后群雅轩票房的一名票友，老生孙菊仙、南派生行孙春恒等入行前也都是票友。寓居天津的遗老遗少、洋行买办、富商等都是高级票友的重要来源。

清朝灭亡后，很多遗老遗少寓居天津，他们依靠京剧来调剂日常生活，甚至有些人还具有很深的京剧功底，如载振、载抡、袁克文等。租界寓公的堂会成为京剧表演的重要场所。据许姬传所说，最精彩的是张勋家的堂会。黎元洪的容安别墅（解放南路256号）也不时有堂会上演。

1927年以后，尽管首都南迁，大批官员、权贵南下，但天津的演出市场依然蓬勃发展，很多京剧大师如杨小楼、梅兰芳、程砚秋、余叔岩等长期往来于京津之间，表演场地也由私家堂会向公众演出场所转移，票友阶层扩大，“上达达官贵人，下而贩夫走卒，凡日常交际周旋，若不哼两句京剧，即似有如何遗憾者”。逢年过节、家有喜事或有社会活动时，票友们也会应邀而至，演出一场。研究京剧的团体和教授京剧的学校也日益增多，国剧传习所、国剧研究社等比比皆是。1936年又建成了中国大戏院，戏剧名角纷纷来津献艺，京剧、评剧、梆子、越剧、川剧等名家都曾在天津各戏院演出，京剧名家孟小冬、评剧大家新凤霞等更是从天津唱红后，火遍全国，当时盛传“不在天津唱红就不算红”。

天津还被誉为“中国现代话剧的摇篮”，是现代戏剧大师李叔同、张彭春、曹禺的故乡。他们的作品，如曹禺的“生命三部曲”与天津有着千丝万缕的联系，这些作品不仅取材于天津的生活，更孕育和成长于天津的文化氛围之中。同时，天津还是中国戏剧改良运动的先驱地，以南开系列学校为中心，形成了中国北方话剧运动的重镇，南开学校校长张伯苓就主张“借演剧以练习演说，改良社会”，为中国话剧的发展做出了重要贡献。

虽然天津土生土长的戏剧剧种不多，但很多外来戏剧都能在天津生根发芽、发扬光大，并发展出众多流派，使得天津成为戏曲荟萃之地。如今，众多名家齐聚天津，既有传统的京剧，也有时髦的话剧，更有普通市民喜欢的相声、大鼓，呈现出雅俗共赏、相互包容的和谐统一。曾有报纸称："什么戏院、电影院、跳舞场……样样俱全，无美不备。"随之出现的众多服务于不同艺术种类的演出场所，既繁荣了天津的演艺市场，也推动了曲艺的发展，更为天津市民带来了艺术享受。

（二）多元并蓄、雅俗共赏的鲜明特征

作为一个"戏曲大码头"，南来北往的各类戏曲在天津汇聚，既有京剧、话剧等艺术形式，亦有相声、评剧等市民喜爱的类型，形成了百花齐放、百家争鸣的局面。

京剧很早就传入天津，京剧各行当、各流派也都汇聚津门，甚至将天津视为演员的"考场"。天津作为北方最大的工商业城市，聚集了大量外省商人，他们在天津设立的会馆大都建有戏楼，经常请戏班演出，一些富贵人家还经常请戏班到家中唱堂会，不断影响着人们的休闲娱乐习惯。著名京剧表演艺术家的频繁演出，不但繁荣了演艺市场，还形成了天津人酷爱京剧的风气，培养了大批具有艺术素养的观众，提升了天津人的欣赏水平。"天津的票友人数之多、普及之广、实力之雄厚，在全国首屈一指。"话剧亦是如此。话剧虽然并非中国本土所孕育的，但是并不影响天津人民对它的喜爱。天津不仅是现代话剧输入中国的桥头堡和集散地，也是众多经典话剧的诞生地和取材地。不但出现了一批专门从事社会演出的话剧团，演出剧目也是丰富多彩，除了中外名剧，还有大量自己创作的现实题材话剧。无论是天津成长起来的戏剧大师曹禺，还是南开学校的话剧实验，都根植于天津这片土地，并且深受天津人民的喜爱。当时，很多戏院也都演出话剧，如中华戏院、天宝戏院、北洋戏院等，每天都公演话剧，观众气氛也颇为热烈。

相声也是天津的一张文化名片，深受广大市民的喜爱。如今相声茶馆在天津更是随处可见，可以说天津是相声的大码头。他们在天津的演出最初仍是撂地，而后进入戏院，属于平民娱乐，众多的相声名家也都诞生或成名于天津。"到天津不听相声就等

于没到天津”，相声俨然已经成为天津的形象“代言人”。相声演员有一句口头禅：“北京是出处，天津是聚处。”由于天津的地理位置、民众生活及风土人情适合相声艺术的发展，早在光绪年间，沈春及其弟子就从北京来津撂地演出。辛亥革命后，大批相声艺人移居天津，使得天津成为相声的第二故乡。最初是撂地，俗称“雨来散”，后来进入曲艺场，最早是李德钖、张德泉，场地则是四海升平、宝和轩等，再后来则有燕乐升平、小梨园等处。张寿臣、常宝堃、侯宝林、马德禄等人都是当时非常有名的相声演员。当时在南市、鸟市、谦德庄、地道外等处，有很多专门演出相声的场地，如南市的连兴茶社、鸟市的声远茶社等。马德禄、周德山、马三立、赵佩茹、阎笑儒等人都在此处演出。常氏相声、马氏相声等相声世家，扩大了相声在天津的影响。后来侯宝林来津，一举成名，使得天津成为相声发展的摇篮。很多相声演员都是在天津赢得声誉后再转向全国各地，这又使得天津成为相声艺术的中转站。

还有人说“天津是相声窝子”，“窝子”一说可谓含义丰富。首先，中国北方曲艺学校位于天津，是全国唯一一所培养曲艺艺人的专科学校。其次，天津有不少相声世家，如马三立和马志明、杨少华和杨议、尹寿山和尹向臣等。历史上闻名全国的相声大师，有相当一部分生于天津。从天津“窝”里飞出去落到北京的也有很多，如马季、冯巩、刘伟等。

天津时调也是天津曲艺中颇具代表性的剧种，内容多来自下层社会人民的日常生活，具有浓厚的乡土气息和通俗易懂的特点，颇受普通市民的喜爱。除此之外，评剧、快板、大鼓、单弦、莲花落、河南坠子等众多曲种也盛行一时，并出现了一批有代表性的艺人。根据1931年的统计，仅市区非租界地专门上演曲艺的各种娱乐场所就达70余处，其中包括杂耍园子7处、说书场35处、专门上演各种大鼓和评书的茶社30处，尤其是各类说书场，遍布市内各区。由此可见，当时演出市场的活跃和繁荣。

众多戏曲汇集津门，各有特色，争奇斗艳，既能各美其美，又能美人之美，美美与共，共同构成了天津曲艺的繁荣景象。各类曲种既有竞争关系，又能相互包容、共同发展，并且保持良好的交流与合作，通过相互学习和借鉴，共同提高艺术水平，使得津派演艺文化具有兼收并蓄、雅俗共赏的鲜明特征。

（三）演艺文化赋能文旅产业

文化演艺事业要以传承中华优秀传统文化为使命。津派演艺文化根植于深厚的文化底蕴，具有鲜明的地域特征，并在人才队伍、品牌建设、政策支持方面具有得天独厚的条件。应当充分利用好这些资源，传承和发展其独特的历史文化底蕴和艺术内涵，推动优秀传统文化的创造性转化、创新性发展，加强原创作品的创作和推广，完善创作激励机制，培育新一代演艺人才，以丰富的文化产品供给，擦亮天津演艺名片，增强津派演艺文化的活力和影响力。

要不断创新和融合，吸收和借鉴其他地区的优秀演艺文化元素，并结合现代科技手段进行创作和演出，在合适地段打造演艺文化街区，汇聚各类演艺场所和展示馆，形成集观赏、体验、互动为一体的演艺文化聚集地，打造一批具有市场竞争力和影响力的演艺文化品牌，提升天津的城市形象和知名度。充分利用新媒体平台，加强对津派演艺文化的宣传推广，展示津派演艺文化的独特魅力，吸引更多关注和喜爱。

要抓住京津冀协同发展机遇，推动三地文化协同，开展优质公共文化服务共建共享，加强津派演艺文化的宣传和推广，共建区域演艺文化综合体。利用好“近代百年看天津”这一优势，充分挖掘近代天津的人文历史和传奇故事，用好历史文化街区资源，打造全域演艺文化空间，增强沉浸式互动体验感。

要重视现实主义作品创作，要用现实主义精神和浪漫主义情怀观照现实，歌颂光明，抒发理想。要在生活的沃土中汲取灵感，从现实中发现艺术之美，创造紧扣时代脉搏和反映人民心声的作品，提升作品的现实意义和感染力。

二、文旅融合带动城市发展

习近平总书记视察天津时指出，以文化人、以文惠民、以文润城、以文兴业，展现城市文化特色和精神气质，是传承发展城市文化、培育滋养城市文明的目的所在。文旅融合是推动城市文化繁荣和经济发展的重要途径。实现以文兴业、文旅融合，就要打造天津文旅特色品牌，促进文旅产业多元融合，发展新质生产力，以推动天津文旅产业高质量发展。

天津文化空间以河海交汇的地理环境为根基，形成了中西合璧、传统与现代交融的多元特征。其核心载体如古文化街、五大道等，不仅承载着漕运文化、曲艺文化、市井民俗等历史文脉，更通过工业遗存改造、非遗活化等创新实践，构建起文化与产业深度融合的立体图景。

（一）古文化街：传统市民文化的活态载体

古文化街始于金元时期，在元泰定三年（1326）兴建天后宫，《长芦盐法志》云："天后宫在天津东门外小直沽。元泰定三年八月，作天妃宫于海津镇即此，历前明屡加修葺。"这里便逐渐形成了聚落，最初主要是渔民和船工，后来随着漕运、河运的发达，逐渐形成了商业街区，此后可以说一直没有中断。而天津设卫建城则在明永乐二年即1404年。嘉靖九年（1530年）前后，人们开始以天后宫为中心，将街区分为宫南、宫北大街。因此，天津才会有"先有天后宫，后有天津卫"的说法。此后，宫南、宫北大街逐渐繁华，至明清时期形成一条集市贸易街。据《工商行名录》记载：宫南大街旧有店铺50余家，宫北大街有90余家。沿街的海味店、米面庄、肉铺、酱园、烟铺、药铺、布店、饭馆、钱号、客栈等店铺鳞次栉比。每逢农历腊月，年画、春联、吊钱、线花、空竹、鞭炮、灯笼、泥人等各种年货、“耍货”（玩具）摆满街头，人们游览购物，川流不息。天后宫及宫南、宫北大街成为天津卫和近郊乡民年俗必游之地，成为远近闻名的年货市场。

老三岔河口旁的古文化街北口　　摄影：钱杭

1986年重建后，保留了明清风格建筑群，全长687米，以“津门故里”牌坊为起点，串联起天津老城区的历史记忆。这里不仅是天津文化的发祥地，更承载着“先有天后宫，后有天津卫”的城市起源叙事，成为市民追溯本土历史的精神地标。

古文化街以天后宫为核心，向海河、京杭大运河延伸，形成“以宫南大街、宫北大街为主轴，袜子胡同、大狮子胡同等东西向街巷为支脉”的鱼骨状格局。建筑风格融合中式传统（如四合院通庆里）、西方折中主义（如刘家大院）与现代主义，外檐尺度适中，商店铺面长短有序，呈现出鳞次栉比的古街效果。这种空间布局既保留了历史原真性，又为市民活动提供了开放的公共场域。

古文化街集聚了34家国家级、省市级非遗与老字号，构成天津传统市民文化的基因库。泥人张彩塑、杨柳青年画、风筝魏等非遗店铺，通过现场制作、互动体验等方式，让市民近距离感受传统技艺的魅力。例如，泥人张美术馆推出“福运满满上上签”书签盲盒，将传统技艺与现代潮流结合，深受年轻游客喜爱。耳朵眼炸糕、煎饼果子、桂发祥十八街麻花等津门小吃，以“津津有味”的市井气息，延续着天津人的饮食记忆。天后宫作为世界三大妈祖庙之一，每年农历三月二十三的皇会表演，汇聚高跷、舞狮、竹马会等民俗展演，形成“百戏云集、万人空巷”的盛景，成为市民集体记忆的重要载体。

古文化街不仅是旅游景点，更是天津市民的“生活剧场”。腊月初起，店铺门前贴红签“年年在此”，售卖香蜡、纸锞、鞭炮等年货，延续着“东门外，宫南、宫北，万商云集”的历史传统。中秋、端午等节日，戏楼前广场举办高跷、少儿武术等民俗展演，市民可参与包粽子、投壶、射礼等互动游戏，将传统文化融入日常生活。在名流茶馆、谦祥益文苑等场所，演员与观众近距离互动，形成独特的“哏儿都”幽默哲学，成为市民休闲娱乐的重要方式。

古文化街还是传统与现代的共生实验区，通过“非遗+国潮”“老字号+文创”等模式，实现传统文化的创造性转化。杨柳青年画推出潮流T恤、冰箱贴等创意产品。祥禾饽饽铺结合现代审美改良传统糕点，满足年轻消费者的需求。天后宫打造“天宫开悟”国学静修营、“天后宫福缘夜”夜游项目，通过国潮奇妙夜、天津话考级等形式，增强游客的文化参与感。利用5D影院、模拟操作等技术，在“津港印象”文旅综合体验馆还原天津水运文化，展现从漕运到海港的时代变迁。

可以说，作为津门十景之一，古文化街不但承载着传统文化的记忆，更是市民生活的现代舞台，成为传统市民文化的活态传承载体。由此，也带动了文旅发展，并形成了磁场效应。2024年数据显示，杨柳青画社电商前端销售总额同比增长50%，古文化街店营业收入增长5倍，印证了传统技艺与现代商业模式的成功嫁接。

（二）五大道：天津城市会客厅

五大道地区，于2013年5月成为第七批全国重点文物保护单位，2014年中央电视台纪录频道播出的纪录片《五大道》，更是让其闻名中外，一时间游客云集，让人们真正见识了近代天津的厚重历史和五大道所具有的丰富内涵。

如今，说起“五大道”，大家都非常熟悉。但是对于它的历史，恐怕很多人并不是十分熟悉。五大道地区最初乃是原英租界推广界的一部分，一共包括23条道路。至于“五大道”名称的由来，至今还没有定论，目前主要有两种说法。一种说法是这一名称形成于20世纪五六十年代。当时这一区域居住的多是高级知识分子和高级领导，包括马场道、睦南道、大理道、重庆道和成都道，常德道因为道路较短未包括在内。另一种说法则源自天津地方史专家金彭育先生引述的原和平区副区长庞其中的回忆。据他回忆，20世纪80年代李瑞环担任天津市市长，在领导天津房屋整修时，当时的房管局总工程师章世清选定了一个范围，即成都道、南京路、马场道、西康路和贵州路五条道路合围的区域。于是，“五大道”的叫法就流传下来，并成为这一区域的简称。

天津自近代开埠以后，先后出现了九国租界，其中又以英、法、美租界开设得最早。这些租界划定于1860年第二次鸦片战争之后。此时，英租界只有从海河边到大沽路这一狭长地带。1897年英租界将其界址扩展到墙子河北岸，1902年又将并未实际开发的美租界并入。庚子事变后，俄、意、比、奥租界相继开设，英、法、德、日租界也进行了一次扩张。英租界于1903年越过墙子河向南扩展，将墙子河以南的大片地区全都纳入，将其称为“英租界墙外推广界”。按照现在的区域划分，这一带即为南京路、马场道、西康路、营口道合围的区域。

英租界最初是按照英租界殖民地城市的模式进行建设和管理的，其《天津土地章程和通行章程》是不允许华人在租界内租地、盖房或居住的。但是后来随着“推广界”的划定，租界规模大为增加，也开始允许华人上层在这一地区投资建房、居住。但是英租界当局相继制订了很多租界规划和管理的法规，要求租界内的建筑必须达到一定的美观标准，不得有损邻居的既得利益或妨碍邻居的舒适和安逸。还提出了分区制规划，将推广界划分为三个区，即一等区、二等区和三等区。而今日的五大道范围恰好就位于所划定的一等、二等区域内。根据这些法规，一、二等区内只准建造欧洲式建筑，并且一等区只能建造住宅，二等区也以建造住宅为主。且只允许建造每所造价不低于3000两白银的住宅，禁止建造低等房屋。按照条例，房屋所占面积不得超过所在地块的60%，也就是说每幢房屋要留出40%的空地，用于花园等绿化设施的修建。还要有2000立方英尺（56.63立方米）左右的客厅，建筑主体不能影响邻居房屋的通风和采光，不能采用相同的房屋设计图纸。此外还对建筑退线、占地面积、容积率、房屋间距等做了详细而严格的规定。

这样的规划方案，实际上是要将推广界建设成为一个现代高级住宅区。租界当局又配以完善的公共设施建设，这里不但有学校、医院、花园，还有体育场、游泳池、墓地。绿化植被都非常好，道路林荫，环境幽雅，街区道路也是200~400米的宽度。室内一般都配有抽水马桶、暖气锅炉、浴缸、电气、垃圾处理和消防设施，形成了非常适宜居住和生活的空间与环境。

优雅的人文环境、先进的配套设施，吸引着租界内外的上层人士前来。居住在租界旧街区的社会上层人士纷纷迁入此地居住，华人上层如清朝遗老遗少、北洋军政界要人、洋行买办、实业家等更是趋之若鹜，他们一方面为躲避战乱，另一方面为了享受现代化的社会生活，纷纷来此投资建房。由此，一幢幢不同风格的高级住宅及花园拔地而起，一个现代化的高级住宅区逐渐形成。至今，五大道地区还留存有300多位名人居住过的1000余栋老建筑，向人们讲述这里曾经的风云变幻与沧桑历史。

五大道地区从建设之初，英租界当局就有严格的规划章程和要求，其目的就是要将该地区打造成为具有先进公共设施、环境优雅的高级住宅区，且要求各建筑的房屋图纸不得相同。因此，五大道地区的建筑不但充满异国风情，风格也是多样。负责设计建设的设计师也紧跟当时世界的建筑潮流，将各类建筑风格和模式在五大道地区进行试验和展示。因此，也有人将五大道的建筑称为“现代风格建筑的试验田”。在这里，你可以看到英国乡村风格、西班牙风格、法国风格的建筑，也能看到折中主义风格的建筑，甚至还有一些中西结合、风格杂糅的建筑。既有独栋别墅，也有联排式、双拼式的别墅类型，譬如民园西里、先农大院、安乐村等。公寓式大楼在当时也是一种时尚，如民园大楼、香港大楼、茂根大楼等都是这类建筑的代表。意大利建筑师鲍乃第使用一种特有的烧成瘤状的过火砖作为墙面的装饰，设计了疙瘩楼，如河北路上著名京剧表演艺术家马连良的旧居。

五大道的建筑非常多样，从建筑类型来看，大致可以分为以下几种。

仿英式建筑仿照英国民居风格，一般为砖木结构的楼房，追求的是烦琐的造型，具有强烈的艺术感和浓厚的教堂气息。在建筑中多采用曲线造型来体现艺术之美。一般是木板大门、斜网格窗户，屋顶大都没有装饰。五大道上的英式建筑较多，共有89座。知名者如徐世昌故居、张作霖三姨太许氏故居等。许氏故居由我国著名建筑师沈理源设计，为三层砖木结构，仿照英国维多利亚时期民居建筑样式建造，采用都铎式的双坡屋顶、清水红砖墙面，立面构图简洁大方，高耸的坡屋顶与外露的木屋架使建筑显得亲切朴素。

西班牙式建筑一般采取远高近低的层级方式排布，错落有致，符合人的空间尺度感。外立面着重突出整体的层次感和空间表情，通过空间层次的转变，打破传统立面的单一和呆板，符合数学美。一般都有圆拱形的门廊或窗户，屋顶与外墙的结合处有波纹形的装饰，使建筑显得灵动。无论是在地形处理还是在铁艺、门窗及外墙施工工艺方面，都具有手工打造的典型特征。位于大理道66号的和平宾馆就是典型的西班牙式建筑，外形简朴而细腻，门窗深陷，形态自由，水波纹白色拉毛灰墙具有浓郁的地中海风情。其屋顶以红瓦覆盖，黄墙水泥拉毛，屋顶上有铁质风向标，给人以温和、古朴的感觉。

德式建筑一般具有简朴明快、色彩庄重的特点，其特征是不对称的平面、粗重的花岗岩、高坡度的楼顶、厚实的砖石墙、窄小的窗口、半圆形的拱券、轻盈剔透的飞扶壁、彩色玻璃镶嵌的修长花窗。睦南道94号的李勉之故居，整体上可以看作德式建筑。

意大利式建筑的特点是外形非常自由，追求一种动态效果，喜好华丽的装饰和雕刻，色彩强烈，经常使用穿插的曲面和椭圆形空间。该建筑最显著的特征是百叶窗，它因适应地中海气候而被广泛使用，具有典型的意大利风情。睦南道20号的孙殿英故宅，露台上有四组类似于巴洛克风格的“麻花柱”。位于安乐村15号的建筑，阳台、地下室、走廊都体现了意大利风格。

法式建筑也是新古典主义建筑的一种，以清新、亮丽、现代为基调，打破了固有建筑的凝重与沉闷，追求建筑造型的雄伟。从特征上来说，一般具有孟莎式的双坡屋顶，坡度有变化。在屋顶开设有“老虎窗”，造型各异。法式建筑采用古希腊和古罗马时期的柱式构图，注重对称庄重的形式，外墙多用石材贴面或仿古石材。廊柱、雕花和线条则具有浪漫典雅的风格。位于马场道上的原天津工商学院（现为天津外国语大学）办公楼是一座经典的法式建筑。大楼采用砖红色与白色搭配，主楼横向分三段，中轴线顶端是方底穹隆顶，比较平缓。中央的圆钟采用巴洛克式的券罩和花纹加以装饰。

折中主义，是三种建筑复古思潮之一，是19世纪上半叶至20世纪初在欧美流行的一种建筑风格。它的特点是不局限于古典主义和浪漫主义的束缚，可以模仿各类建筑，并予以自由组合，有“集仿主义”之称。巴黎歌剧院和巴黎圣心教堂都是这一建筑风格的代表。英租界推广界建立之初，一些建筑设计师也将这一建筑风格运用于建设之中。位于云南路和大理道交叉口的陈光远旧居就是一个典型的折中主义建筑。该住宅为英国院落式风格，墙体为黄色硫缸砖，特别引人注目的是三层楼顶有一个八角凉亭，为典型的中国式风格。该建筑整体建筑风格别出心裁，端庄气派中透着豪华壮观。

当然，五大道的建筑类型不只这些，它呈现的是一种多元化特征，被誉为“万国建筑博览会”。各种类型的建筑交相辉映，融合在五大道这一幽静的空间之中，给人带来舒适而安宁的感觉。

租界，尽管主权还属于中国，但行政管理权却属于租借国。因此，它本质上是西方殖民势力在中国领土上建立的、享有特权的“国中之国”。伴随着外侨的到来，其西洋文化也随之而至。在五大道居住的多为外侨上层人物，以及依附于租界势力或与之关系密切的中国达官贵人、豪门贵族。这些人身处殖民统治的特殊环境，对西方文化接触较多，逐渐受到其影响，逐渐习惯于某些西方生活方式。他们穿西服，吃西餐，打高尔夫球、网球，参加舞会，看电影，日渐将自己“西化”。租界内的很多中国年轻人在殖民文化氛围和新的谋生机会影响下，也开始进入新式学校读书或在洋行任职，并仿效西洋人的自由恋爱和文明婚礼。当时《竹枝词》就有描述租界内华人青年自由恋爱的情景："倩影喁喁话柳荫，灯照不觉日先沉，别时密订来朝约，座假中街起士林。"

在休闲娱乐生活方面，交谊舞非常流行。在利顺德、起士林等外国人开设的饭店、餐厅内，早就设有舞厅，甚至还出现了外国人开办的舞蹈学校，专门教授狐步、华尔兹、波罗乃兹和探戈舞等，后来甚至风靡整个天津。现代交谊舞的兴盛，对于中国传统习俗的冲击是巨大的。中国传统社会，男女授受不亲，但是交谊舞一般是男女一起活动，因此颇受一些保守人士的不满。

租界不仅移植了西方的城市管理模式，同时也成为西方文化艺术传入的一个窗口。伴随着西方人士的到来，近代各种文化娱乐活动也随之传入。如租界设立不久，西方的职业性剧团就来到天津进行演出，他们表演大规模的杂技、魔术节目。早在1887年，租界内就出现了一支公共乐队，拥有100个保留节目，包括威尔第的歌剧选曲等世界名曲。他们在英租界的维多利亚花园举行每周一次的音乐会，来此游玩的外国人看到后，说："这是最令人惊奇的景象和声音。"后来小型音乐、歌舞剧团陆续进入天津租界演出，无论是外国新戏还是英国名戏，在这里都能欣赏到。租界内甚至举办了贝多芬纪念音乐会和舒伯特逝世百年音乐会等。还有很多巡回演出的著名演员和歌唱家，也来到天津举行访问演出。

西式休闲娱乐最为大众化的一种活动就是看电影。电影进入中国不久，便迅速征服了中国民众，成为大众文化的一部分。电影是在19世纪末被介绍到中国的，首先在上海出现。随着电影的出现，放映电影的电影院也随之出现。娱乐场所是市民文化生活的重要活动空间，在市民生活中占据重要的地位。电影院就是市民的一个重要娱乐场所。它不仅传播了近代文明，还拓宽了人们的视野。

天津最早出现的电影放映业是1898年法租界紫竹林附近的老万国舞台，还有一说是法租界的天丰舞台。1906年在法租界营业的“上权仙”电影院则是天津最早的电影院。此后电影院在各租界如雨后春笋般出现。尤其是文化娱乐业发达的英、法、日租界，更是形成了影院群。位于英租界的平安影院是全市首屈一指的影院，与其相近的蝴蝶影院、大华影院则构成了一个不同于法租界的影院群。美国学者李欧梵称电影院“令观众眼花缭乱，带他们进入了一个无论是在私人还是公共场所都不曾经历过的世界。这个新奇的世界给看电影本身增加了无与伦比的乐趣”。租界内的电影院大都放映外国电影，尤其是美国片，这在某种程度上塑造了本土观众的趣味，并试图弥合本土观众“自身的欣赏观和‘异国性’之间的差异”。看电影作为一种摩登的消费方式而为租界内及周边大众所喜好，并成为殖民统治环境下租界大众文化的重要组成部分。

五大道不只拥有充满异域风情、风格各异的建筑，更多的是代表一种西方文明所带来的社会生活模式。近代文明和西式生活此时已经渐入津门。我们之所以说五大道充满浓浓的西洋风，不仅是侨民自身的社会生活，流风所及，在租界内居住的很多中国人，在殖民环境的影响和新的谋生需求下，也开始接触并采纳西式生活所带来的某些便利。这在一定程度上对天津社会风尚的变化产生了影响。

可以说，五大道不只是租界地，还是西风东来的中转站。西洋之风在这里逐渐扩散，影响到天津更广泛的区域。

（三）非遗：传统技艺的创造性转化

非遗保护传承体系构建城市文化根基。天津通过立法保障、名录管理和传承人培育，构建起完善的非遗保护体系。截至2025年，天津拥有49项国家级非遗和357项市级非遗，涵盖曲艺、传统技艺、民俗等多个领域。例如，在天津民间艺术中，杨柳青木版年画、泥人张彩塑与风筝魏风筝最具代表性，被称为天津“民间工艺三绝”，通过数字化记录和传承人培训，实现技艺活态传承。政府设立专项资金支持非遗项目保护，如对70岁以上国家级传承人实施抢救性记录，确保核心技艺不失传。这种系统性保护为城市发展奠定了深厚的文化根基。

非遗创新转化激活文化生命力。天津推动非遗与现代生活深度融合，通过创造性转化提升项目吸引力。例如，杨柳青画社将传统年画与上合峰会场景结合，开发文创产品和国际文化交流活动，使年画从静态艺术品转变为动态文化符号。泥人张彩塑则通过创新题材和工艺，将《水浒传》《红楼梦》等经典文学形象转化为现代审美作品，吸引年轻消费者。这种创新不仅让非遗“活起来”，更通过市场反馈反哺技艺传承，形成良性循环。

非遗产业融合催生新经济增长点。天津将非遗资源转化为产业优势，推动文旅、教育、科技等多领域协同发展。例如，古文化街作为非遗集聚区，年接待游客超千万人次，带动周边商业繁荣；棉3创意街区通过“艺术+产业”模式，吸引180余家文化企业入驻，年营业收入达3亿元。此外，天津还探索“非遗+教育”路径，将相声、时调等曲艺纳入中小学特色课程，培育潜在消费群体。这种产业融合不仅创造了经济效益，更通过场景化体验增强了市民文化认同感。

金融赋能打通非遗价值链条。天津银行等金融机构创新“非遗+普惠金融”模式，为非遗企业提供定制化贷款服务。例如，天津银行向杨柳青画社发放1000万元贷款，支持其参与上合峰会文化交流活动，推动年画艺术与国际峰会场景深度融合。这种金融支持不仅解决了非遗企业的资金瓶颈问题，更通过“非遗保护-产业转化-国际传播”的价值链条，提升了天津文化的国际影响力。

政策支持与品牌建设强化城市文化标识。天津实施“四个善作善成”战略，将非遗保护纳入城市发展规划。政府通过举办京东大鼓艺术节、评剧艺术节等特色活动，打造“一区一品”非遗传播品牌；同时，利用新媒体矩阵扩大影响力，如通过短视频平台推广津门法鼓、回族重刀武术等项目，吸引全球关注。这种品牌化运营使天津非遗成为城市文化的重要标识，助力“五个现代化天津”建设。

如此，天津非遗通过文创产品开发、研学项目设计等路径，实现文化价值向经济价值的转化。杨柳青画社围绕文具、包袋等6类产品开发40余款原创设计，与老字号推出联名款，2024年电商销售额达2023年全年的1.5倍，彰显非遗空间的市场潜力。古文化街、五大道等景区设立非遗体验馆，年接待游客超2000万人次。杨柳青木版年画与旅游产业融合，开发文创产品，年销售额突破5000万元。泥人张彩塑与时尚品牌联名推出潮玩手办，单款产品月销量超万件；桂发祥十八街麻花通过非遗技艺标准化生产，年产值达3亿元，成为天津美食名片。相声、时调、评剧等49项国家级非遗，通过“京津冀非遗联展”“非遗曲艺书场”等品牌活动，年演出场次超千场，吸引观众超50万人次，强化了“曲艺之乡”的城市标识。运河桃花节、杨柳青年画节等活动，将非遗与旅游深度融合，形成“以文塑旅、以旅彰文”的生态。例如，2023年运河桃花节期间，非遗展演带动周边餐饮、住宿消费增长30%。连续三年举办非遗购物节，2022年直播销售额突破700万元，带动上百个非遗项目线上转型。

三、休闲文化：洋气与烟火气交织出的快乐哲学

休闲文化是天津城市精神与生活美学的集中体现，融合了河海交汇的地理禀赋、市井烟火的人文温度与开放包容的文化品格，形成了独具特色的“快乐都市”生活哲学。

天津因河而生，向海而兴，海河的波涛与渤海的浪潮共同孕育了“九河下梢”的独特地貌。这种河海交汇的地理格局，不仅塑造了天津“码头文化”的豁达气质，更

催生了以海河夜游、水上运动为代表的休闲方式。例如，海河游船串联起古文化街、天津之眼等地标，成为市民与游客共赏的“流动风景线”，体现了自然景观与城市生活的深度融合。

华灯初上的北运河永乐桥摩天轮　　摄影：张建

天津的休闲文化深植于市井生活，以“烟火气”为底色。茶馆相声、晨练太极、广场舞等日常场景，构成了天津人“忙里偷闲”的生活智慧。例如，名流茶馆、谦祥益等相声剧场常年座无虚席，演员与观众互动频繁，用幽默化解生活压力；杨柳青年画、泥人张彩塑等非遗技艺，则通过工作坊体验、文创产品开发等方式，让传统艺术融入现代休闲生活。

作为近代北方最早开放的通商口岸，天津的休闲文化兼具传统韵味与国际风情。五大道的欧式建筑群与老城厢的胡同院落相映成趣，形成了“双城并立”的城市肌理。这种文化交融在休闲领域表现为既有京剧、评剧等传统戏曲的繁荣，也有西餐、咖啡、爵士乐等外来文化的落地生根。例如，意风区的露天音乐会、民园广场的夜市经济，均体现了中西休闲方式的和谐共存。

天津被誉为“曲艺之乡”，相声、时调、评剧、京剧等艺术形式深入民间。茶馆相声以“贴近生活、讽刺时弊”为特色，成为市民休闲的重要方式；天津时调则通过街头表演、社区活动等形式，传递着地道的津腔津韵。此外，天津的话剧、音乐剧等现代演艺形式也蓬勃发展，形成了传统与现代交织的演艺生态。

天津“美食三绝”以狗不理包子、耳朵眼炸糕、十八街麻花等为代表，兼具北方的粗犷与江南的精致，享誉全国。美食不仅是味觉享受，更承载着文化记忆。例如，古文化街的茶汤摊、南市食品街的津味小吃，通过“边吃边逛”的体验模式，让游客在品尝美食的同时感受天津的市井文化。

天津的节庆活动兼具传统习俗与现代创意。例如，古文化街的春节庙会以舞龙舞狮、民间手工艺展示为核心，吸引了大量游客；海河国际消费季则通过灯光秀、音乐节等形式，打造夜间经济新亮点。这些活动不仅丰富了市民的休闲选择，也提升了城市的文化影响力。

天津以“快乐都市”为定位，通过休闲文化的挖掘与传播，塑造了独特的城市形象。例如，海河夜景、五大道秋色等景观成为社交媒体上的“网红打卡地”，吸引了大量年轻游客；茶馆相声、泥人张彩塑等非遗项目则通过短视频平台走向全国，增强了天津的文化软实力。

天津通过建设社区文化中心、公园绿地等公共空间，为市民提供了便捷的休闲场所。例如，水上公园的晨练队伍、海河边的钓鱼爱好者群体，均体现了休闲活动对社区凝聚力的提升作用。此外，天津还通过举办社区文化节、邻里运动会等活动，促进了居民之间的交流与互动。

天津将休闲文化作为文旅融合的重要抓手，推动了相关产业的发展。例如，古文化街、意风区等文化街区通过“文化+商业”模式实现了业态升级，海河游船、五大道马车游等特色项目通过“文化+旅游”模式吸引了大量游客。据统计，2024年天津接待游客数量同比增长15%，文旅综合收入突破2000亿元，休闲文化产业成为经济增长的新引擎。

未来，天津可利用5G、VR等技术开发沉浸式休闲体验项目。例如，在古文化街设置AR导览系统，游客用手机扫描建筑即可了解历史故事；在海河游船上引入全息投影技术，打造“夜游海河”的奇幻之旅。天津还可围绕“相声之都”“曲艺之乡”等文化标签，开发系列IP产品。例如，推出“津味相声”主题动漫，设计“杨柳青年画”文创雪糕，打造“泥人张”彩塑体验工坊，通过IP化运营提升文化附加值。天津可与北京、河北联动，共同打造京津冀休闲文化带。例如，三地联合举办“京津冀非遗展演”“海河-渤海滨海休闲游”等活动，实现资源共享、客源互送，推动区域文化协同发展。

四、津城味道：吃鱼吃虾，天津为家

天津因漕运而兴，尤其是近代开埠以来，更成为南北客商往来交会之处。天津地处九河下梢，众流汇归直沽入海。这样的地理位置，使得天津盛产鱼虾蟹等水产品，故民间有“吃鱼吃虾，天津为家”的说法。加之东临渤海，西扼九河，北界燕山，南有港淀，各种食材丰盛，为天津饮食业的发展奠定了基础。

自天津建城以来，饮食行业极为繁盛。津门诗人崔旭曾有诗如此写道：“曾经最说天津好，运河荟萃八方菜。”秋吟蒋诗也说：“津门三月便持螯，海蟹堆盘兴尽豪。”清人羊城旧客所著《津门纪略》还有专门的“食品”一卷，说道：“津沽出产海物俱全，味美而价廉。春令最著者则蚬蛏、河豚、比目等类；秋令螃蟹，肥美甲天下；冬令则卫河银鱼，驰名远近。更有铁雀，佐酒亦佳。黄芽白菜胜于江南冬笋者，以其百读不厌也。”唐芝九也有诗吟诵铁雀、银鱼之美味，他如此写道：“树上弹来多铁雀，冰中钓出是银鱼。佳肴都在封河后，闻说他乡总不如。”而清代津门诗人樊彬的《津门小令》则更为形象，他写道：“津门好，美味数初冬，雪落林巢罗铁雀，冰敲河岸网银鱼，火拥兽炉余。”风俗诗中也经常会说到吃，如“数到珍馐是食羊，西瓜饺子辣酸汤。今朝供客添佳味，烙饼加摊韭菜黄”。

清末民初，由于繁华地区集中于侯家后、北大关、官银号一带，天津饮食业也以这一带最为繁荣，尤其是侯家后小马路前面素有饮食群之称的鸟市。关于津门饭店的数量，尽管各时期有所不同，但是可以窥一斑而知全豹。据刊印于1898年的《津门纪略》食品一卷所记载，当时天津各类有名饭馆多达35家，如义和成、聚升成、聚源成、天和楼、天庆馆、真素馆等。当然，这并非全部。另据《津门小志》记载，19世纪末的天津饭庄有500余家，“其最著名者，为侯家后红杏山庄、义和成两家，其次则为第一轩、三聚园。装饰之华丽，照应之周到，味兼南北，烹调精绝。大有‘座中客常满，樽中酒不空’之概”。

由于鸟市成为游乐中心，到了20世纪30年代，它和侯家后、北大关、南市并称为天津四大饮食摊贩市场。这一时期，全市的大饭庄、中型饭馆和小饭铺达到500余户。天津饮食业之发达，不仅吸引了南北往来的客商，就连京城的达官贵人、富商大贾也都闻名而来。据《中华全国风俗志下编》之“天津之社会观察谈”记载，“天津商肆之多且盛者，首推酒席馆”，“北京名公巨卿，遇有大宴会，辄苦拘束，不能畅所欲为。乃群趋于津埠，呼卢喝雉，任意挥霍。风会所趋，而酒席馆遂应时大兴。高楼大厦，陈设华丽，远胜京师。每当夕阳西下，车马盈门，笙歌达旦”。由此可见，当时天津饮食业之盛。到1946年，天津市的饮食业达到顶峰，全市饮食业商家多达3900户，职工人数为15 000余人，另外还有饭摊和个体饮食户4500余户，各类中西餐馆210多家。

到了20世纪30年代，随着天津社会各方面的发展，饮食业呈现出一派繁荣景象。天津知名的十大饭庄、九大楼、八大成先后建立。八大成主营天津菜系，分别为明利成、聚德成、聚庆成、聚和成、义和成、聚兴成、聚乐成、聚合成；九大楼则主要是回民羊肉馆，即相宾楼、宾华楼、大观楼、迎宾楼、富贵楼、老会芳楼、会宾楼、鸿宾楼、畅宾楼；十大饭庄则为山东菜系，即同福楼、全聚德、天源楼、登瀛楼、松竹楼、天兴楼、晋阳楼、万福楼、会英楼、蓬莱春。

当时，南市“三不管”也是饮食饭摊集中之地。然而，“九一八”事变后，华北局势日益紧张，人心惶惶，工商业受到极大影响，而寓居天津的官僚政客、军阀富豪纷纷南下，或避居租界，使得南市一带的商号受到很大打击，很多饭庄、饭店和饭铺倒闭，天津饮食业出现一次衰落。但日法租界的中原公司、泰康商场、天祥市场、劝业场一带由于商业繁荣，饮食业出现畸形繁荣。如果说天津在1945年之前是以北菜馆为主的话，那么伴随着国民党接收的到来，南方人日益增多，南菜馆也逐渐增多，由原来的15户增至34户。

按照菜系来分，天津菜系还是占据主流，多达百户；山东菜系50余户；江苏菜系17户；广东菜系17户；浙江菜系3户；四川菜系3户；西餐13户。另外还有其他各种菜系的餐馆及素菜馆10余户。从空间分布来看，劝业场、天祥市场、泰康商场附近有80户，南市一带有50多户，官银号、侯家后、北大关一带有40多户，河东、河西、南开等区有40多户。

近代以来，伴随着天津开埠和租界的设立，西洋文化也在影响着天津的饮食。最初起士林和义顺合两家西餐厅比较有名，起士林位于旧德、美租界交界处（今解放南路北京电影院对面），义顺合位于小白楼。义顺合于1932年改为维格多利。此外比较有名的还有福禄林饭店、国民饭店、惠中饭店。

福禄林饭店始建于1926年，后改为永安饭店，位于法租界原明星电影院旁（今新华路和平电影院旁）。当时不少军政官僚、官绅巨商在此举办喜寿丧事。国民饭店建于1923年，位于原法租界天增里（今赤峰道52号）。1933年，吉鸿昌曾在该饭店被捕。惠中饭店位于劝业场华中路，1931年开始营业，产权为前热河督军汤玉麟所有，是当时全市最大的餐厅。此外还有小规模的西餐厅，如大华饭店、太平洋饭店、安乐饭店、熙来饭店、华园大菜馆、德义楼等。

日租界的设立及大量日侨涌入天津，也使得日本饮食文化逐渐在天津传播扩散，被部分民众所接受。像当时比较有名的大和旅馆、敷岛、神户馆、芙蓉馆等都兼具旅馆和饭馆的功能。此外还有专门的日本料理店，如清月、末广、樱花食堂、东洋轩等；还有寿司店，如奴寿司、曙寿司、新桥、美登里寿司、一休、若乃等，虽然规模未必有多大，但是充满日本味道。

辛亥革命之后，清王朝灭亡，很多清朝的遗老遗少寓居津门，他们带来了宫廷饮食文化，加之租界的西餐厅，让天津成了中外美食的汇集地，相互融合，形成了颇具特色的天津饮食文化。到了20世纪二三十年代，天津餐饮业达到顶峰，甚至一时成为中国北方餐饮业之最。

总之，天津是一个五方杂处的地方，河海漕运的兴起，便利了南北往来，使得南北餐饮文化的交流和借鉴成为可能。从菜系的丰富、菜品的多样、饭馆的位置来看，在某种程度上都与运河有关。饮食文化学者许先说：“‘九方杂居’借河海漕运之兴，沟通了南北餐饮文化的交流与借鉴。从津味醋椒鱼、香榭虾扁到杭州的西湖醋鱼和龙井虾仁，从津味的‘八大碗’与津人饭俗到安徽的‘九规十大碗’及扣模蒸食，从津味煎饼馃子、锅巴菜到山东大煎饼，从津味八大馇、翡翠鸭舌到浙鲞闽糟，更有天津灶上的大炒勺顺着大运河漂到了杭城戛然而止……这一切都展现了南北餐饮文化经过长期交流而传承下来的文化基因。”大运河南北沟通使得各地的菜系走向他处成为可能。饮食文化学者高成鸢认为：“运河交通必然带来文化融合。‘天津菜’的形成，肯定融合有淮扬菜的精华，狗不理包子含有汤汁（高汤），就是有力证明。”许先也说：“纵观祖国南北大地的大运河是一条文化纽带，不但漂出了天津这一方热土，更是给斯地凝聚了一腔灵气。正是这股灵气铸就了天津近代餐饮文化的辉煌历史。”又说“津派菜的形成得益于大运河的孕育与培养，是祖国南北餐饮文化互相交流借鉴的结果，而新时代餐饮文化的发展，同样也离不开大运河这个文化纽带的串联与凝聚。”学者陈克也说：“有了运河，南方的食品也不断地出现在天津的市场上，如广东、福建出产的海参、鱼翅、燕窝等干制水产品，江南的腐竹、干笋、火腿等特产以及各种调味品，极大地丰富了天津的餐桌。”因此，他说：“运河不但孕育了天津这座城市，而且给天津人带来了各地的佳肴美味，不论是达官贵人还是贩夫走卒，都能在自己的圈子里共享祖先创造的饮食文化，同时天津人也为中国饮食文化的发展做出了自己的贡献。”

第三节
文化也是现代化转型的支点

文化，于天津而言，从来都不是可有可无的点缀，而是流淌在城市血脉中、贯穿发展历程的核心要素。它既是驱动城市向前的澎湃动力，为产业革新、经济发展注入源源不断的精神能量；也是市民日常的生动写照，融入饮食起居、休闲娱乐的每一个细节，勾勒出独特的生活图景；更是这座城市在现代化转型浪潮中稳步前行的坚实支点，以其深厚的底蕴与蓬勃的活力，协调着传统与现代的碰撞，平衡着发展与传承的关系。

一、文化产业的现状与未来

天津文化产业形成了文化创意、广播影视、出版发行、演艺娱乐、文化旅游、数字内容、动漫游戏、文化会展8大门类。截至2024年，全市拥有35个文化产业园区（其中国家级8个），入驻企业占比超25%，形成“山、海、城、乡”四带多点的空间布局。国家动漫产业综合示范园、天津数字出版产业园等平台，通过超级渲染云计算、试验开发平台等技术支撑，推动产业数字化升级。

天津实施“科技创新、产业焕新、城市更新”与“盘活存量、培育增量、提升质量”策略，推动文化赋能经济高质量发展。例如，棉3创意街区通过保护性改造，将闲置厂房转化为文化创意空间；天津数字出版产业园吸引36家龙头企业入驻，年营业收入达3亿元，实现“开园即营业”的爆发式增长。2023—2024年，天津盘活存量土地899.03公顷、房产349.94万平方米，收入722.68亿元，为产业发展注入新动能。

天津文化产业加速向数字化、网络化转型，数字科技与传统出版、游戏电竞等产业碰撞出创新火花。天津数字出版产业园自2024年4月开园以来，出租率超过90%，智慧教育、网络文学等新业态涌现。同时，天津通过MCN机构培育、短视频内容生产等路径，布局长视频、直播、微短剧等新兴数字视听产业，尽管目前排名靠后，但增长潜力显著。

当然，文化产业也面临着一些问题，如产业结构有待优化，创意设计、动漫游戏等领域发展滞后，与一线城市存在差距。创新能力不足，原创作品较少，品牌影响力有限，难以形成国际竞争力。人才短缺，高端创意人才、影视制作人才流动性大，稳定性不足。产业链协同性弱，上下游企业协同效应不足，整体效益有待提升。为此，我们需要从以下几个方面强化文化赋能经济发展的能力。深化文旅融合，挖掘河海文化、红色文化等8大文化形态，推出“津牌”多日游线路，打造“网红打卡地”和文旅新场景。强化科技支撑，依托5G、人工智能等技术，发展虚拟现实、增强现实等沉浸式体验，推动数字文化产业与实体经济深度融合。优化政策环境，通过资金扶持、税收优惠、人才引进等措施，培育龙头企业，完善产业链条。激活非遗潜力，推动非遗技艺与现代生活需求相结合，开发具有时代特色的文创产品，实现“见人见物见生活”的保护目标。

二、文化也是一种生活

经常听到人说天津是最具松弛感的城市，也是最有生活气息的城市。在幽默中透着一股乐观，在前进中又有一种松弛，既懂得工作，又懂得生活，而这与天津人骨子里的文化密切相关。天津人的生活方式可以说融合了北方城市的豪爽与市井文化的烟火气，既有对传统习俗的坚守，也有现代生活的活力。

如今，天津的早点文化早已闻名遐迩。西北角早点铺早已成为网红打卡地，煎饼馃子也成为来津游客必然要品尝的食物。对于天津人来说，没有一件事是一套煎饼馃子不能解决的。“京油子、卫嘴子”，天津人之会吃，那是自古以来有口皆碑的。天津人以“会吃”闻名，对食材新鲜度和烹饪手法极为讲究。例如，煎饼馃子必须用绿豆面，加火腿肠或生菜会被视为“异端”。

天津人天生幽默，说话带包袱，日常对话常像在说相声。例如，问路时可能得到“往左拐，再右拐，瞅见那大狗笼子就到了”的生动回答。茶馆相声是天津的特色娱乐，名流茶馆、古文化街的戏楼常年有演出，本地人甚至会去茶馆“捧哏”。也因此，天津人的休闲方式更是独具一格。傍晚沿河散步、钓鱼、跳广场舞，或坐在亲水平台上看游船，是天津人的日常消遣。而老天津人则爱泡茶馆，一杯高末（茶末）配瓜子，能聊一下午；麻将也是家庭聚会必备项目，甚至有“宁可不吃饺子，不能不打麻将”的说法。水上公园、长虹公园等地，常见唱京剧、拉二胡的票友，形成了独特的“露天剧场”。

天津人热情好客，待人真诚，请客吃饭常说“嘛钱不钱的，乐呵乐呵得了”，但背后可能偷偷抢着买单。天津人还特别要面子，注重人情往来，送礼讲究“有里有面儿”，例如看望病人会带“四色礼”（水果、糕点、补品、鲜花）。老年间，邻居间还常互相送自家做的炸酱面、包子，形成“远亲不如近邻”的温暖氛围。

如今，随着五大道、意风区等具有异国风情的历史街区日益热闹，天津人的休闲娱乐方式也在不断发生变化。骑共享单车穿梭于欧式建筑群，在民园广场喝咖啡、听露天音乐会，是年轻人的时尚选择。意风区的酒吧、津湾广场的灯光秀、西北角的早餐网红店，吸引着本地人和游客。

天津人乐观豁达，常自嘲“乐呵乐呵得了”，面对生活琐事总能以幽默化解，例如用“嘛钱不钱的”淡化物质压力。表面爱开玩笑，但内心重情义。例如，朋友借钱可能先调侃“你小子又缺钱啦?”但转身就会转账。天津人的生活方式是传统与现代的交织，既有“九河下梢”的码头文化沉淀，也有海河两岸的都市活力。他们用幽默化解压力，用美食凝聚情感，在慢节奏中享受生活的烟火气，天津堪称“最会过日子的北方城市”。

总之，天津既是一个河海交汇的城市，也是一个五方杂处的城市，具有典型的河海文化特征。河海赋予了天津强烈的开放性和包容性。在这里，听相声的和听京剧、看交响乐的各得其乐，饮茶的与喝咖啡的互不干涉，各自安好，使得天津具有一种调和而又多元的气质。

作为河海交汇的城市，天津是南来北往的交会之地，见多识广，又是重镇，加之租界林立，欧风美雨更是早就沐浴其中，很多新鲜事物很早就能接触，这使得原来来自内地的城市居民眼界大开，故很早的时期，天津人就知道了德律风（电话机），乘坐了小火轮等。

作为一个军镇和漕运交织而成的城市，天津人口最初主要是士兵、商人或农民，只有少量的知识分子，其居民素来性格豪放，民风强悍，颇有任侠之风。因此才会有所谓的“混混儿”出现。这在天津教案中表现得尤为明显。无论是河海文化、工商文化，还是演艺文化，都与海、河密切相关。这也使得天津人的性格充满矛盾性。既充满开放精神，也多少有点墨守成规的思绪。既有包容性，也有保守性，颇有中庸之道。20世纪30年代，有人写文章说："天津就是那么个地方，说繁华赶不上上海，说喧嚣也赶不上上海，它有那么一股中庸的风度，很适合一般人的胃口，洋化中带有一点中国古老的静朴，繁华中尚不失其安静。"抗战胜利后，更是有人说："上海市是日渐凋谢的桃李，而天津是含苞待放的玫瑰。"

三、文化是动力，是生活，也是现代化转型的支点

天津的文化从来不是附着在城市表面的装饰品，而是深植于这座城市工业脉络中的核心力量。津派文化的务实、开放与创新，既塑造了城市性格，也深刻影响了工业的发展路径。百年来，这种文化与工业的相互作用，成为推动天津不断进步的重要内在动力。

在民族工业的起步阶段，文化为工业提供了信念和方向。侯德榜"为中国人制碱"的担当，不仅是技术的突破，更是文化精神的彰显；永利碱厂、飞鸽自行车、海鸥手表，这些耳熟能详的品牌背后，都有天津人敢闯敢拼、不惧挑战的文化基因作为支撑。工业的崛起也反过来塑造了城市文化：成千上万工人的生活组织、子弟学校、澡堂、宿舍区，形成了具有天津特色的"工人文化社区"。这种文化不是抽象的理念，而是现实生活中的协作、自治与创造，成为城市协同运转的制度力量。

进入新时代，天津的工业传统并未消失，而是在文化的滋养中重获新生。老厂房的改造是最直观的体现——棉3创意街区、意风区、天物空间等，曾经的生产空间转译为文化空间，工业的硬朗线条与艺术的柔性表达融合，展现了天津对过去与未来的双重敬意。更深层次的，是文化为产业转型提供了软实力支撑。制造业要高质量发展，

不仅需要技术创新，更需要理念更新和文化自觉，才能在全球价值链中重塑竞争力。

文化是动力，因为它激发城市持续创新的内在张力；文化是生活，因为它渗透在工业脉络中的每一处细节；而文化更是现代化转型的支点，它为天津提供了社会认同和组织力，让这座城市在重塑产业结构、发展新质生产力的进程中，保持独特的韧性与活力。

今天，当我们谈“再造”天津，不仅仅是设备的更新换代、产业链的优化升级，更是一次文化与工业协同演进的全新尝试。文化赋予工业持续演进的可能性，工业则让文化的根基更加厚重。二者合流，才能托举起一个面向未来、敢于探索的现代化天津。

肆

第四篇

天津再出发：中国式现代化中的城市样本

在全面建设社会主义现代化国家的新征程中，天津正以非凡的勇气与决心，全力奔赴新时代的伟大征途。从“实验室 + 车间”双引擎驱动，为新质生产力打造“天津方案”，到以开放之姿向全球敞开大门，拓宽制造城市的发展通道，再到坚持内涵式发展，构建城市治理现代化的天津模式，每一步都彰显着这座城市的智慧与担当。

第一节
“实验室+车间”双引擎：打造新质生产力的“天津方案”

党的十八大以来，我国大力实施创新驱动发展战略，有力支撑了中国经济加快迈向高质量发展。十八届五中全会提出“创新、协调、绿色、开放、共享”新发展理念，并把创新提到首要位置。党的二十大报告明确指出必须坚持“创新是第一动力”，“坚持创新在我国现代化建设全局中的核心地位”。在当前中国经济从投资驱动转向创新驱动的关键阶段，新质生产力已经成为支撑中国经济高质量发展和实现中国式现代化的重要保障。习近平总书记指出：“要以科技创新引领产业创新，积极培育和发展新质生产力。”[①]“以科技创新引领新质生产力发展”[②]是以习近平同志为核心的党中央审时度

①《在更高起点上扎实推动中部地区崛起》，《人民日报》2024年3月21日。
②《分析研究二〇二五年经济工作 研究部署党风廉政建设和反腐败工作》，《人民日报》2024年12月10日。

势提出的重大举措。

一、以科教之能，点燃产业引擎

习近平总书记在2024年视察天津时指出：“天津作为全国先进制造研发基地，要发挥科教资源丰富等优势，在发展新质生产力上勇争先、善作为。”[①]天津深刻领会习近平总书记关于发展新质生产力重要论述的核心要义和具体要求，充分发挥国家战略机遇、产业体系完备、科教资源丰富等多方面优势，找准发展着力点，坚持把新质生产力作为“四个善作善成”之首，为高质量发展构建坚实的物质技术基础。

目前天津正处于高质量发展阶段，2024年全市地区生产总值18 024.32亿元，比上年增长5.1%，增速比上年加快0.6个百分点，经济运行整体向好，并加快培育新动能，其中重点产业链增加值合计占规模以上工业的82.1%，比上年提高2.3个百分点，发展质效稳步提升，同时消费市场不断恢复，社会消费品零售总额较上年增长0.9个百分点，城市活力不断释放。遵循习近平总书记的战略指引，天津在国内国际双循环中整合发展资源，推动科技创新实现量的增长和质的提升，推动科技创新和经济社会发展深度融合，使新质生产力成为高质量发展的强大引擎。另一方面，习近平总书记指出：“科技创新能够催生新产业、新模式、新动能，是发展新质生产力的核心要素。”[②]新质生产力的发展为天津构建现代化产业体系提供了核心驱动力。首先，通过运用新技术和新方法，可以有效优化生产要素配置，促使传统产业向智能化、绿色化、融合化方向迈进，提高生产效率，为天津可持续发展注入活力。其次，新质生产力以科技

①《向全国各族人民致以美好的新春祝福 祝各族人民幸福安康 祝伟大祖国繁荣昌盛》，《人民日报》2024年2月3日。
②《加快发展新质生产力 扎实推进高质量发展》，《人民日报》2024年2月2日。

创新为核心要素，依托关键技术、前沿技术和颠覆性技术的突破，可以为重点产业发展提供坚实支撑，对于天津培育战略性新兴产业和未来产业具有重要作用。此外，新质生产力为天津制造业升级提供核心动力，其高科技属性的关键技术应用对产业竞争力具有重要作用。以新技术和要素配置方式提升生产效率和产品质量，满足市场对制造业更高效灵活及环保的发展要求，同时也创造就业机会，带动区域经济发展，助力天津实现经济社会可持续发展。

党的二十大报告指出“教育、科技、人才是全面建设社会主义现代化国家的基础性、战略性支撑”，将教育、科技和人才统筹起来考虑，坚持优先发展教育，推动科技进步，坚持科技自立自强，并以人才为驱动，突出三者之间的内在联系，通过协同合作和系统整合，共同促进科技创新的新优势。随着创新驱动发展战略的稳步推进，天津不断提升自身的创新能力、成果转化能力和科创服务能力，努力实现高水平科技自立自强，丰富并发挥教育、科技和人才的资源优势，初步具备了发展新质生产力的基础。

2020—2024年，天津市教育支出从443.05亿元攀升至499.99亿元，表明其持续加大教育投入，为天津丰富教育资源筑牢基础，助力打造更优质的教育生态，彰显了对教育发展的有力支撑。天津市拥有包括南开大学、天津大学等在内的5所“双一流”高校，共拥有56所高等院校、25所研究生培养机构，2024年普通高校在校生人数达到60.54万人，涵盖了主要的学科领域。全市高等教育机构不断优化专业设置，高等教育和职业教育不断优化。据统计，2024年天津市新增博士学位点13个、硕士学位点20个、高职专业点73个，产教联合体增至10个。天津紧密与产业发展需求相贴合，例如天津大学在合成生物学领域处于国际前沿，其科研团队率先在实验室实现了二氧化碳合成淀粉的人工合成，为新质生产力的发展提供关键技术支持。同时，天津作为全国唯一的国家现代职业教育改革创新示范区，其职业教育水平也一直处于全国领先地位。2024年，全市中等职业教育招生2.57万人，在校生8.17万人，毕业生2.80万人。天津职业技术师范大学、天津中德应用技术大学等职业教育院校与产业发展需求紧密对接，开设了智能制造、新能源汽车、信息技术等热门专业，通过产教融合、校企合作模式，为企业定向培养了大批技术技能型人才，有效缓解了包括制造业在内的实体经济技术工人短缺的问题，有利于筑牢新质生产力发展的人才根基。天津市还积极探索拔尖创新人才培养模式，各高校纷纷加强对基础学科和前沿交叉学科的建设，努力打造跨学科研究平台与人才培养基地，如南开大学开设智能医学工程专业，致力于培养在智能医疗领域开展前沿研究和应用开发的复合型人才。此外，天津还通过实施“海河英才”计划，截至目前累计引进人才达50万人，激发了人才创新活力，使之成为推动科技创新和产业升级的关键力量，为新质生产力的发展奠定了人才基础。

科研平台的建设是科技创新的基石。天津的全国重点实验室已达17家。近5年内全市技术市场成交额呈现稳定增长态势，2024年全市签订技术合同17 803项，成交额达2151.40亿元，同比增长9.9%。有效期内的国家级专精特新“小巨人”企业累计283家，市级专精特新中小企业累计2532家。国家超算天津中心获批筹建“国家新一代人工智能公共算力开放创新平台”，自主研制的CAE（计算机辅助工程）软件入选“科创中国”先导技术榜，这是天津在超算领域强大实力的充分展现。国家合成生物技术创新中心完成吨级二氧化碳人工合成淀粉中试平台建设，为生物制造业发展提供了坚实的技术支持。海河6家实验室全面入轨运行，累计孵化引进企业97家，这些科研平台汇聚创新资源，开展前沿研究，成为科技创新成果转化的重要阵地，为新质生产力发展提供坚实的硬件支撑。

天津市全社会研发投入强度位居全国第三，科技创新投入不断加大。政府通过设立产业引导基金、科技专项资金等多种方式，引导社会资本投向科技创新领域，实施科技重大专项，在信创、生物医药、新材料、装备制造等前沿领域攻克“卡脖子”难题。例如，在人工智能领域，天津获批国家级车联网先导区、国家人工智能创新应用先导区，核心芯片和底层软件攻关取得了显著进展。新一代8通道脑电采集国产芯片在津研发成功，突破了脑机接口技术基础元器件“卡脖子”难题，为脑机交互开辟了新路径。天津大学马雷教授团队通过精确调控外延石墨烯的生长过程，在石墨烯中引入带隙，创造出新型稳定半导体石墨烯，其电子迁移率超过硅材料10倍，攻克了长期阻碍石墨烯电子学发展的关键技术难题，相关成果发表于《自然》杂志。另一方面，从企业角度来看，通过不断强化企业创新主体地位，培育壮大科技领军企业、制造业单项冠军企业、专精特新及创新标杆企业，引导企业组建研发机构，不断强化研发投入，支持领军企业组建创新联合体，发挥科研组织主体作用，推动产学研深度融合。例如，天津瑞普生物技术股份有限公司牵头研发的“动物疫苗产业化关键技术研发及应用”项目荣获天津市科学技术进步奖一等奖，构建起国际领先的自主技术体系，成为生物医药领域的创新典范。滨海新区作为京津冀特色“细胞谷”的重要承载地，已经聚集细胞领域创新型企业40余家，在原始创新、产业转化等多方面实现全面布局。在滨海新区的联想创新产业园，将近千项先进智能和绿色技术融合集成落地，该产业园占地11.2万平方米，总投资超18亿元，其以“绿色零碳、智能制造”为核心定位，通过采用物联网、边缘计算、数字孪生、5G等多项先进技术，融合了近千项联想专利，充分展现出其高水平的零碳智造水准。该产业园区实现了高度自动化生产，平均每9秒下线一台笔记本电脑，智能笔记本生产线自动化率达到60%，还建成了零碳黑灯智慧化立体库，43种智能技术的应用使得仓储占地节省70%以上。该产业园用实际行动向千万级绿色智造“灯塔工厂”迈进，体现了科技创新在推动产业升级过程中的中流砥柱作用。

天津积极推动科技成果转化，让科研成果从实验室走向生产线。通过搭建多层次的技术转移服务体系，加强了高校、科研机构与企业之间的合作。2023年4月，为落实“科教兴市人才强市行动方案”，天津市积极推进产教、科教深度融合，搭建起校企合作的“握手通道”，天津市高校科技成果发布暨校企撮合对接会首秀——智能科技专场在津举办。科技专家发布了高校可转化成果清单，共征集本市高校供给端科技成果485项，覆盖信息技术应用与创新、高端装备、绿色石化、生物医药、新材料等多元产业链方向。2024年，天津全力推进校企协同创新，举办12场“校企紧握手专题对接活动”与30场“校企对接下午茶”。超1000人次高校科研人员、1400余家企业深度参与，搭建起成果转化“高速路”，最终签订合同金额达29.05亿元，让科教资源与产业需求精准耦合，为城市创新发展注入强劲动能。另外，天津还积极推进产教融合供需信息线上匹配工作，依托教育部“专业对接产业谱系图”研究重大课题，搭建天津产教融合创新大数据中心与产教融合智慧云平台。通过智能化手段，构建专业建设与产业发展谱系图匹配分析模型，为产教融合各参与方打造信息共享、供需对接、成果转化、决策治理的信息化平台，实现专业与产业谱系图精准适配。截至2024年1月，平台已采集产教信息数据32.7万条，算法匹配准确率达92%，有力赋能产教深度融合发展。这些举措促进了科技成果与产业的深度对接，加速了科技成果向现实生产力转化，有利于为新质生产力发展开辟广阔空间。

在科技创新驱动经济发展的时代浪潮中，天津市凭借深厚的科教资源和扎实的产业基础，全力推动新质生产力的发展。而天开高教科创园（以下简称“天开园”）作为天津市精心打造的科创高地，正以其独特的创新生态和强劲的发展势头，成为天津市培育新质生产力的核心载体，持续为城市的高质量发展注入澎湃动力。

数字经济与实体经济的融合，本质上是通过数字技术对传统产业进行全方位、全链条的改造，从而实现产业的升级与创新。这种融合能够提高生产效率，优化资源配置，提升产品质量和服务水平，进而增强产业的竞争力和可持续发展能力。对于天津市而言，作为全国先进制造研发基地，推动数字经济与实体经济的深度融合是实现产业升级、培育新质生产力、提升经济质量的关键所在。而天开园自2023年5月18日开园以来，就被赋予了推动数字经济与实体经济深度融合的重要使命。园区以“一核两翼多点”的空间布局，紧密围绕天津市的产业优势和科教资源优势，致力于打造成为科技创新策源地、科研成果孵化器和科技服务资源集聚区。其战略定位不仅是推动高科技企业的孵化与成长，更要成为天津市数字经济与实体经济深度融合的示范高地，为城市的现代化产业体系建设提供强有力的支撑。

天津市拥有丰富的高校和科研机构资源，天开园充分利用这一优势，推动高校科研成果与企业实际需求的精准对接。园区与南开大学、天津大学等17所高校校友会签署合作协议，建立了常态化的对接机制。通过举办各类技术交流会、项目路演等活动，让高校的数字技术研究成果能够迅速找到应用场景，同时也让企业的需求能够及时反馈给科研团队，加速了数字经济技术在实体经济中的应用。园区积极构建创新生态系统，通过构建政务、科创、金融、商务、知识“五大服务体系”，链接了174家科技中介机构和179家金融机构，形成了206亿元基金群。这一体系为数字经济与实体经济的融合提供了全方位的服务支持。园区内的科技服务型企业为传统制造企业提供数字化转型咨询、技术解决方案等服务，帮助其实现生产流程的智能化改造；金融机构则为数字经济项目提供资金支持，助力其快速落地和产业化。园区聚焦人工智能、大数据、云计算、物联网等数字经济关键领域，培育和引进了一批具有核心竞争力的优质企业。目前，园区内已累计注册企业3580家，这些企业在园区的支持下，积极开展技术创新和业务拓展，形成了良好的产业集群效应。

园区的建设和发展吸引了大量数字经济领域的创新人才。这些人才不仅带来了先进的技术知识，还激发了企业的创新活力。截至目前，天开园已经汇聚了众多高端创新创业人才，形成了良好的创新创业氛围。创新平台的建设和创新人才的集聚，进一步提升了天津市在数字经济领域的创新能力和核心竞争力。在天开园的推动下，天津市的传统制造业正在经历深刻的数字化转型。以汽车制造为例，一些企业通过引入工业互联网平台，实现了生产设备的互联互通和生产数据的实时监控，能够快速响应市场需求，缩短产品交付周期。同时，数字经济与实体经济的融合也催生了一系列新业态和新模式，如智能制造服务、工业互联网解决方案提供商等，为经济增长注入了新的活力。

二、制造向新而行，天津靠什么争先？

渤海之滨，海河之畔，天津正以全国先进制造研发基地的使命担当，在发展新质生产力的浪潮中奋勇争先，书写着属于这座城市的辉煌篇章。从信创产业的蓬勃崛起，到生物医药的创新突破；从新能源产业的绿色转型，到传统产业的华丽蜕变，天津的每一处角落都涌动着创新与发展的活力。

天津将信创产业作为首位度产业和主攻方向，全力打造从“CPU、操作系统、数据库”到“服务器、整机终端、超级计算”的信创全产业链条，目前已成为国内信创产业布局最完整的城市之一。这一成就的背后，是天津多年来的精心规划与大力扶持。在顶层设计上，天津进一步完善信创产业发展规划，设立“信创专属政策包”，从资金支持、研发鼓励、场景开放到适配验证中心建设等多方面，给予信创产业全方位的政策保障。2024年前10个月，全市信息技术应用创新产业链规模达到1109.33亿元，同比增长24.4%。外设终端子链更是增长迅猛，前10个月同比增长118.4%。信创产业的繁荣离不开众多企业的支撑。麒麟软件、飞腾、海光、中科曙光、联想、360等重点企业在天津这片土地上茁壮成长，为信创产业发展注入强大动力。为推动信创产品的应用与推广，天津开展信创“双百行动”，每年发布“100个标杆场景”和“100款优质产品”，为信创产品提供先行先试环境。率先推动金融、能源、电信、卫生健康等13个重点行业开放应用场景，打造了滨海农商银行“存款保险信息系统”、民航大学“民航重要活动抵离信息采集系统”、环湖医院“信息一体化建设”等100个信创应用场景。

2024年7月，在由工信部网络安全产业发展中心联合天津、浙江、福建、山东信创产业管理机构主办的2024信息技术应用创新发展大会暨解决方案应用推广大会上，天津发布了一批新推出的信创解决方案。在工业软件领域，支持信创海河实验室、国家超级计算天津中心等单位联合开发“天河显式动力学数值模拟软件”。在基础软件领域，支持麒麟软件建成桌面操作系统开源根社区，推出国内首款桌面开源根操作系统“开放麒麟”2.0版本，支持紫光云打造从核心算法到用户界面完全自主研发的“紫鸾5.0信创云平台”。在行业应用领域，支持中汽研搭建全国首个“汽车行业信创适配中心”，搭建智能座舱、零部件、业务系统仿真场景。在政策赋能方面，面向核心技术产业化的实际需求，设立第一期规模为1亿元的信创产业基金。

生物医药产业作为战略性新兴产业的重要组成部分，在天津也得到了大力培育与发展，正朝着规模化聚集的方向稳步迈进。天津拥有丰富的科教资源，众多高校和科研机构在生物医药领域不断进行科研攻关，为产业发展提供了坚实的技术支撑。滨海新区作为天津经济发展的重要引擎，在生物医药产业发展方面成果显著，聚集国家高新技术企业、国家科技型中小企业均超过4900家，“雏鹰”“瞪羚”和领军企业超过2600家，科技型上市企业达到33家。

众多企业在产品研发上取得突破，瑞奇外科推出多款先进的微创外科器械，提升了我国在微创外科领域的技术水平；世纪康泰研发的高次亲水非球面可折叠人工晶状体获批上市，为眼科医疗提供了更优质的产品。天津在生物医药产业创新生态的构建上也不遗余力。天津市生物医药产业联盟在天开园成立，促进了创新链与产业链的深度融合，加强了企业、高校、科研机构之间的交流与合作，形成了协同创新的良好氛围。天开园作为科技创新的重要载体，吸引了众多生物医药领域的创新企业和项目入驻，为产业发展提供了广阔的空间和丰富的资源。

在全球倡导绿色发展的大背景下，新能源产业成为天津重点发展的战略性新兴产业之一。天津积极布局新能源产业，从政策支持到技术研发，从项目建设到产业应用，全方位推动新能源产业的蓬勃发展，助力城市实现绿色转型。在新能源汽车领域，天津的企业不断发力。长城汽车天津生产基地积极应用智能化技术，重塑生产链条。高精度冲压车间里，六轴机器人和机械臂组成的自动化搬运系统与数控压力机组成全自动封闭数控压力机生产线；自主开发的智能排产系统，实现车间资源配置优化和库存最小化；数字化焊接车间里，总拼工位机器人抓手重复定位精度达0.2毫米，整个智能车间实现车联网全域全时在线，300台机器人服务生产，让生产更精细化、智能化、高效化。此外，天津还吸引了众多新能源汽车相关企业入驻，形成了较为完整的新能源汽车产业链，涵盖了整车制造、电池生产、零部件配套等环节。

在其他新能源领域，天津同样取得了显著进展。在太阳能方面，天津积极推动光伏发电项目的建设，利用丰富的太阳能资源，建设了多个大型光伏电站，为城市供电提供了清洁的能源来源。同时，鼓励企业加大在太阳能电池技术研发方面的投入，提高太阳能电池的转换效率，降低成本，推动太阳能产业的可持续发展。在风能领域，天津凭借其沿海的地理优势，大力发展海上风电。规划建设了多个海上风电场，引进先进的风电设备制造企业，推动风电装备制造产业的发展，实现了风电技术研发、设备制造、工程建设和运营维护全产业链发展。为推动新能源产业的发展，天津出台了一系列政策措施。加大对新能源产业的资金支持力度，设立专项产业基金，鼓励企业进行技术创新和项目建设；对新能源企业给予税收优惠，降低企业运营成本；加强新能源产业园区的建设，完善园区基础设施配套，为企业提供良好的发展环境。此外，天津还积极开展新能源产业的招商引资工作，吸引国内外优秀的新能源企业落户天津，提升产业的整体竞争力。

发展新质生产力绝不意味着放弃所谓的传统产业，天津深知传统产业在城市经济中的重要地位，积极推动传统产业的转型升级，让传统产业在新时代焕发出新的活力。天津的石化产业历史悠久，是城市经济的重要支柱之一。为实现高质量发展，天津制定了《天津市石化化工产业高质量发展实施方案》，明确了发展目标和路径。在产业布局上，鼓励符合产业政策和导向的现有石化化工生产企业逐步搬迁进入南港工业区，提高产业集聚度，实现园区化、集约化发展。引导园区构建绿色安全低碳的高质量发展格局，高端产品保障能力大幅提高，核心竞争力明显增强。南港工业区成为天津新建石化化工项目的主要载体，除与其他行业生产装置配套建设的危险化学品生产项目外，新建石化化工项目原则上进入南港工业区，加快建设世界一流的绿色化工新材料基地。

在创新驱动方面，围绕产业链部署创新链，同时依托创新链布局产业链。利用天津产业技术创新战略联盟、物质绿色创造与制造海河实验室等创新平台，布局一批共性技术研发中心、中试基地等公共服务平台，加快打造南港工业区科技创新中心，推动产学研用深度融合，构建协同创新体系。充分利用南开大学、天津大学、辽宁石油化工大学等高等院校，中国石油、中国石化、天津渤海化工集团有限责任公司等领军企业，中国石化北京化工研究院、中国石化石油化工科学研究院、中国天辰工程有限公司等科研院所和专业机构的人才和技术优势，开展产学研用协同攻关，在高端聚烯烃、特种工程塑料、高性能功能膜材料等化工新材料以及电子化学品、生物质化学品、资源回收利用、节能低碳等领域，突破一批“卡脖子”技术。在产业结构优化上，严格项目准入门槛要求，坚决遏制“两高一低”项目盲目发展，大力发展高端精细化学品和化工新材料，提升产业链整体竞争力。加快5G、大数据、人工智能等新一代信息技术与石化化工行业融合，实现数字化转型。在绿色安全发展方面，坚持资源和能源循环利用，加快构建绿色低碳发展体系，积极探索绿色生产方式，促进全面绿色低碳转型。

在国际化发展进程中，京津冀装备制造领域协同发展不断深化，“手拉手、走出去”，为产业发展赢得了广阔空间。天津新港船舶重工为卡塔尔天然气项目建造相关船只，单船造价超2亿美元，同时攻克了薄膜型液货舱技术，打破国际垄断。菲特（天津）检测技术有限公司完成了与汽车行业某头部德企合作的自动化智检设备出口工作。京津冀高端装备产业链联盟通过共建“工业母机联合实验室”，联合攻关核心零部件技术，提升本地化配套率，加强产学研合作，推动高校、科研机构与企业的深度合作，提升技术研发能力和产业化水平，加大对高端材料和精密仪器的研发投入，提升自主创新能力，减少对进口的依赖，持续补链强链，提升产业在国际市场的竞争力。

除了石化和装备制造业，天津的其他传统产业也在积极推进转型升级。冶金产业通过数字化技术的应用，打造了11家国家智能制造示范工厂，实现了生产过程的智能化控制和管理，提高了生产效率和产品质量。轻工产业实施工业老字号老品牌“15+8+N”一品一策振兴行动，让传统的“津”字招牌重新焕发光彩。雅迪高端电动车生产研发基地、临港利达粮油五期等项目建成投产，为轻工产业的发展注入新的动力。天津积极推动传统产业与数字经济的深度融合，引导企业利用大数据、云计算、物联网等新一代信息技术，优化生产流程，提升管理水平，拓展市场渠道。同时，加强对传统产业的技术改造和创新支持，鼓励企业开发新产品、新技术，提高产业的整体竞争力。

天津，这座充满魅力与活力的城市，正以坚定的步伐，立足全国先进制造研发基地的功能定位，不断发展新质生产力，在经济发展的赛道上加速奔跑，向着更加美好的未来奋勇前行。它不仅是传统工业的重镇，更是创新发展的前沿阵地，以其独特的产业优势和创新精神，吸引着全球的目光，成为中国制造业高质量发展的璀璨明珠。

三、链接北京，打造制造业“顶级朋友圈”

在时代发展的壮阔征程中，天津与北京紧密携手，以科技创新协同与产业体系融合为强劲引擎，向着世界级先进制造业集群的宏伟目标奋勇前行。天津凭借其得天独厚的区位优势、深厚坚实的产业根基以及蓬勃向上的创新活力，在这场深度合作中熠熠生辉，为区域的高质量发展注入了源源不断的澎湃动力。

回首过往，京津两地的产业协同源远流长。自近代起，天津作为北方重要的工业基地与港口城市，便与政治文化中心北京形成了天然的互补格局。中华人民共和国成立后，特别是京津冀协同发展上升为国家战略以来，两地的合作更是驶入了快车道。

2013年，天津港作为北方最大的综合性港口，年货物吞吐量超过5亿吨；2021年，天津港集装箱吞吐量突破2000万标准箱，与北京大兴国际机场共同构成了“海空双枢纽”，搭建起一张覆盖全球的立体化交通网络。这种海陆空全方位的交通体系，不仅实现了物资的高效流通，更让京津冀三地融入了“半小时通勤圈”和“一小时经济圈”，为各类要素的自由流动搭建起了稳固的桥梁。

天津港　中国北方最大的综合港口，年货物吞吐量超5亿吨，是联通“一带一路”和世界的重要枢纽。

天津与北京地缘相近，发达的交通网络如同血脉一般将两座城市紧密相连。京津城际高铁宛如一条高速通道，短短半小时的时空跨越，使得两地的人才、技术、资金等关键要素得以高效流转。这种得天独厚的地理条件，使得天津能够迅速承接北京的优质资源外溢，为科技创新协同和产业体系融合筑牢坚实的基础。北京作为全国科技创新的核心枢纽，汇聚了清华大学、北京大学等顶尖学府，以及众多国家级科研机构，坐拥海量前沿科研成果和高端人才资源。而天津同样具备强大的科教实力，天津大学、南开大学等高校在化工、材料、信息技术等诸多领域深耕细作，科研成果丰硕。两地科研资源各具特色，却又能完美契合、优势互补，共同构建起创新发展的“黄金搭档”。北京在基础研究领域的深厚积淀，与天津在应用研究和成果转化方面的高效执行力相辅相成，让科研成果能够迅速从实验室走向市场，转化为实实在在的生产力。

在产业体系融合的进程中，天津展现出了卓越的实力与担当。作为传统工业基地，天津在高端装备制造、汽车制造、石油化工、航空航天等先进制造业领域根基深厚，拥有完整且极具竞争力的产业链和产业集群。与北京以高端服务业和高新技术研发为主的产业结构形成鲜明互补，实现了产业链上下游的无缝对接。在高端装备制造领域，北京的科研机构专注于智能制造技术研发、智能装备核心零部件设计等前沿环节，天津则凭借强大的制造能力，将这些先进技术应用于装备整机制造，实现大规模生产和工程化应用。

天津在积极推进与北京科技创新协同和产业体系融合的过程中，大力布局新兴研发机构，成为创新发展的一大亮点。自2018年天津市首次认定市级新型研发机构以来，截至目前，已累计认定了五批次，共27家市级新型研发机构（剔除不同年份针对原有机构的重新认定）。从认定时间来看，2018—2022年分别认定了7家、8家、5家、10家（包括原有6家重新认定）和10家（包括原有7家重新认定）。从合作主体来看，25家为天津或下辖区人民政府与市外知名高校或科研院所合作共建，1家为高新区管委会，另外1家为外地科研院所设立的子公司。从涉及行业来看，主要集中在高端制造、生物医药、信息技术等战略性新兴产业或未来产业。

这些新型研发机构在天津的创新发展中发挥着至关重要的作用。清华大学天津高端装备研究院作为其中的杰出代表，是在国家京津冀一体化协同发展战略背景下，于2014年7月由天津市东丽区政府与清华大学签署协议联合建设的清华大学外派专业研究院。该研究院依托清华大学机械工程系，采用事业单位企业化机制运作模式，构建了一个协同化众创平台和集群化众创孵育系统。在产业孵化模式上，它汇聚创新人才和创业团队，链接科技资源与产业资源，嫁接创业资源与金融资源，融合科研创新与文化传播。在技术服务模式上，针对小微企业采取授权生产或购买专利、派驻科技专员进行专项扶持的方式；针对中型企业采取企业委托项目与重点攻关和派驻科技专家跟踪服务的方式；对于集团企业则采取企业引导技术需求、互访挖掘攻关方向、共建联合研发中心协同攻关和派驻攻关团队贴身服务的方式。截至目前，已成立8个研究室、6个联合研究中心，与海尔集团、兰石集团、中国广核集团等多家行业龙头企业和国外知名企业建立了战略合作关系，与成都飞机工业集团有限公司、中航贵州飞机有限责任公司、洪都航空工业集团等单位开展了深入的技术合作，并成功孵化企业10家。

浙江大学滨海产业技术研究院于2014年8月注册成立并落户于天津滨海高新区，经过多年发展，已逐步成为拔尖创新人才的集聚地、高科技企业的加速器、国内领先战略性新兴产业的孵化器。截至目前，该研究院已引进和培育各类人才400余人，研发人员占比超过85%，其中包含两院院士、国家各类高层次人才100余人。聚焦“智能制造”和“医疗健康”两大领域，成立了17个研究中心和16个院企联合研发中心。新认定天津市中小企业公共服务示范平台、华北知识产权运营中心特色分中心，共获批天津市产业技术研究院、天津市技术转移示范机构、博士后工作站、留创园、众创空间、孵化器等省部级、区级创新型工作平台24项，获批国家及省部级科技项目29项，企业委托项目70项。研发各类样机及产品150余项，申请各类知识产权335项，其中发明专利141项。研究院在孵高科技企业174家，其中包括瞪羚企业1家、雏鹰企业45家、国家高新技术企业45家、国家科技型中小企业48家。

天津大学医疗机器人与智能系统研究院由天津滨海高新区管委会与天津大学共建，是面向高端医疗装备领域科技前沿的独立法人事业单位。该研究院聚合了天津滨海高新区的产业创新区域优势和天津大学的人才科研力量，致力于打造集学、研、检、医、产为一体的协同创新平台。由院士领衔，聚集了一批以国家级杰出青年人才为创新骨干的研究团队，拥有雄厚的研发实力和丰富的工程技术应用及成果转化经验。基于国家技术发明奖、天津市科学技术进步奖等先进技术成果，团队持续聚焦国家重大战略需求和产业发展共性问题，致力于新型手术机器人及器械、智能系统的创新研究和应用，并在医疗、检测、金融等多个领域建立了广泛的战略合作关系，在推动先进科技成果落地、行业标准化方面进行了多维布局。

细胞生态海河实验室同样成绩卓著。该实验室由中国工程院院士刘德培担任主任，中国医学科学院血液病医院（中国医学科学院血液学研究所）负责承建，目标是实现重大科研突破、重大理论创新、重要平台搭建、重要成果转化。成立以来，面向国家医学健康领域重大需求，围绕细胞生态体系、细胞生态与免疫、细胞生态失衡与重大疾病、细胞生态重建、细胞生态研究前沿技术5个研究方向开展攻坚突破，推进“从0到1”的原始创新和“从1到N”的成果转化。实验室还打破传统事业单位管理模式，建立全新用人机制，采取全职、双聘、委派等灵活方式，引入7位院士、8名国内外顶尖专家、近20位“杰青”“优青”担任首席，汇聚团队成员700余名，成为我国细胞领域高端人才聚集地。在科研方面，截至目前，授权发明专利1项，申请23项，其中国际专利3项；牵头多家科研院所研发的“新冠复阳风险预测”专利已获授权，“新冠广谱中和抗体”专利正在推进转化；以第一单位或通讯单位发表SCI论文285篇，其中高水平论文70篇。同时，在细胞治疗产品的工程化制备技术、细胞治疗动物模型、临床前研究、临床试验，以及建立细胞生态与细胞命运互作定量评价体系及标准等方面均取得重要突破。

天津还积极构建创新资源共享平台，整合京津两地高校、科研机构的科研仪器设备、科技文献数据库、科研成果等资源，实现信息的互联互通与高效利用。通过建立激励机制，鼓励更多单位开放共享资源，极大地提高了科研资源的利用效率，为科技创新提供了坚实支撑。目前，天津已建成京津冀大型科学仪器协作共用网，入网仪器超过1.2万台（套），累计服务企业超5万家次，降低企业研发成本超10亿元。在产业园区合作共建方面，天津创新性地采用“飞地经济”等模式，与北京携手打造产业协同发展示范园区。北京的企业和项目在天津的产业园区落地生根，双方按照约定共享税收、产值等经济指标，实现互利共赢。同时，统一规划园区的基础设施、产业布局和公共服务，吸引了大量相关产业企业集聚，形成了强大的产业集群效应。其中，京津合作示范区（天津·宝坻）已引进北京项目237个，协议投资额超1500亿元，打造了新能源、新材料、高端装备制造等特色产业集群。

在人才流动方面，天津积极推动与北京的政策协同，全力消除户籍、子女教育、购房、医疗等方面的障碍，实现公共服务同城待遇，让人才在两地间能够自由、顺畅流动。在科技金融领域，天津设立科技成果转化引导基金，引导社会资本参与，为科技成果转化提供充足的资金支持。高水平中试平台的建设，为科技成果的工程化验证和产业化试验创造了良好条件，加速了科技成果从实验室到市场的转化进程。例如，天津滨海新区设立的100亿元科技产业母基金，已撬动社会资本500亿元，支持了200余个科技成果转化项目；天津国家合成生物技术创新中心中试基地，成功将合成生物学领域的12项科研成果实现产业化应用，年产值突破30亿元。

天津在与北京产业体系的融合中，凭借自身的不懈努力和独特优势，取得了令人瞩目的成就。未来，天津将继续充分发挥自身优势，深化与北京的合作，不断提升创新能力和产业竞争力，与北京一道，向着世界级先进制造业集群的目标稳步迈进，为京津冀地区的高质量发展书写更加辉煌灿烂的篇章，让天津这座充满活力与魅力的城市，在科技创新和产业发展的舞台上绽放出更加耀眼夺目的光芒。

第二节
向全球打开大门：一个制造城市的开放通道

作为一座有着深厚制造基因的城市，天津的开放之路既是自身发展的必然选择，也是融入全球产业链、价值链的关键举措。从优化营商环境、破除要素流动壁垒，到打造开放新高地、构建高水平开放型经济新体制，再到深度参与区域一体化与“一带一路”倡议，天津正以全方位、多层次的开放姿态，向全球打开发展大门。这不仅为制造业的转型升级注入新动能，更让这座城市在国内国际双循环中找准定位，成为联通内外的重要节点。

一、建设一流营商环境，建立更加完善的要素市场化配置体制机制

在经济新常态背景下，营商环境已成为城市核心竞争力的关键变量，而要素市场化配置体制机制的成熟度直接决定了资源利用效率与经济可持续发展水平。建设一流营商环境，构建更加完善的要素市场化配置体制机制，对于激发市场活力、推动经济高质量发展具有重要意义。天津作为我国北方经济中心与改革开放前沿阵地，正以系统性改革为抓手，通过打造国际一流营商环境，健全要素市场化配置体系，为经济高质量发展注入强劲动能。这一进程既是天津应对新时代发展挑战的主动选择，也是其

在全球经济舞台上展现风采、吸引资源、推动高质量发展的关键举措。

在全球化的今天，资源和要素的流动日益频繁。天津作为改革开放先行区，近年来在优化营商环境方面取得了显著成效，其中行政审批制度改革尤为突出。

行政审批局是近年来简政放权、行政审批制度改革的新产物，其成立旨在解决原有审批职能分散、效率低下的问题。以滨海新区为例，该区由原三个行政区合并组建，历史遗留的部门分割问题导致企业办事需辗转多个机构盖章，“当时办一件事盖三四十个章是很常见的”。以工程建设项目审批为例，企业从立项到拿到施工许可往往要耗时1年以上，严重影响了企业的办事效率和投资积极性。

2014年5月，天津市滨海新区行政审批局正式挂牌成立，将原先分散在18个不同单位的216项审批职责全部划转归并，原有的109枚审批公章就此封存，在全国率先实行“一枚印章管审批”的全新管理模式。这一创举从根本上解决了长期存在的审批职能分散、效率低下的体制性难题，在全国范围内产生了深远影响。

改革不仅体现在职能集中上，更体现在流程再造上。审批局对原先重复、交叉的审批事项进行了全面清理和优化整合：审批部门从18个减少到1个，审批人员从近600人精减到102人，审批事项从216项清理合并至147项。同时，推行“审批流程公开化、透明化、程式化”，只要符合条件，窗口当场办理，让企业办事更加便捷高效。

审批“瘦身”不仅体现在数量上，更带来了质的飞跃。投资项目、企业设立审批用时分别不超过原来的二分之一、三分之一，同样的工程建设项目平均审批时间缩短到40个工作日。这种标准化、透明化的审批模式，极大地减少了自由裁量空间，有效防范了权力寻租问题。为确保改革成效持续巩固，天津还创新性地建立了受理、审查和批准三分设的管理模式。三个环节相互分离、相互制约，把串联审批改成并联审批，几个事项同时推进，显著提高了行政效能。

这一改革成果得到了国家层面的高度认可，109枚被封存的公章被中国国家博物馆收藏，成为新时代行政体制改革的重要历史见证。天津的经验迅速在全国推广，“一窗受理”“一网通办”等创新服务模式让群众办事越来越便利，真正实现了用政府的“减法”换取市场活力的“乘法”。

在“一枚印章管审批”改革取得显著成效的基础上，滨海新区持续深化创新，向政务服务智能化方向迈进，推出了“无人审批超市”这一全国领先的服务模式。这种24小时开放的智能审批服务平台，运用大数据、人工智能等技术，实现了1600多项服务的“秒批”，将“放管服”改革推向新高度。这一创新举措充分利用了现代信息技术，打破了时间和空间的限制，为企业提供了更加便捷、高效的政务服务，也为全国的行政审批制度改革提供了宝贵的经验。

天津，地处“当河海之要冲，为畿辅之门户”，具有融通中外、古今交会的开放包容底色。优越的地理位置、雄厚的工业基础等综合优势，使其成为投资兴业的首选地之一。截至2024年底，天津拥有专精特新“小巨人”企业253家、专精特新企业2069家；超过290家世界500强企业在此投资；2024年上半年，实际使用外资31.6亿美元，外资企业税收增长15.2%。2025年7月末，天津刚刚认定2025年度第一批天津市专精特新中小企业627家。今日天津含新量高、发展成色足，交出了一份亮眼成绩单。乘着京津冀协同发展东风，“津”彩华章不断绽放。

企业是培育和发展新质生产力的重要力量，持续优化的营商环境则是企业扎根、成长的沃土。《天津市2024年营商环境质量提升行动方案》印发，实施行政审批集成便利、监管服务创新赋能等6项行动，共提出189条具体措施。这些措施涵盖了企业从设立到运营的各个环节，旨在为企业提供更加便捷、高效、优质的服务。

为全面了解天津的营商环境，天津市贸促会与中国贸促会研究院联合编制并发布了《2024年度天津市外贸外资营商环境研究报告》（以下简称“《报告》”），样本覆盖全市16个区近千家企业，包括12个一级指标、55个二级指标，取值范围为1~5分。《报告》显示，受访企业对天津的营商环境评价为“良好”。超八成受访企业认为天津近年来营商环境逐步改善。其中，49.3%的受访企业认为天津近年来营商环境有一些改善，36.1%的受访企业认为有很大改善。近八成受访企业认为2024年以来天津市政府出台的优化营商环境相关举措起到了较好的支持和激励效果，其中，43.7%的受访企业表示激励效果“好”，33.4%的受访企业表示效果“非常好”。

从指标看，在海关服务、企业设立退出、社会法治及政策政务等方面，受访企业给予了较高评价，其中对海关服务指标的评价最高，达到4.55分，位于“优秀”区间。从行业看，受访外贸企业对天津的基础设施、公平竞争、社会法治、人力资源、海关服务、企业设立退出环境的评价高于天津市营商环境总体评价，其中对海关服务、企业设立退出环境的评价超过4.50分，达到“优秀”水平。

这些数据充分表明，天津的营商环境得到了企业的广泛认可和高度评价，为企业的发展提供了良好的条件和保障。随着天津相关政策的落地和营商环境的不断优化，受访企业经营状况持续改善，投资信心有所增强。《报告》显示，超五成受访企业对在津发展的前景预期良好，其中，36.5%的受访企业对天津市场前景预期“很好”，14.6%的受访企业预期“非常好”。超七成受访企业预期利润将保持稳定或有所增长，其中，20.2%的受访企业预期利润较2023年将“有所增长”（增长超过2%），55.5%的受访企业预期将利润“基本保持稳定”（增长或降低在2%以内）。

长期以来，天津一直是许多外资企业投资中国的首选地之一。2024年以来，在津外资金融机构发挥国际化、市场化、专业化优势，持续加码支持我市实体经济发展，助力天津打造我国北方地区联通国内国际双循环的重要战略支点。截至2024年9月末，外资银行实现净利润8.58亿元，累计纳税1.9亿元，在津人员投入力度也不断加大。这些数据充分证明了天津营商环境的吸引力和竞争力，为企业的发展提供了广阔的空间和良好的机遇。

良好的营商环境能够吸引各类人才汇聚。天津通过优化营商环境，提供优质的生活服务、完善的政策和政务支持以及良好的社会法治环境，为企业和人才创造了良好的发展条件。营商环境的改善也增强了企业的投资信心，使得企业更愿意将资本投入天津的市场，同时进一步促进了资本要素的集聚和有效配置，为企业的生产经营和扩大规模提供了资金支持。

创新赋能的监管服务和良好的科技创新环境能够激发企业的创新活力。天津实施的监管服务创新赋能行动，为企业技术创新提供了保障。企业在良好的营商环境下，更有动力加大研发投入，引进先进技术，促进技术要素的流动和转化，推动产业升级和创新发展。天津市和平区医药健康产业发达，仅经营使用环节，就汇聚了88家药店、287家医疗机构、300余家医疗器械经营单位、4000余家化妆品经营单位，产业集群效应明显。对此，和平区创新监管，实施“两品一械”流通领域“综合查一次”；创新执法，全市率先推行罚款“较低数额”裁量方式；创新服务，针对重大项目，建立“事前介入+全程帮办”服务机制，实现由“事后监管”向“前置性合规审批”转变。

建设更好的营商环境，永远只是进行时，而没有完成时，构建更加完善的要素市场化配置体制机制是一项长期而艰巨的任务。天津市在行政审批改革、营商环境优化等方面进行了积极探索，取得了显著成效，得到了企业的广泛认可。良好的营商环境促进了人才、资本、技术、土地等要素的合理流动和优化配置，为天津的经济发展注入了强大动力。

二、加快打造开放新高地，建设更高水平开放型经济新体制的排头兵

在全球经济深度融合、国际竞争日益激烈的当下，开放已成为推动区域经济发展的核心动力。作为我国首批沿海开放城市之一，天津一直积极响应国家政策，致力于打造开放新高地，建设更高水平开放型经济新体制。

天津港作为京津冀及“三北”地区的海上门户、雄安新区主要出海口，是天津市最大的战略资源。2024年，天津港集团完成货物吞吐量4.93亿吨，同比增长3%；完成集装箱吞吐量2328万标准箱，同比增长5%，成为连接国内外市场的重要节点。天津港北疆港区C段智能化集装箱码头作为全球首个“智慧零碳”码头，实现了全流程自动化作业，代表了全球港口智能化的最高水平。

对外，天津港不断织密通达世界的航运网络，与全球180多个国家和地区的500多个港口保持贸易往来。对内，下好京津冀协同发展“一盘棋”，在京津冀及“三北”地区开通44条海铁联运通道，布局120多家直营店、加盟店，口岸功能向腹地延伸。以天津港为核心，牵引临港产业，促进城市发展，一幅港产城融合新发展图景徐徐展开。在滨海新区，以海洋油气、装备制造、海洋文旅、航运服务等为代表的海洋产业体系初具规模，海洋经济达3300多亿元。在经开区，各类航运企业超过500家，逐渐形成产业特色鲜明、产业链条完备、集群效应突出的现代化航运产业体系。在东疆综合保税区，船舶、海工跨境租赁业务领跑全国，发力冷链物流产业，打造京津冀城市“大冰箱”。

此外，作为中国北方首个自贸试验区，天津自由贸易试验区于2025年4月迎来挂牌10周年。10年来，天津自贸试验区累计实施686项制度创新举措，其中49项成果在全国复制推广。依托海空两港的资源优势、区域工业基础和创新制度政策等，天津

自由贸易试验区10年来汇聚了航空物流、装备制造、国际贸易等特色产业集群，并在融资租赁、“保税+”等重点领域涌现出一批创新成果，不断扩大高水平对外开放，为区域经济高质量发展注入强劲动能。

天津自贸试验区在金融领域实施了一系列突破性改革。截至2024年末，区内经营主体达8.7万户，较成立之初增长逾3倍，充分彰显了自贸试验区的蓬勃发展活力。在金融创新方面，天津自贸试验区率先推出多项创新举措，包括实施境内经营性租赁收取外币租金政策，建立自由贸易账户体系，开展融资租赁公司外债便利化试点，等等。2024年底，天津成功落地首笔外币国际商业保理业务，华图汽车与盛业商业保理有限公司通过“本外币一体化共管账户+优先受偿权”创新模式，实现了跨境资金的高效整合，有效解决了国际保理业务的资金闭环管理和收款权益保障问题。这一突破为外贸企业开拓了多元化融资渠道，显著提升了资金周转效率。2024年7月，中国人民银行等四部门联合天津市政府出台《关于金融支持天津高质量发展的意见》，明确支持在津商业保理公司开展国际保理业务创新。中国人民银行天津市分行积极推动“本外币一体化共管账户+优先受偿权”业务模式落地，为金融创新提供了制度保障。截至2023年一季度，天津商业保理行业资产规模达3000.5亿元，保理融资余额超2500亿元，资产规模在全国领先。在“金改30条”框架下，天津已累计推出40项跨境贸易和投融资便利化措施，多项创新成果在全国复制推广。近期又研究制定了进一步支持天津自贸试验区提升战略的11条措施，涵盖深化FT账户应用、提升跨境便利化水平、扩大人民币跨境使用等领域，持续推动金融开放向更高水平发展。

产业开放升级方面，天津自贸试验区取得突破性进展，融资租赁产业已成为特色名片。最新数据显示，区内租赁资产总规模突破2.2万亿元，占全国总量的25%，稳居全国首位。其中，飞机租赁业务表现尤为突出：天津已成为全球第二大、中国第一大飞机租赁聚集地，飞机、船舶及海工平台跨境租赁业务占据全国70% 以上的市场份额。累计完成飞机租赁交付超2000架，其中通过东疆综保区引进的运输飞机达1514架，约占中国运输机队总量的三分之一。工银金租作为行业领军企业，持续推动产业创新发展。2018年，其通过东疆综合保税区完成东疆的首架国产ARJ21飞机交付，开创金融租赁支持国产飞机的先河。2024年，又创新采用融资租赁直租模式，助力南航、东航引进4架C919大飞机，成为国产大飞机最大出租方。政策创新方面，东疆综保区率先试点境内经营性租赁收取外币租金政策，并引入自由贸易账户体系，大幅提升跨境资金结算效率。中国人民银行天津市分行联合国家外汇管理局天津市分局在全国首创融资租赁公司外债便利化试点，有效破解了项目公司外债额度不足的难题。

中国航天　天津是中国航空航天等战略性产业的摇篮地之一，实现了“机箭星站”一体化发展。

除了融资租赁产业，天津在船舶租赁、航空航天、数字货运等领域也取得了显著成就。2025年6月，东疆跻身融资租赁“千船俱乐部”，此次签约落地的是一艘由新加坡建造的浮式天然气液化装置船，总投资近18亿美元，其中租赁融资金额约12亿美元。这是东疆船舶离岸租赁的又一次创新，也是目前为止国内融资金额最大、参与成员最多的跨境联合租赁项目。航空航天领域，天津拥有空客亚洲唯一的A320总装线和A350宽体机完成和交付中心，是全国三大干支线飞机研制生产基地之一。从投运初期组装

A320系列到如今总装A321neo等几乎全部窄体机产品，以及完成A330、A350系列宽体机内装和喷漆，天津空客基地的产能和技术水平不断提升。目前，空客天津总装线已交付700架飞机，约占中国机队运营的空客飞机的三分之一。空客在津第二条总装线正在建设，预计2026年初运营，届时天津将承担空客全球单通道飞机20%的产能。以空客为龙头，天津培育了50多家航空制造、维修企业和50多家航空物流企业，形成从总装、维修到租赁、物流的全产业链。2023年保税区民用航空产业产值占全市九成以上，2024年航空航天产业链增加值增速达26%。

以空客的合作项目为牵引，天津已培育了一批上下游企业，产业链“串珠成链”。数字货运领域，天津结合港口航运优势，以占全国3.8%的数字货运企业数量，完成全国14%的货运单总量，滨海新区企业数量和运单总量占全市95%以上，实现从传统货运向数字货运转型。东疆管委会研发的“共享经济企业综合服务系统”实现发票流、业务流、合同流、资金流“四流合一”，每月接收数字货运企业订单超千万单。为支持数字货运发展，东疆出台《关于维护新就业形态劳动者劳动权益的用工指南》，破解行业发展难题。天津还在数据出境管理方面先行先试，2024年发布国内首份自贸试验区数据出境管理负面清单，为企业节省成本，增强外资企业投资信心，瑞士百超集团等企业成为首批受益者。

除了外资，天津也积极吸引内资进入，为天津经济发展注入新动力。2024年，天津市工业战线交出了亮眼的“成绩单”：全市规模以上工业利润总额同比增长7.8%，高于全国11.1个百分点；利润率6.57%，高于全国1.18个百分点，位列四大直辖市之首，预计全年工业内资到位额突破千亿元。这表明天津在吸引内资、推动工业发展方面取得了显著成效。

在国企混改方面，天津也进行了积极有益的探索。2021年完成混改的17家市管企业，带动了792户二级及以下企业引入资金865.62亿元。天津积极引进高匹配度、高认同感、高协同性的战略投资者，在17家市管企业混改中，5家市管企业混改引入战略投资者为世界500强，11家引入战略投资者为中国500强。通过机制改革，国有企业实现了做强做优做大。例如，天津建材集团混改后，通过对接上市公司北京金隅集团的管理体系，完善决策流程，提升管控效率，一年后实现营业收入同比增长52.5%，资产负债率从混改前的60%下降到混改后的54%。天津药研院在引入招商局集团后，实施新的薪酬体系，更加注重研发投入和科技人才的培养，企业资产负债率从67%下降到29.5%，而科研投入则同比增长21%。新天钢集团建立新的考核制度与薪酬分配制度，实现了从混改前的每月亏损7亿元，到2020年全年利润超过40亿元。

京津冀协同发展是国家重大战略，天津在其中扮演着重要角色。以天开园和滨海-中关村科技园、京津中关村科技城为代表，天津与北京开展了广泛的科技创新合作。天开园毗邻天津大学、南开大学，通过出台扶持政策，提供“一站式”贴心服务，盘活高校“沉睡”的无形资产，引“智”成“金”。云圣智能等企业诞生在中关村，成长在滨海，有效结合了京津两地优势，创新活力加速释放。截至2023年底，滨海-中关村科技园、京津中关村科技城两处新平台累计注册企业突破6500家。2023年，北京流向天津的技术合同达2324项，成交额同比增长85%，京津合作跑出了科技创新的“加速度”。产业协同方面，天津形成信创产业、集成电路、生物医药、航空航天等12条重点产业链，与北京的创新资源形成互补，构建了“北京原始创新、天津研发转化、河北推广应用”的协同发展模式，为天津开放型经济注入新动能。

天津的开放型经济建设依托多重国家战略叠加优势，既是京津冀协同发展的重要节点，又是“一带一路”建设的北方枢纽。天津在对外开放和对内开放领域已经取得了显著成就，在金融创新、产业发展、区域协同等方面形成了一系列可复制、可推广的经验。站在新的历史起点上，天津要继续发扬改革创新精神，加快打造对外开放和对内开放新高地，建设更高水平开放型经济新体制。通过持续推进制度型开放、加强科技创新合作、优化营商环境、推动产业协同发展等举措，天津必将在新时代的开放浪潮中绽放更加耀眼的光芒，为区域经济发展和国家战略实施做出更大贡献。

三、深入推进区域一体化和“一带一路”倡议，打造联通双循环的重要战略支点

从国内看，深入推进区域一体化和京津同城化发展体制机制创新，加快形成深度融合的发展格局，这是习近平总书记视察天津时对推进京津冀协同发展走深走实提出的新要求。从国际看，依托天津的地理位置和航运优势，要全力建设高标准市场体系，深度融入共建“一带一路”，以国内大循环吸引全球资源要素，充分发挥天津港的独特优势和作用，打造国内大循环的重要节点、国内国际双循环的战略支点。

从天津内部的滨海新区、中心城区、郊区的明晰发展定位，到京津冀交界处的通武廊（北京市通州区、天津市武清区、河北省廊坊市）一体化，再到作为重大国家战略的京津冀协同发展，直到国际层面，“一带一路”倡议下的境外经贸合作区等建设，天津已经发挥出国内国际双循环的支点作用，并将持续建设，日益发挥其战略作用。

从天津内部看，自2006年国务院颁发《关于推进天津滨海新区开发开放有关问题的意见》以来，天津市不同区域的规划逐渐发展演变，顺应自身发展要求和外部环境而不断调整升级。2006年，《关于推进天津滨海新区开发开放有关问题的意见》首次明确了滨海新区的发展定位：依托京津冀、服务环渤海、辐射“三北”、面向东北亚，努力建设成为中国北方对外开放的门户、高水平的现代制造业和研发转化基地、北方国际航运中心和国际物流中心，逐步成为经济繁荣、社会和谐、环境优美的宜居生态

型新城区。同年，天津市规划和自然资源局公布《天津市城市总体规划（2005—2020年）》，其第五章“中心城区与滨海新区协调发展”强调要“以中心城区和滨海新区核心区为主副中心，构筑双中心组团式布局结构”，中心城区“是城市的行政文化中心、商贸服务中心，是反映中国近代史的历史文化名城”；滨海新区“建设现代制造研发和转化基地、我国北方国际航运中心和国际物流中心”，布置了中心城区与滨海新区的发展分工，“津滨双城”成为概念中心。

2009年，滨海新区建立。2010年，滨海新区正式挂牌成立。同年，天津市出台《关于明确我市郊区县功能定位及产业发展重点的指导意见》，分别部署了天津市9个郊区县的功能定位。其中，东丽区“建成国家级航空航天产业基地，先进装备制造业基地，国际文化交流中心，生态宜居城区”，西青区“建成电子、汽车产业基地，科教研发基地，历史文化与生态宜居城区”，津南区“建成国家级高职高教基地，科技创新和高新技术产业聚集区，民营经济基地，生态宜居城区”，北辰区“建成重要的先进制造业基地，科技创新基地，现代商贸物流基地和生态宜居城区”，武清区“建成津滨综合发展轴上的生态宜居新城，高新技术产业和总部经济基地，以物流、生态旅游为主的现代服务业聚集区和绿色农产品基地”，宝坻区“建成重要的文化休闲旅游、商贸物流基地，绿色农副产品基地，以新能源、新材料和环保产业为重点的高端制造业基地，生态宜居城区”，蓟县（现蓟州区）“建成天津历史文化名城和京津冀旅游、生态新城”，静海县（现静海区）“建成国家级循环经济示范基地，重要的装备制造业基地、体育基地、物流中心和生态宜居城区”，宁河县（现宁河区）“建成重要的先进制造业基地，生态旅游基地，绿色农业基地和生态宜居城区”。至此，天津中心城区、滨海新区、郊区的分工格局形成。

2024年下半年，《天津市国土空间总体规划（2021—2035年）》（以下简称“《规划》”）获国务院批复，天津市进一步对各区域、各层次的定位与分工进行了整体规划和顶层设计。规划范围包括天津市域、中心城市和中心城区三个层次。其中，中心城市包括津城、滨城和天津市绿色生态屏障，中心城区包括津城核心区和滨城核心区。《规划》强调，要构建“三区两带中屏障，一市双城多节点”的国土空间总体格局。具体而言，生态方面要“保障北部盘山-于桥水库-环秀湖生态建设保护区、中部七里海-大黄堡-北三河生态湿地保护区和南部团泊-北大港生态湿地保护区等区域生态功能安全；强化西部生态防护带和东部蓝色海湾带等市域生态廊道建设；增蓝复绿，持续推进天津市绿色生态屏障生态修复”。城市方面，要“提升中心城市紧凑度，带动全域整体实力和竞争力提升”；加快推进“津城”“滨城”协同发展，建设活力魅力品质津城和宜居宜业美丽滨城；强化武清区、静海区、宝坻区、宁河区、蓟州区等区域性节点城市支撑功能。

《规划》获批复后，天津陆续出台各区国土空间规划，对功能定位和发展方向进一步明确。例如，津南区“持续打好用好生态、科教、会展‘三张好牌’，精心建设‘四区四谷’，立足资源禀赋、区位优势和产业基础，全力打造京津冀世界一流城市群功能网络中的重要节点，绿色生态、创新智慧、开放活力的科创会展城”；武清区“积极融入首都都市圈通勤圈，加强‘通武廊’地区协同发展，全面推进京津产业新城建设，承接北京非首都功能疏解，构建覆盖全域、多元业态的以高端时尚消费和车文化体验为主题的‘新商圈’，打造都市郊野、宜居宜游的休闲胜地和服务京津双城的公园城市”。

作为京津冀协同发展的重要试验田，“通武廊”区域协同发展机制自2017年正式启动以来，天津特别是武清区在其中发挥了关键性作用。从交通互联、产业协同到公共服务，天津以务实举措推动了三地深度融合。

在交通互联方面，武清区充分发挥京津走廊枢纽作用，通过优化京津城际武清站运能，日均发送旅客量提升至1.2万人次；开通至北京、廊坊的跨省公交专线，实现1小时通勤圈；特别是推动“通武廊”市域铁路天津段前期工作，规划线路连接北辰科技园与武清城区，为构建轨道上的京津冀奠定基础。

产业协同领域，武清区成为首都功能疏解的重要承载地。北汽海纳川、中国铁道科学院等龙头企业相继落户。通过建设京津产业新城，重点发展智能网联汽车、生物医药等战略性新兴产业，形成“北京研发—武清转化—廊坊配套”的产业链条。2025年以来，武清区提速京津产业新城科创先导区建设，加快总部锦带和科技水岸、金融商务街区“两基地一街区”等标志性项目建设，推动清华超滑科技、天大合成生物技术全国重点实验室和国家生物制造数据中心、天津医科大学2个全国重点实验室武清分中心加快建设，带动京津产业新城高质量发展。2025年一季度，武清区累计引进项目139个，产业项目到位资金62.1亿元；引进北京项目42个，总投资31.9亿元。预计到2025年9月底，京津冀智能网联新能源汽车科技生态港武清园一期444亩工业用地将全部摆满项目，剩余的工业用地也将在年内具备出让条件。中国联通京津冀数字科技产业园也坐落在武清区，项目占地近117亩，总投资44亿元。2024年，项目南区已投入运营，并吸引新浪等多家北京互联网头部企业入驻，项目北区正在如火如荼地建设中。

在公共服务创新上，天津率先突破行政壁垒，实现三地社保“一卡通”、政务服务“跨省通办”。北京城市副中心政务服务中心一体化办事大厅在天津市武清区试点运行，已累计实现北京市3600余项政务服务事项，河北省555项、天津市501项政务服务事项的异地跨区办理。2023年，三地签署新一轮《教育高质量发展合作协议》，共同组建12个基础教育协同发展共同体和1个职教联盟、1个特教联盟、1个幼教联盟，涵盖三地63所学校，推动教育协同发展扩容提质。2025年，三地卫生健康委联合签发《“通武廊”医疗卫生一体化高质量发展2025年度工作方案》，区域内77家医疗机构通过组建医联体、专科联盟，开展跨区域转诊、远程会诊等深度合作模式，推动优质医疗资源共建共享。截至目前，“通武廊”三地纳入京津冀临床检验结果互认机构达49家，纳入京津冀医学影像检查资料共享的医疗机构达39家。

当前，天津正以武清区为支点，深化“通武廊”人才联合招聘、产业链党委共建等创新机制，推动区域协同向更高质量迈进。这些实践不仅强化了天津在京津冀城市群中的节点功能，更为全国区域协同发展提供了可复制的“天津方案”。不仅在“通武廊”这块试验田上深耕，在更大范围的京津冀协同发展中，天津也发挥了重大作用，有很多好方案、好做法。

从总量规模看，京津冀三地全部工业增加值由2013年的1.7万亿元，提升至2024年的2.66万亿元。从增长动力看，新质生产力正在成为“强引擎”，以钢铁为代表的传统产业跃级焕新，钢铁行业国家绿色工厂、卓越级智能工厂数量全国第一；以新一代信息技术为代表的新兴产业快速增长，京津冀电子信息制造业、软件业营业收入增速高于全国平均水平，高于长三角，算力指数排名全国第一；以生物制造、具身智能为代表的未来产业蓄势聚能，全国首个国家地方共建具身智能机器人创新中心正式揭牌。从协同势头看，京津冀优势互补、相互支撑已经成为“主旋律”，北京流向津冀技术合同成交额由2013年的71.2亿元增长至2024年的843.7亿元，三地共建的“六链五群”取得重要阶段性成果。

产业协同发展方面，天津实现承接与发展两手抓，国投生物制造创新研究院、东方红卫星有限公司、国家管网集团科学技术研究总院分公司等标志性项目在滨海新区落户。南港120万吨/年乙烯等一批百亿级产业链项目投产，中电科蓝天产业园启动建设。主动对接北京科技创新资源，形成以中石化石科院、华熙生物等8个中试基地为支撑的产品研发和技术转化平台。滨海-中关村科技园创新生态持续优化，注册企业已超5800家，并推出北京中关村第一批先行先试政策复制推广清单。北塘湾数字经济产业园一期建成，中国技术交易所天津先进技术交易服务中心挂牌运营，北京理工大学新能源与高性能制造实验室3D增材制造设备通过科技部验收。

生态环境联防联控方面，相较2014年，2022年京津冀二氧化硫（SO_2）年均浓度下降超过80%，细颗粒物（$PM_{2.5}$）年均浓度和一氧化碳（CO）第95百分位数下降均超过60%，可吸入颗粒物（PM_{10}）和二氧化氮（NO_2）年均浓度分别下降超过50%和40%。2023年，天津市生态环境监测中心雄安新区工作站揭牌成立，与雄安新区率先在生态环境监测领域开展战略合作，承担“白洋淀富营养化三维高精度水质模拟技术应用研究”等项目，促进监测预警技术及配套产品研发等科技成果在雄安新区转化应用。2024年，宁河区联合京冀“飞地”制定跨区域焚烧污染联防联控工作机制，推动宁河15个街镇及周边“飞地”涉农用地“天眼”监控点位“全覆盖”，2024年上半年及时发现并扑灭“飞地”火点136个，全区$PM_{2.5}$年均浓度为47.66$\mu g/m^3$，同比改善12.7%。

交通基础设施互联互通方面，“轨道上的京津冀”加速形成，城际联络线一期、津兴城际二期2个项目建成投用。天津市首条市域（郊）铁路津静线投运，并与地铁5号线贯通运营，日均客运量1.45万人次。京津冀加快建设世界级港口群、机场群。港口群完成货物吞吐量19.8亿吨，同比增长3.4%，天津港完成集装箱吞吐量2209.6万标准箱，同比增长4.8%。天津港集团与河北港口集团签署一致行动书，进一步优化港口群功能布局，深化合作，完善航线布局。机场群完成旅客吞吐量1.5亿人次，同比增长22.5%。三地携手推进城市航站楼建设，大兴机场与津冀两地签署天津西站、雄安城市航站楼合作协议。京津冀地区公共服务事项扩面共享，天津与京冀“区域通办”事项累计达1108项，231项政务服务事项实现“京津冀＋雄安”线上自助办，727项实现“滨雄通办”；京津冀自贸试验区6批230项“同事同标”事项落地实施；全区二级及以上公立医院等23家医疗机构检验结果实现京津冀互认。

从更大范围的国际合作看，天津在落实和推进“一带一路”倡议方面也贡献颇多，积极打造联通国内国际双循环的重要战略支点。截至2024年，作为京津冀“海上门户”及“一带一路”海陆交会点，天津港拥有147条集装箱航线、40余条海铁联运通道，同世界上180多个国家和地区的500多个港口保持贸易往来。

一直以来，天津港不断开通新航线。2022年2月RCEP生效后，天津港首条澳大利亚远洋航线正式开通。2023年12月的天津港—南美西新航线、2024年8月的至东南亚新航线等为国内国际的联通带来新路径。2022年9月，天津至莫斯科的中欧班列顺利发车，承运100个标准集装箱，装载洗衣机、洗碗机、空调等白色家电，出口贸易额达1400万元。此趟班列的发运标志着“保税专列+中欧班列”模式在天津首试成功。新的中欧班列和中亚班列也不断从天津启程。2023年4月，首条天津—梅尔辛中欧班列发车。2024年7月，一列搭载110个标准集装箱，满载1129吨汽车配件和机械设备的中欧班列，首次驶出天津国际陆港。2025年，首列中亚班列启程。

不只运输方面，天津更在经贸合作、产业协同、科技交流等方面迈在前列。中国与乌兹别克斯坦发展新时代全天候全面战略伙伴关系。2024年，天津—乌兹别克斯坦进出口贸易额39亿元人民币，增长34%。随着位于乌兹别克斯坦的“撒马尔罕天津工业科技园”等标志性互利项目建设的推进，中国企业在汽车零部件、生物制药、电气工程、棉花深加工等领域，与乌方的合作前景不断拓展深化。2025年5月20日，首列天津港经霍尔果斯直达塔什干的中亚班列发车，50个40英尺集装箱货物主要来自海运，以汽车配件为主，同时涵盖机械设备、工程建材、家电等，将运往乌兹别克斯坦共和国首都塔什干的谢尔盖利物流园。

2019年4月，《关于共同推动中埃·泰达苏伊士经贸合作区加快发展谅解备忘录》在天津市签署，标志着中埃·泰达苏伊士合作区成为我国境外经贸合作区中首个升级试点项目。2023年，中埃·泰达苏伊士经贸合作区迎来15岁生日。经过两期建设，合作区已成为埃及综合环境最优、投资密度最大、单位产出最高、中资企业最集中的工业园区。140多家企业在此扎根，实际投资额超16亿美元，累计销售额超37亿美元，缴纳税费超2亿美元，直接解决就业近6000人，带动就业约5万人。合作区被塞西总统评价为“目前苏伊士运河走廊经济带最成功的项目”，埃及总理马德布利也称赞合作区是“埃及工业园区的典范”。《泰达合作区2030愿景——战略升级规划》拟进一步扩大泰达合作区项目建设规模，与天津东疆综合保税区有效联通，助力天津拓展对外开放广度和深度。

第三节
坚持内涵式发展：城市治理现代化的天津路径

坚持内涵式发展，是天津在现代化转型中探索城市治理新路径的核心要义。这不仅意味着要聚焦居民最关心的安居乐业需求，通过扩大基本公共服务供给，加强民生建设，让群众共享发展成果；更需要以科学化、精细化、智能化的治理手段，筑牢城市安全防线，提升治理效能。从保障住房、就业、收入等民生根本，到完善教育、医疗、社保等公共服务，再到以科技赋能城市管理，构建韧性安全体系，天津正以系统思维破解治理难题，将内涵式发展理念融入城市血脉，为超大城市治理现代化提供可借鉴的实践样本。

一、保障居民安居乐业，逐步扩大基本公共服务供给

在安居上，天津致力于完善基本住房保障制度，以满足城镇中低收入住房困难家庭及外地来津就业人员的基本住房需求。政策明确要求市和区县人民政府在财政预算中优先安排住房保障资金，并加大投入力度，拓宽资金来源渠道，确保保障性住房建设的资金支持。在建设模式上，天津采取集中建设与分散配建相结合的方式，并强调在集中建设时需兼顾居民就业、就医、就学、出行等需求，同步配套公共服务设施和

市政基础设施，以实现住房与城市功能的有机融合。这些举措不仅是提供住所，更是通过综合考虑居民生活的各项要素，构建功能完善的居住社区，显著提升居民的整体生活品质。2023年，天津在住房保障方面取得了显著进展，新建、转化配售型保障性住房7500套，并向8.1万个困难家庭发放租房补贴，有效缓解了部分群体的住房压力。

为适应房地产市场供求关系发生的重大变化，以及人民群众对住房需求由“有没有”向“好不好”的转变，天津市于2024年10月对房地产政策进行了战略性调整。具体措施包括取消新建商品住房和二手住房的购买、转让等限制性措施，不再对新建商品住房销售价格上限实施指导，并统一将商业性个人住房贷款最低首付款比例调整为不低于15%，不再区分首套、二套住房。此外，各区政府也被鼓励因地制宜采取发放购房补贴、开展商品房促销、举办展览展示活动等措施，以提振市场预期和信心。这一系列政策的调整，反映了政府对房地产市场调控思路的深刻变化，即从单纯抑制需求转向通过市场化手段激发合理需求，促进市场平稳健康发展。其深层意义在于，政府认识到住房不仅是重要的民生问题，也是经济发展的重要组成部分，通过优化政策，既保障了居民的合理住房需求，也为经济增长提供了新的动力。

在乐业上，天津市坚定不移地实施就业优先战略，确保居民就业形势总体稳定。2024年全年，全市城镇新增就业36.8万人，城镇调查失业率均值为5.2%，低于5.5%的预期目标，显示出就业市场的韧性与活力。政府通过持续开展“春风行动”“春暖农民工专项行动”等公共就业服务活动，并强化对企业吸纳就业的支持，全力稳定高校毕业生、脱贫人口、农民工等重点群体的就业。2023年，天津市兜底帮扶就业困难人员3.97万人，体现了对弱势群体的精准帮扶。然而，在整体就业稳定的背景下，就业市场也呈现出一些结构性挑战。例如，2024年已就业青年中个体经营户及自由职业者占比上升4.5个百分点，这可能导致就业岗位稳定性有所降低。同时，高学历青年中存在“慢就业”问题，本科及以上学历的青年中正在寻找工作的占52.4%，其中从未工作过的占71.2%。这些现象表明，在总量稳定的同时，就业质量和结构性矛盾仍需持续关注。政府正通过有针对性地发放求职创业补贴（每人3000元，惠及困难毕业生群体），以及大力发展职业技能培训，努力缓解这些结构性矛盾，确保就业的“充分”和“高质量”。

在居民收入方面，天津市持续推动居民收入稳步增长，这是提升居民获得感和幸福感的直接体现。2023年，全市居民人均可支配收入达到51 271元，比上年增长4.7%。2024年这一数字进一步增长至53 581元，增幅为4.5%，与经济增长保持同步。具体到工资收入，2024年天津市城镇非私营单位就业人员年平均工资为142 437元，同比增长3.2%；城镇私营单位就业人员年平均工资为73 657元，同比增长0.9%。值得注意的是，相比2023年城镇私营单位就业人员年平均工资8.5%的增长率（达到72 966元），2024年私营单位的工资增长速度有所放缓。这表明不同所有制单位的就业人员收入增长存在一定分化，可能影响部分群体的获得感。政府通过发布培训项目目录和培训机构目录，并为符合条件的人员提供就业技能培训、创业培训、企业职工岗位技能培训等补贴政策，提高劳动者素质和就业创业能力，从而提升其收入水平。

社会治安的稳定是居民安居乐业的根本保障。天津市持续推进“平安天津”建设，并在2023年取得了显著成效。公安机关在打击各类突出犯罪方面表现出色，全年破获传统盗抢骗案件6292起，同比上升11.2%，同时平均破案周期缩短40%。这一成就得益于大数据应用新生态建设和“专业+机制+大数据”新型警务运行模式的构建。例如，通过“情指行”（情报、指挥、行动）一体化运行机制和“一键组群”警务协同系统，公安机关能够实现快速响应和多警种合成作战，显著提升了破案速度和服务温度。这种现代化治理模式不仅提高了犯罪打击能力，也增强了居民的安全感和对政府治理的信任度。

在矛盾纠纷化解和信访工作方面，天津市积极借鉴和发展新时代“枫桥经验”和“浦江经验”的精髓，全面推进信访工作法治化。信访部门被定位为社情民意的“晴雨表”，强调要牢牢把握社会发展变化对信访工作的新要求，始终带着感情和责任做好信访工作。在信访事项处理上，遵循“属地管理、分级负责，谁主管、谁负责”的原则，督促相关职能部门依法依程序处理职责范围内的信访事项，并加大督办力度，确保问题得到规范、到位、事心双解的解决。这种将信访工作重心下移、关口前移的做法，有助于在矛盾初期进行化解，避免小问题演变为大问题，从而维护社会和谐稳定，提升居民的归属感和幸福感。同时，通过加强宣传教育，引导人民群众形成“办事依法、遇事找法、解决问题用法、化解矛盾靠法”的良好社会风气。

二、不断加强民生建设，让人民群众日益增加获得感和幸福感

天津市的民生建设并非孤立进行，而是与城市整体发展战略深度融合。将民生建设作为头等大事，并将其纳入《天津市国民经济和社会发展第十四个五年规划和二〇三五年远景目标纲要》，明确提出深入推进京津冀协同发展，发挥天津全国先进制造研发基地、北方国际航运核心区、金融创新运营示范区、改革开放先行区的功能定位，以此提升区域整体效能和核心竞争力。这种宏观战略的实施，为民生建设提供了坚实的经济基础和发展空间。例如，通过最大程度发挥天津优势，主动服务北京非首都功能疏解和雄安新区建设，增强服务辐射功能，能够带动产业发展和就业机会的增加，从而间接提升居民的生活水平。2024年，天津市完成了20项民心工程，这是政府在民生领域的持续投入和对居民承诺兑现的具体体现，这些项目的完成直接改善了居民的日常生活条件。这种将民生建设与区域经济发展和城市功能定位紧密结合的策略，使

得经济的繁荣和区域竞争力的提升能够为民生投入提供持续的财力支持，同时，优化的公共服务也有助于吸引和留住人才，形成良性循环，为天津民生建设的可持续发展奠定重要基础。

提升居民的出行便利度是民生建设的重要一环。天津市持续加大城市轨道交通建设力度，构建现代化综合交通体系。截至2024年12月28日，天津轨道交通线网已开通运营11条线路，总里程约335千米，拥有223座车站，覆盖中心城区、环城四区及静海区，并连接中心城区和滨海新区。根据规划，近期轨道交通里程将达到513千米，远期规划更是高达1380千米，展现出天津对未来交通发展的宏大愿景。近期亮点包括2024年12月28日地铁11号线一期全线贯通运营，该线路全长23.8千米，设有21座车站，连接南开、河西、河东三区，重点覆盖天开园、文化中心、新八大里、陈塘商务区等多个经济文化核心区域，被誉为“打通了城市发展的动脉”。此外，津静市域铁路也于2024年9月28日开通运营，并与地铁5号线实现贯通，进一步拓展了城市轨道交通的服务范围。未来，地铁4号线北段和7号线一期部分路段预计将于2025年开通，将进一步完善城市轨道交通网络。地铁网络的持续扩张和新线路的开通，极大地提升了城市内部的通勤效率和居民出行的便利性。这种网络化效应不仅缩短了物理距离，也促进了区域间的经济文化交流，提升了居民的整体生活品质和幸福感。

在对外交通方面，天津正积极推动京津冀交通一体化，并致力于将天津滨海国际机场打造成为区域航空枢纽和国际航空物流中心。天津滨海国际机场第三期扩建工程已获得中国民用航空局和天津市人民政府的批复，计划全面开工，将新建40万平方米的T3航站楼并延长东跑道，同时引入京津城际铁路、京滨城际铁路和天津地铁Z2线，实现“三航站楼、三跑道”运行，以提升机场的综合运输能力。此外，天津港在“十四五”期间也进行了全面升级，通过提升航道、锚地保障能级，加强信息技术应用，推进智慧港口建设，并推广清洁能源应用，力争到2025年大型港作机械实现100%电力驱动。这些举措共同构成了天津海陆空立体交通枢纽的战略升级，不仅提升了天津作为区域交通枢纽的地位，也为居民带来了更便捷的国内国际出行体验，同时港口的绿色发展也改善了城市环境质量，间接提升了居民的获得感和幸福感。中新天津生态城作为国家绿色发展示范区升级版，其建设经验也体现了天津在交通、社区、环境等方面的综合发展理念，打造了500米优质生活圈，并率先建设智慧城市，推出智慧社区、智慧交通等42个应用场景。

优质的教育是民生之基。天津市坚持教育优先发展，持续扩优提质教育资源，并促进教育均衡发展。2022年，全市共有各级各类教育机构3831个，在校生达到257.68万人。2024学年度，全市各级各类学历教育在校生增至260.22万人，专任教师17.15万人，显示出教育规模的持续扩大。义务教育阶段，天津市共有1212所学校，在校生124.75万人。天津市在推进义务教育优质均衡发展方面取得了显著进展，2023年有6个区通过义务教育优质均衡发展国家督导评估认定，并新建改扩建义务教育学校19所、普通高中4所，新增义务教育学位3.3万个、普通高中学位9600个。这表明天津在教育领域的投入已超越简单的数量扩张，正向提升教育质量和促进教育公平迈进。通过新建学校、增加学位、推动优质均衡发展，天津正努力确保每个孩子都能享有公平而有质量的教育，这是提升居民获得感和幸福感的长远基石。

天津市还深入实施“基础教育扩优提质”行动，展现了教育改革的创新性与前瞻性。该行动包括加强中小学课程思政建设，实施“中小学学生创新能力培养计划”和“青少年科创计划”，每年选拔100名中学生走进南开大学、天津大学等高校开展科学研究与实践，并建设创新人才培养领航学科基地和实验班，以早期培养拔尖创新人才。在学前教育方面，天津稳步增加公办学位供给，积极扶持民办园提供普惠性服务，并实施远郊农村幼儿园装备水平提升工程，通过集团化办园、结对帮扶等模式，扩大优质资源覆盖面，改善薄弱园办园条件。天津市于2022年12月获批建设国家基础教育综合改革实验区，这表明天津的教育发展不仅关注当前，更着眼于未来，通过培养创新人才和提升教育体系的整体质量，为城市的可持续发展提供人才支撑。这种前瞻性的教育投资，将为居民带来更高质量的教育服务和更广阔的个人发展空间，从而增强其对未来的信心和幸福感。

高质量的医疗卫生服务是民生之本，天津市致力于构建整合型医疗卫生服务体系，以提供全方位、全周期健康服务为目标，并明确了2025年底和2035年的目标任务。该体系旨在推动医疗卫生发展方式转向更加注重内涵式发展、服务模式转向更加注重系统连续、管理手段转向更加注重科学化治理。在体系布局上，规划了“双聚、双拓、多中心”格局，包括以5个市级医学中心、9个区域医疗中心、9个专科诊疗中心和12个外围区综合医院（中医院）为主体，以基层医疗机构为基础，以社会办医为补充，实现公立和非公立医院共同发展。同时，夯实基层医疗卫生服务网底，加强中医药体系建设，并创新医防协同和医防融合机制，加强对疾病预防控制、妇幼保健、精神卫生、卫生应急等专业人才的业务培训。这表明天津的医疗保障不仅停留在“治病”层面，更注重“防病”和“健康管理”，通过构建整合型服务体系，实现全方位、全周期健康服务，从根本上提升居民的健康水平和生活质量。

在公共健康保障方面，天津市加强卫生健康人才队伍建设，实施高端人才、公共卫生人才和基层人才培养计划，力争到“十四五”末，基本形成一支数量规模适宜、结构分布合理、素质能力优良的卫生健康高层次人才队伍。在医疗保障覆盖方面，截至2024年10月，天津市基本医疗保险参保人数达1186.93万人，其中职工基本医保参保人数660.04万人，城乡居民基本医保参保人数526.88万人，显示出广泛的覆盖率。

2024年1—10月，基本医疗保险基金（含生育保险）总收入443.67亿元，总支出414.59亿元，基金运行平稳，收入大于支出，保障了体系的持续健康运行。此外，天津还积极响应国家政策，推动集中带量采购结果落地，以降低药品和耗材价格，减轻群众就医负担，进一步提升医疗服务的可及性和公平性。这些措施共同构成了天津在医疗保障上“广覆盖、保基本”的策略，并通过控制成本，提升人才素质，让更多居民享受到可负担、高质量的医疗服务，显著提升其健康获得感。

完善的社会保障体系是民生之底，天津市持续完善多层次社会保障体系，为居民筑牢民生底线。截至2024年末，全市基本养老保险参保人数达到1015.37万，其中城镇职工基本养老保险参保人数为847.06万，城乡居民基本养老保险参保人数为168.31万。养老保险基金累计结存812.23亿元，工伤保险基金累计结存18.77亿元，显示出基金的稳健运行。城乡居民基础养老金月计发标准已提升至322元，并为符合条件的困难人员（如城乡低保对象、最低生活保障边缘家庭和特困供养人员）提供50%的代缴补贴，以确保他们能够享受养老保障。养老保险参保人数突破千万，基金运行稳健。特别是城乡居民养老保险中对困难人员的代缴补贴政策，以及基础养老金的持续提升，体现了社会保障的普惠性和对弱势群体的精准帮扶。这不仅为居民提供了基本的经济安全网，也通过提升养老金标准，直接增加了老年群体的获得感和幸福感，确保“老有所养”。

在社会救助方面，天津市依据《社会救助暂行办法》制定了实施细则，构建了包括最低生活保障、自然灾害救助、医疗救助、住房救助和临时救助在内的多层次救助体系。政策明确规定，对共同生活的家庭成员人均收入低于本市最低生活保障标准的家庭给予最低生活保障。住房救助则通过配租公共租赁住房、发放住房租赁补贴、农村危房改造等方式实施，以解决困难群体的住房问题。同时，为提高救助效率和便利性，天津市强调建立“一门受理、协同办理”机制，要求乡镇人民政府、街道办事处设立统一受理社会救助申请的窗口，确保救助的及时性和便利性，对于情况紧急的，可以先行救助再补办手续。这种兜底保障机制的完善，覆盖了多方面的困难，并在流程上追求高效便捷，是提升人民群众获得感和幸福感的最后一道防线，体现了政府对弱势群体的深切关怀。

三、提高城市治理的科学化水平，全面加强韧性安全城市建设

城市治理是国家治理体系的重要组成部分，城市越大，环境承载压力往往越大。习近平总书记强调“要坚持走内涵式发展路子”“创新城市治理，加强韧性安全城市建设”①等，这为我们推进城市治理现代化，不断提高城市治理法治化、科学化、精细化、智能化水平提供了行动遵循。

在迈向中国式现代化的征程中，天津市委、市政府深刻把握超大城市发展规律，将提升城市精细化管理与智能化水平置于城市治理科学化的核心战略地位。通过制度创新、科技赋能、民生导向三位一体的政策体系，天津正以“绣花功夫”雕琢城市品质，以“智慧大脑”重塑运行效率，全力构建宜居、韧性、智慧的国际大都市新标杆。

在顶层设计上，天津高位谋划“双智融合”发展蓝图，将“提升城市科学化、精细化、智能化管理水平”写入“十四五”规划，以建成“全国人工智能先锋城市”为目标，将智慧治理纳入高质量发展核心指标。坚持以政策创新引领治理变革，构建精细化与智能化协同发展框架。近年来，天津市各级政府出台多项专项政策，覆盖市容管理、执法规范、数据应用、产业培育四大领域，形成全链条政策支撑体系。例如，

①《向全国各族人民致以美好的新春祝福 祝各族人民幸福安康 祝伟大祖国繁荣昌盛》，《人民日报》2024年2月3日。

2023年11月发布《天津市贯彻落实〈提升行政执法质量三年行动计划（2023—2025年）〉实施方案》，根治“运动式执法”顽疾，要求执法人员100%培训上岗，推动执法规范化转型；2024年12月实施《建设工程文明施工管理24项提升措施》，创新性要求工地配备“防尘天幕+智能喷淋+噪声扬尘监测”三位一体系统，实现施工污染精准管控；2021年3月推行《天津市城市管理轻微违法违规行为免罚清单》，对占道经营、广告违规等5类行为实行“首违不罚”，彰显法治温度。

在精细化管理上，天津用“绣花功夫”织就城市品质，将精细化理念贯穿于城市运行的“神经末梢”，实现从“粗放管理”向“精耕细作”跃升。天津对市政设施实施“全周期管理”，推行“马路办公”一线工作法，领导干部每月下沉网格现场解决问题；创新“街长+巷长+楼长”三级责任制，计划在和平区、河西区试点覆盖率达100%，显著缩短问题响应时间。天津对市容环境采取“靶向治理”的措施，2025年启动市容环境综合整治“十大攻坚”，提出拆除地铁施工围挡，还路于民，释放道路；改造老旧小区，加装智能安防系统、新能源充电桩等“微基建”；开展“天际线美化”行动，清理违规广告牌匾，提升海河沿线灯光艺术景观等多项具体措施，覆盖环境卫生、园林绿化、市容景观等多方面。天津对监管模式进行“智慧革新”，升级“双随机、一公开”监管机制，建立企业信用风险分级模型，提高对高风险主体抽查频次，打通城管、市监、环保数据壁垒，实现“进一次门、查多项事”，减轻企业迎检负担。

在智能化建设上，天津以人工智能为核心引擎，推动城市治理从“人海战术”向“数智驱动”跨越。2025年5月，天津出台《天津市促进人工智能创新发展行动方案（2025—2027年）》，提出3年内培育30个AI标杆场景，核心产业规模突破1000亿元的目标，具体举措有：在西青区、东疆港开展全域自动驾驶测试，部署智能信号灯集群，提升通行效率；搭建“津治环”平台，融合卫星遥感和地面传感器，实时预警大气污染、河道排污；在滨海新区试点“城市风险CT系统”，通过AI摄像头识别消防通道占用、燃气泄漏等风险。此外，中新天津生态城成为“双智试点”标杆，这一智能化试点城市取得了许多成就：落地全球首个智慧城市指标体系2.0，涵盖智能设施覆盖率、数据共享率等标准；建成城市大脑IOC中心，归集政务、交通、能源等多维度数据，实现暴雨内涝、群体事件等“10分钟预警—30分钟处置”；推广“碳中和社区”模式，提升家庭节能率。天津也在构建普惠化智慧民生网络方面取得佳绩。在便民服务方面，“津心办”APP集成社保、医疗、教育等多层次全方位服务，用户超1000万；在和平区南营门街试点“数字社区食堂”，老年人刷脸支付享补贴。在基层治理方面，部署全市156个街镇“智慧网格”平台，显著提升上报事件办结率；开通“随手拍”市民监督通道，鼓励热心市民参与城市建设维护。

作为特大城市与北方重要经济枢纽，天津直面地震、洪涝、风暴潮等多重灾害风险。近年来，天津市委、市政府深入践行“人民至上、生命至上”理念，以“全周期管理”思维统筹城市安全，通过顶层设计革新、科技赋能预警、工程韧性提升、应急机制优化、社会协同发力五大路径，织密城市安全防护网，为超大城市治理现代化提供“天津方案”。

天津构建“规划、法规、标准”三位一体制度体系，将防灾减灾纳入城市发展战略核心，以系统性规划引领能力建设。天津出台《天津市防震减灾“十四五”规划》（2021年），明确“监测智能、防治精细、服务精准”三大方向，地震监测精度达1.0级，渤海海域监测覆盖2.5级以上地震，2025年实现地震预警公众覆盖率超85%，完成2万套高风险区房屋加固，社区科普普及率100%。天津健全法规保障，修订《天津市防震减灾条例》（2020年、2022年），首次将应急管理部门定位为抗震救灾统筹核心，强制要求重大工程审批嵌入抗震设防审查条款，立法规范应急避难场所建设标准，推动公园、绿地“平急两用”改造。天津细化任务清单，制定《贯彻落实“十四五”国家综合防灾减灾规划实施方案》（2023年），建立灾害救助响应时效、基础设施设防水平等量化考核指标，形成“全市一盘棋”推进格局。

天津依托智慧城市底座，推动灾害防治从被动应对向主动防控转型。在地震预警上，天津在滨海新区开展地震灾害风险普查试点，建成覆盖地质构造、建筑脆弱性、人口经济数据的风险数据库；开发多尺度地震区划产品，为国土空间规划提供科学依据。2025年将实现秒级地震预警信息直达手机终端，显著缩短避险响应时间。在防汛抗旱方面，建成京津冀共享的天气雷达协同观测网，增设智能雨水情监测站点，延长洪水预见期；2025年新版防汛预案首次将城市渍涝、山洪、风暴潮纳入自动化响应体系，实现灾害阈值自动触发应急行动。

天津聚焦城市关键基础设施，实施韧性再造工程，筑牢“地下—地面—空中”三维防御生命线，提升工程韧性，增强灾害抵抗能力。在抗震方面，天津对地震高风险区的老旧建筑开展抗震性能提升工作，完成医院、学校等公共设施专项加固；建立生命线工程动态监测平台，实时评估供水、燃气、电力管网抗震状态。在防汛工程方面，天津于2025年制定《防汛抗旱物资储备管理办法》，创新“三级储备”模式，从市级、区级、街镇层面制定应对办法。

在应急联动方面，天津构建“一键响应—区域协同—平急转换”高效体系，以机制创新突破特大灾害应急瓶颈。天津注重防控预案实战化升级，在2024年发布《天津市突发事件应急预案管理实施办法》，要求每2年开展全流程演练；在2025年修订《防汛抗旱应急预案》，建立极端天气“关停限避”分级响应机制，实现灾害预警与交通管制、人员疏散联动触发。天津联合北京、河北等地建立跨区域应急指挥平台，联合开展海河防汛、渤海地震救援演习，实现救援队伍、物资储备、专家库“一键调度”。天津实施多项专项行动，推动重大事故隐患动态清零，企业负责人安全培训覆盖率达100%，执法队伍规范化建设达标率达95%以上。

天津通过社会共治，将社会力量转化为城市韧性建设基石。注重科普教育，注重防震减灾科普教育基地建设；开展“社区防灾课堂”“校园安全实训”等活动，提升市民灾害自救技能知晓率。培育专业志愿力量，由民政局牵头组建社会化应急救援联盟，吸纳蓝天救援队等46支专业队伍，建立志愿者资质认证与保险保障制度。深度绑定企业责任，要求危化品、轨道交通等重点企业自建应急救援队，并将防灾能力纳入信用评价体系。

城市的生命力在于“吐故纳新”，在于“有机生长”。习近平总书记强调“要积极实施城市更新行动”[①]“增强发展潜力、优化发展空间”[②]等，这为我们进一步盘活存量、培育增量、提升质量，统筹优化生产、生活、生态布局，打造更宜居、更有韧性、更加智慧的现代化大都市提供了根本遵循。近年来，天津市以“盘活存量、培育增量、提升质量”为核心路径，通过制度创新、场景重构与品质升级，探索出一条超大城市内涵式发展的新范式。

2025年1月，天津出台《关于支持既有建筑存量盘活的意见》，首创“双路径”盘活机制，通过政策激活低效空间，提高存量资产同类型业态调整与跨功能临时转型的效率。在这一机制下，老旧厂房、商务楼宇改造无须规划审批，仅需保障消防安全，审批时限压缩70%以上；闲置建筑可临时转为养老、科创或保障性租赁住房，经区政府“综合论证”后实施，土地租金按新旧用途评估差额的50%收取，显著降低改造成

①朱鹏华：《以高质量城市更新推动投资与消费提质增效》，《光明日报》2025年7月1日。
②《向全国各族人民致以美好的新春祝福 祝各族人民幸福安康 祝伟大祖国繁荣昌盛》，《人民日报》2024年2月3日。

本。例如，河东区老旧厂房通过“工业记忆+现代设计”模式改造为文创地标；市内六区空置楼宇经“生产力地图”规划，定向引入科技企业。此外，天津积极推进产权融合，允许多产权业主依《中华人民共和国民法典》联合授权实施主体，平台公司可托管复杂产权资产；同时以金融赋能存量盘活，民进天津市委会推动信贷资金从“僵尸企业”转向高效领域，支撑实体产业升级。

天津通过拓展发展空间与创新场景培育增量。天津对产业载体进行扩容升级。例如，在泰达时尚广场改造中，重构了“赛事经济+商务消费”生态链，引入头部品牌，提升客流量。在科创领域，依托高校资源打造“核心孵化园”，链接产学研链条，推动科研成果市场化转化，如天开园以“科创生态+金融赋能+产业转化”为核心，2年内形成超3500家企业集群，撬动近200亿元基金规模，显著推动科技成果产业化。天津立足区域资源禀赋，制定差异化更新策略，通过功能互补、产业协同培育增长动能。在津城核心区，依托历史文脉，打造国际消费中心城市核心承载区。例如，对五大道商圈进行升级，修复小洋楼建筑群并植入沉浸式文旅业态（如民国主题咖啡馆、非遗工坊）；开发海河沿线“游船经济+灯光秀”项目，联动解放桥夜市形成“滨水夜消费走廊”，提升夜间营业收入。在滨城开发区，推动旧工业区向科创、居住复合功能区转型。例如，对泰达时尚广场进行改造，利用老厂房钢架结构打造“工业风”商业综合体，引入区域首店21家；进一步建设耀华中学泰达学校，补齐教育短板，实现“500米入学、1千米就业”的便利生活圈。在武清等外围区，强化医疗、教育等基础服务辐射能力。例如，新建三甲标准武清区中心医院，服务覆盖京津冀交界区域50万人口；扩建模范小学分校，试点“社区托管+校外实践”一体化教育模式。

天津以绿色和人文赋能城市质量提升。天津注重基础设施低碳化，2025年获取最高12亿元的中央补助资金，推动基础设施低碳化建设。这笔资金主要用于地下管网改造、污水处理厂网一体化等项目。天津注重低碳美学实践，为夏季达沃斯论坛升级60余条道路，铺设1.3万组太阳能花箱、4000余面智慧道旗，搭配节水灌溉系统，大幅提升减排水平。改造老旧建筑时注重文脉传承与居住品质双提升。例如，将张贵庄机场老航站楼改造为“两航起义”纪念馆，保留1949年的历史原貌；对大直沽片区75栋楼进行改造，加装电梯，增建停车位，同步完善社区医疗网点，推进老旧小区更新。严格按照规章流程推进工作，禁止大拆大建，一切工作均须在经有关专家评估且符合相关法律法规的前提下进行。天津提升公共服务效能，聚焦民生痛点，在交通、民生服务等多方面实现品质跃升。例如，将泰达片区道路拓宽至6米，增设潮汐车道，车位尺寸优化至2.5米×5.3米，大幅提高通行效率，降低交通事故率；在泰丰公园等区域布设智能驿站，整合快递柜、急救AED、共享工具仓等功能，在老旧小区加装电梯时同步接入“一键呼救”系统，直连社区医疗站；将动态天际线灯光工程覆盖海河沿线地标建筑，打造“星河入海”主题光影秀，提升商圈夜间客流量。

尾篇

现代化不需要统一答案，天津必须提供一种

当上合峰会的聚光灯照亮海河之滨，天津向世界展示的远不止一座城市的复兴，更是一种工业文明的深度思考与路径宣言：在中国式现代化的宏大叙事中，并非所有道路都需指向深圳的速度神话或杭州的数字幻境。天津现代化之路揭示，一种立足于体系韧性、制造定力、结构归位与文化转译的“北方版本”现代化范式，已在渤海之滨淬炼成型。这绝非对南方模式的追赶或模仿，而是基于百年工业血脉、国家战略使命与地域禀赋的基因再造。本书的尾篇亦非落幕的休止符，而是这座城市以行动哲学奏响的进行曲：它不要替代谁，只致力于完成自身不可替代的结构归位；它不仅要锻造新质生产力的钢铁羽翼，更要编织打动人心的叙事经纬；它借上合之机，以系统重启的雷霆手段，迎接属于北方制造的星辰大海。

第一节
北方版本的中国式现代化范式与图景

中国式现代化的壮阔征程呼唤多元路径的百花齐放，拒绝千城一面的单调复制，拥抱基于地域禀赋、历史积淀与现实使命的特色探索。深圳，以“时间就是金钱，效率就是生命”的呐喊书写了开放前沿的速度传奇；杭州，在“数字经济第一城”的定位下编织着虚拟与现实交融的未来图景。它们的辉煌毋庸置疑，是现代化图景中璀璨的一极。然而，辽阔中国的复杂性与多层次需求，呼唤着更多元化的动力引擎与发展逻辑。当目光投向广袤的北方，当重任落在京津冀协同发展、振兴北方经济、保障国家产业安全的战略支点上，一种迥异于南方灵动与数字轻盈的路径，正以其磅礴的体系力量破土而出。这便是天津范式：一种以“结构完备、制造扎实、体系稳健、创新融合”为核心，以“重器担当、系统可靠、人文厚植”为鲜明标识的现代化道路。

天津是“国之重器”的战略承接地，是国家经济发展与安全的基本担当。作为首都门户和北方经济中心，天津承载着保障国家产业链供应链安全、锻造大国重器的核心使命。从空客亚洲总装线繁忙的精密对接，到大火箭基地长征火箭撼天动地的烈焰；从“PKS”（飞腾CPU+麒麟OS+安全）信创生态构筑的信息安全长城，到国家合成生物技术创新中心“造物致新”的源头突破，天津制造的灵魂在于其服务于国家战略的基础性、关键性与不可替代性。这种“国之重器”的定位要求决定了其发展逻辑必然强调体系的完整性、技术的纵深性与抗风险的韧性。这与消费互联网驱动的模式创新或轻型制造有着本质的逻辑差异，是确保国家经济发展与安全的“压舱石”。

天津是北方工业脊梁的韧性锚点，代表着产业规模、体系与技能的复兴。在区域协调发展的国家棋局中，天津是撬动北方产业振兴的核心支点。其百年积淀的全门类工业基础、强大的配套网络与深厚的工程师文化及高技能人才供给体系构成了北方制造业转型升级最宝贵的资产和最坚实的地基。当全球产业链深度重构，“在地化”“近岸化”趋势凸显，天津所代表的基于规模效应、完整体系与精湛技能的深度制造能力的战略价值正被历史性地重估。它不追求“轻”的飘逸，而是将“重”与“实”锤炼到极致，成为抵御风浪、支撑区域经济稳定的“定海神针”。

天津是陆海联动的开放新枢纽，以工业制造实体链接全球。天津港作为世界级的人工深水大港，是京津冀及“三北”地区的海上门户，更是“一带一路”海陆交会的关键节点。天津范式的现代化天然蕴含着深度融入全球经济循环、服务国家高水平对外开放的“枢纽型”基因。这种开放形态与深圳毗邻港澳的“前沿开放”、杭州数字贸易的“云端开放”形成有力互补。天津的开放更侧重于实体经济的全球链接、大宗贸易的通道保障与先进技术的引进消化再创新，是构建“双循环”新发展格局中不可或缺的实体支撑点与流量转换器。

天津为中国式现代化提供了一种至关重要的“体系韧性”方案。天津路径的深层哲学是体系思维和长期主义。它深刻诠释了在追求速度与创新的同时，根基的牢固、体系的可靠与发展的可持续性的同等重要性。它不迷信短期风口，不追求表面繁华，而是致力于构建一个结构合理、运行稳健、能够自我修复与迭代升级的产业生态系统。这种对“结构”和“系统”的执着，是应对复杂性和不确定性的根本之道，也是再造天津的核心逻辑——不是推倒重来，而是优化结构、激活要素、提升能级。

因此，天津版本的中国式现代化的核心标识是：“重”而不笨——以高端装备、精密制造、基础材料、战略科技彰显实力，但通过智能化、绿色化注入轻盈与灵动；“实”而求新——在稳固的产业地基上嫁接新质生产力的繁花，实现“老树新枝”与“新苗成林”的交融共生；“韧”而致远——以强大的系统稳定性抵御风浪，赢得可持续发展的战略纵深和回旋空间。 它为中国式现代化提供了一种至关重要的“压舱石”方案：在追求速度与创新的同时，确保根基的牢固与体系的可靠。中国式现代化的伟业既需要轻舟快马的开拓者，也需要巨舰深海的定盘星。天津，正以其百年淬炼的筋骨、稳健搏动的产业心脏和独特的“结构归位”实践，自信地成为中国式现代化多元图景中那艘承载着安全、基础与长远未来的北方旗舰。它提供的不是唯一答案，而是一种基于体系力量和工业文明深度的、不可或缺的“北方版本”。

第二节
硬核实力与叙事体系的共筑

天津的崛起，绝非单一维度的技术跃进或规模扩张，而是一场深刻融入城市血脉的“硬实力筑基”与“软实力铸魂”的双轮交响。这是一场关乎未来的系统性革命：一翼，以新质生产力为引擎，前瞻布局先进制造，重塑传统优势筋骨，锻造世界级的“天津制造”钢铁矩阵；另一翼，构建与之同频共振、强大而富有魅力的自我表达体系，将这座城市熔铸的工业精神、独特发展逻辑与迷人气质，淬炼成可触可感、引发共鸣、远播四方的“天津故事”。唯有双轮并驱、交响共鸣，天津才能在塑造全球工业未来图景的宏大叙事中，牢牢掌握定义自身、影响世界的主动权，奏响属于渤海湾的时代最强音。

一、天津工业制造系统的能级跃迁，锻造新质生产力的钢铁羽翼

天津工业的未来图景深植于传统根基的涅槃重生与创新前沿的璀璨星群交相辉映，目标是构建一个多层次、强韧性、高活力的现代化产业体系。

（一）传统优势产业涅槃重生

天津汽车产业正超越传统的“整车装配”，向电动化、智能化、网联化、共享化全

速转型。依托一汽丰田新能源工厂、长城汽车天津工厂等龙头企业，天津正精研混合动力与纯电动平台的电池、电机、电控等核心技术，构筑规模化制造的全球竞争力。同时，天津以“智慧出行”为牵引，大力培育智能网联汽车传感器、控制器、V2X通信等关键零部件产业集群，推动汽车产业从“制造基地”向“未来移动出行解决方案策源地” 和“智能网联技术孵化中心”跃升。

天津装备制造业正经历一场深刻的智能化与服务化革命。天津钢管集团、SEW传动等领军者依托人工智能、数字孪生、工业互联网等利器，打造“黑灯工厂”的极致效率与“柔性产线”的灵动响应。高端数控机床领域正向复合化、精密化、智能化突破，工业机器人产业聚焦协作机器人、特种应用机器人，智能物流装备向自动化立体库、AGV集群调度系统升级，节能环保装备则向高效能、模块化、系统集成发展。这些产业正推动天津装备制造企业从设备提供商，全面蝶变为提供“智能产品+全生命周期服务+系统集成解决方案”的价值创造者。

机床产业融合加速　天津从传统整机制造走向“核心零部件+软件系统+智能应用”融合，产业生态更加紧密。

天津石化产业锚定“本质安全、环境友好、集约高效、精深加工”的方向，加速南港世界级绿色石化产业基地建设，推动大型一体化项目落地，为产业链延伸奠定基石。精准发展高性能合成材料、高端专用化学品、生物基材料等高附加值产品。中国资源循环集团正在牵头构建从废弃物回收到高值化利用的循环经济闭环，驱动产业彻底摆脱“燃料型”路径依赖，向高价值“绿色材料型”产业生态跃升。

（二）战略性新兴产业集群引领未来

天津信创产业正全力打造以飞腾CPU、麒麟操作系统为坚实双核，涵盖高性能数据库、安全整机、网络安全、中间件等领域的“PKS”自主安全生态体系，加速产品迭代与性能优化，深度对接政务、金融、能源、交通等关键行业核心场景，构建从芯片到软件、从整机到系统的全国领先、具有世界影响力的信创产业高地，为国家安全和数字经济筑牢基石。

天津正依托国家合成生物技术创新中心的全球引领优势，大力发展合成生物学产业，推动生物制造在创新药物、生物材料、生物能源等领域的革命性应用。康希诺、凯莱英、药明康德等龙头企业继续扩大优势，基因治疗、细胞治疗、高端医疗器械等前沿领域的新兴企业加速涌现。一个贯通“基础研究-技术开发-中试验证-规模化生产”全链条、具有全球竞争力的“生物制造创新极”正喷薄欲出。

天津已形成集总装集成、关键部件制造、配套服务于一体的具有国际竞争力的航空航天产业集群。空客A320系列总装线高效稳定运行，更高级别的合作前景可期。依托中国航天科技集团、中国航空工业集团的战略布局，天津正强化长征系列大运载火箭、通信卫星、遥感卫星、空间站舱段等国之重器的研制与批量生产能力。无人机产业、通用航空、商业航天等新兴领域活力迸发。航空维修、专业培训、航空金融等现代服务业的羽翼日益丰满，构建起“制造+服务”双轮驱动的空天产业生态。

天津将继续巩固在动力电池、氢燃料电池关键部件领域的优势地位，并向下一代固态电池、氢能储运加注技术领域延伸。积极布局光伏、风电产业链的新赛道。全力推动智能网联汽车在感知融合、决策控制、车路协同、高精定位等核心技术领域的突破，建设高等级智能网联汽车测试示范区，推动商业化落地运营，精心编织“车、路、云、网、图”深度融合的未来智慧出行生态网络。

（三）未来产业抢占制高点

天津正深化AI大模型在工业智能质检、药物研发、智慧港口、城市治理等领域的深度应用与价值释放。未来将着力培育AI芯片、算法框架、可信AI、AI安全等基础层产业，建设具有强大集聚效应和创新能力的人工智能产业高地。

南开大学在脑科学与类脑智能领域已取得全球领先的科技成果，天津未来依托天津大学、南开大学等科研优势，进一步发展侵入式/非侵入式脑机接口技术、类脑芯片架构、神经形态计算等颠覆性技术，探索其在医疗康复、智能交互、新型计算等领域的革命性应用。

天津还特别关注量子通信、量子计算等方向的研发与潜在产业转化。同时，依托卫星遥感数据接收处理能力，天津大力发展空天信息产业，在精准农业、智慧城市、环境监测、防灾减灾等领域提供高价值空间信息服务解决方案。

二、天津文化表达的系统构建，编织打动世界的叙事经纬

天津磅礴的硬核实力亟须与之匹配的“软实力”为其解码、升华与远播。精心构建一个打动人心的“天津叙事系统”，是这座城市赢得全球理解、尊重与影响力的关键一跃，是其工业辉煌在精神与文化维度上的必然延伸。

（一）“天津范式”的核心理念宣示

可靠工业化、深度创新、韧性城市、工业人文主义是清晰定义并持续传播天津范式的核心价值主张。“可靠工业化”强调天津所代表的体系完备、根基深厚、制造精良、发展稳健的工业化路径，是寻求长期、可持续、高质量增长的可靠伙伴和值得信

赖的供应链基石。“深度创新”区别于“模式创新”的快速迭代，突出天津在基础科学、关键核心技术、重大装备攻关、复杂系统集成等“硬科技”深水区所展现的非凡战略定力、持续投入与突破性成就，是解决真问题、创造真价值的创新典范。“韧性城市”展示天津如何通过产业结构多元、空间布局优化、生态基底修复、社会治理创新，构建应对经济波动、自然灾害、公共卫生等风险的强大韧性，保障发展的稳定性和可持续性。“工业人文主义”则彰显天津独特的城市气质——严谨理性的工业文明精神与开放豁达的码头文化基因交融共生，历史的厚重感与未来的憧憬感交相辉映，宏大的国家叙事与鲜活的市井烟火无缝衔接，深刻诠释着“发展为了人民、发展依靠人民、发展成果由人民共享”的人文温度。

（二）让历史与当下共奏，城市心跳的叙事载体活化

天津存在大量的工业遗产，正在创意工作者的努力下实现“超级IP”化。在海河两岸，沉睡的工业遗产正在创意与匠心的点化下焕发新生。棉3创意街区、第一热电厂、天津机器局旧址等城市更新典范，不仅是物理空间的华丽转身，更是对背后产业工人群像、技术攻坚史诗、时代精神丰碑的深度挖掘与活化叙事。一批围绕工业遗产的沉浸式体验剧场、主题文创衍生品、高质量纪录片/短视频系列作品的制作，正在将冰冷的厂房设备转化为承载城市集体记忆、激发身份认同、传递奋斗精神的情感磁场与不朽文化符号。上合峰会期间及之后，这些活化空间应成为讲述“天津转型”故事的核心舞台。

一大批城市地标景观正在系统展示城市地标群的叙事逻辑。五大道万国建筑群、意风区、解放北路金融街向每一位游人诉说着天津近代开放包容、中西文明互鉴的史诗。空客总装线观景台、大火箭基地展示中心、国家海洋博物馆向人们彰显了现代高端制造与国家战略担当。“津沽棒”、于家堡金融区、中新生态城智慧城市体验馆向

人们描绘着创新驱动、绿色繁荣的未来愿景。当我们漫步海河两岸的工业街区、田间地头和城市综合体，精心设计的灯光秀、深度互动的主题导览、前沿的AR/VR时空穿越装置不断强化着这座城市地标间的叙事纽带，构筑起一条让世界沉浸式理解天津前世、今生与璀璨未来的“时空诗廊”。

（三）城市气质的“场景化”表达

这是一座“匠心之城”。精心策划“天津制造巡礼”活动，在严格管理下向公众开放精选的灯塔工厂、国家级重点实验室，直观展示毫米级精度的极致追求与复杂巨系统的艺术化掌控。设立并隆重颁发“海河工匠”年度至高荣誉，礼赞顶尖技能大师与卓越工程师，让精益求精、追求卓越的工匠精神在全社会熠熠生辉，融入城市品格。

这是一座“乐活之城”。匠心雕琢“海河工业风情游”精品线路，有机串联焕新的工业遗址公园、特色主题博物馆、承载城市记忆的老字号美食、充满烟火气的相声茶馆。让海内外游客在轻松惬意的漫步与互动中，深度品味天津工业文明的独特烟火气与城市骨子里的幽默豁达、乐天知命。

这是一座“对话之城”。常态化举办具有国际影响力的“海河创新论坛”“中欧工业文明对话会”“上合组织产业合作峰会”等高端思想盛宴。在高校、顶尖智库、领军企业间编织广泛而深入的国际合作伙伴网络，使天津成为中外工业文明互鉴、城市治理经验交流、科技创新思想碰撞的重要国际枢纽和思想策源地。

（四）“天津乐章”传播矩阵的立体化构建

打造主力军的权威声部。强化天津日报报业集团、海河传媒集团等主流媒体的国际视野、深度报道能力与权威评论水平，精心打造“津门新质生产力”“海河观澜·全球视野”“制造者说”等深度栏目集群，持续发出天津工业转型与城市发展的时代强音，奠定叙事主基调。

构筑跨界和弦的新阵地。精细化、差异化运营城市官方海外社交媒体矩阵，针对不同区域受众定制精准化、场景化、故事化的多语种内容。积极联动全球网红大V、在华外籍人士、国际商旅达人，策划“探秘天津智造”“寻味津门烟火”“遇见海河匠心”等主题探访活动，激发真实、生动、自发的“自来水”式全球传播浪潮。

锻造全球舞台的策展力。在进博会、汉诺威工博会、迪拜世博会等全球顶级经贸与科技盛会上，打造高水准、高科技、高互动性的“天津主题馆/天津周”。运用前沿展陈技术精心设计叙事动线，生动、立体、艺术化地演绎“天津故事”。鼎力支持飞腾、麒麟、康希诺等天津企业翘楚在国际舞台上自信讲述其创新历程、卓越产品与全球价值，将其成功故事有机嵌入“天津方案”的宏大叙事经纬，形成强大的品牌集群效应。

强化思想基石的学术支撑。支持南开大学、天津大学等高校成立“天津高质量发展研究院”“全球工业文化研究中心”等高端智库，系统研究、深刻阐释、凝练升华“天津模式”的理论内涵、独特实践路径与全球价值和意义，产出具有国际学术影响力与政策参考价值的权威著作、研究报告和智库产品，为天津叙事提供坚实的学理支撑和思想深度，让世界真正读懂天津逻辑，认同天津价值。

当“硬核脊梁”的磅礴力量与“叙事灵魂”的深远魅力在渤海之滨完美交融、交响共鸣，天津的工业再创辉煌就不仅仅是一场产业的涅槃重生，更是在向世界自信宣告一种融合了卓越制造、深度创新、人文温度与可持续韧性的发展哲学。这是一部正在书写的新时代“制造史诗”，其篇章必将响彻寰宇，照亮未来工业文明的发展航程。

第三节
上合契机与天津系统重启的行动纲领

上合峰会的璀璨光芒照耀津门，这并非辉煌的落幕，而是一曲恢宏序章的奏响。天津，这座底蕴深厚的城市，正站在历史与未来的交会点，以开阔的全球视野、坚实的担当作为，借助峰会积蓄的磅礴势能，点燃系统重启的引擎，擘画善作善成的新篇，迎接更加璀璨夺目的时代荣光。

一、从国际舞台到发展引擎的战略转化

上合峰会的召开，会促使天津加速将国际舞台的聚光灯转化为驱动城市能级跃迁的强劲动能。期待中的“上合红利”释放应呈现如下图景。

一座“永不落幕的上合客厅”正在崛起。承载上合峰会荣光的场馆将焕发新生，蝶变为汇聚国际会议、高端展览、文明对话与商贸机遇的“上合组织国家合作交流中心”，成为连接欧亚大陆的实体支点。思想的火花将在常设的“上合组织产业与投资合作（天津）论坛”上持续碰撞，智慧的结晶将通过“上合组织产业园区联盟”共享传递。而“数字上合・天津之窗”则将打破时空界限，让政策信息、产业脉搏、合作机遇在云端实时流淌，构建一个全天候、无国界的虚拟会客厅。

深耕上合沃土，合作之树根深叶茂。天津雄厚的产业根基——从精密的油气装备、强大的电力设备、高效的农业机械到领先的轨道交通、高端的化工产品与前沿的新能源技术，将与俄罗斯、哈萨克斯坦、乌兹别克斯坦、印度等成员国的工业化蓝图深度契合。在政府搭建的广阔舞台上，在金融机构量身定制的金融方案支持下，天津企业将扬帆远航，以抱团之势承揽重大基建与工业项目，在广袤的上合热土上精心培育高水平的境外经贸合作区。“天津标准”在绿色化工、智慧港口、信创领域的卓越实践，将如星辰般闪耀，指引区域技术协同的方向，并在国际规则的殿堂中刻下深刻的印记。天津引以为傲的职业技术教育沃土，将滋养“中国工匠学院”这株新苗，为伙伴国家定向培养产业急需的顶尖技能人才，多语种的在线课程将成为知识传递的纽带。

架设人文交流的“津”彩桥梁。天津的高校将敞开怀抱，迎接更多来自上合组织成员国的优秀青年才俊，让他们在工程、制造、管理的殿堂里求知探索。联合实验室与科研项目将成为智慧交融的熔炉。精心设计的工业遗产游、壮阔的港口观光游、底蕴深厚的非遗体验游，将让来自上合组织成员国的游客沉醉于津沽大地的独特魅力，便捷的签证与贴心的多语种服务是这座城市最温暖的问候。媒体间的联合采访将记录真实的天津，智库间的思想碰撞将凝聚共识，共同描绘合作共赢的清晰路径。

二、面向未来的五大支柱擎起新天津

乘上合之东风，天津正以非凡的魄力推动城市发展系统实现凤凰涅槃般的全面升级。这一系列行动构成了天津把握上合峰会历史契机，推动城市发展系统全面升级，最终实现善作善成的核心行动纲领。

创新引擎点燃核聚变之光。国家合成生物技术创新中心、国家先进计算产业创新中心等“国字号”重器高效运转，如同磁石般吸引着更多顶尖创新平台汇聚津门。京津冀国家技术创新中心天津中心将成为孕育颠覆性技术的加速器。在信创、生物制造、航空航天、新材料等关乎国脉的领域，一场场“揭榜挂帅”的科技攻坚正在上演，目标直指高端芯片制造设备、生物合成关键酶、航空发动机高温材料等“卡脖子”难题的突破。天津，一个充满活力的创新生态雨林正在形成：风险资本如活水涌动，科技信贷与知识产权融资架起金桥，概念验证中心和中试基地成功跨越“死亡之谷”，科技经纪人穿针引线，而鼓励冒险、宽容失败的文化沃土，让创新的种子恣意生长。

制造脊梁铸就智绿新典范。智能制造浪潮席卷全域，专项基金赋能千行百业，数字化、网络化、智能化改造重塑着生产基因。行业级、区域级工业互联网平台编织起数据共享的神经网络。绿色是发展的永恒底色，钢铁、化工、建材等重点行业在“双碳”目标引领下正经历深刻的节能降碳蜕变，循环经济的理念深入血脉，“零碳工厂”与“零碳园区”的标杆如明珠般点缀津沽大地。产业基础再造工程持续夯实根基，核心基础零部件、先进基础工艺、关键基础材料、产业技术基础的瓶颈正被逐一攻克，大国工匠与卓越工程师的匠心精神，是天津制造最坚实的品质保证。

开放门户，拥抱世界新浪潮。天津港正加速向世界一流智慧港口迈进。“智慧零碳”码头展现中国效率，自动化技术描绘未来图景，高效的通关流程让贸易往来如沐春风。密集的国际航线网络、强大的海铁与海空联运能力，将国际航运核心区推向新高度。自贸试验区的制度创新“试验田”生机勃勃，生物医药跨境研发、离岸贸易、数字贸易等前沿领域探索着改革“深水区”，服务业扩大开放的画卷徐徐展开，国家服务贸易创新发展示范区的蓝图呼之欲出。这里既是全球资本与技术青睐的沃土，营商环境持续优化，投资权益有力保障；也是天津企业扬帆出海的母港，完备的“走出去”服务体系如同远航的灯塔。

文化名城绽放时代新魅力。“天津故事”全球传播计划蓄势待发，专项基金将催生一批展现天津工业脊梁、独特气质与辉煌成就的多语种影视巨制、纪实影像、舞台艺术与文学精品，携手国际顶尖伙伴，向世界讲述动人的天津篇章。“工业旅游”国家品牌熠熠生辉，工业遗产的厚重、现代工厂的活力、科技馆的奇思、海洋博物馆的浩瀚，被匠心串联成主题鲜明的精品线路。完善的服务标准提升着每一份游历的愉悦，申报世界遗产名录的进程，让历史荣光与世界共享。统一的视觉识别系统（VI）成为城市名片，精练的主题口号（如“天津：可靠的力量，创新的港湾”）传递着城市精神，每一次重大赛事、展会、文化活动的举办，都是天津魅力在全球舞台上的华丽绽放。

治理典范塑造韧性新家园。高水平的城市总体规划、国土空间规划、产业发展规划，以“多规合一”的智慧绘就清晰蓝图，刚性约束与动态评估确保蓝图落地生根。政府服务效能持续跃升，“一网通办”“跨省通办”“一件事一次办”让市民和企业省心省力，让亲清政商关系的交流渠道更畅通，“一网统管”平台用大数据守护城市有序运行。一座韧性安全的城市基石稳固：重大风险的预警与应急机制严密高效，水、电、气、交通、通信等城市生命线拥有坚强的备份与智能的守护，海绵城市建设让城市呼吸自如。在高质量发展的进程中，共同富裕的愿景清晰可见：优质均衡的教育、医疗、养老等公共服务温暖人心，产业转型中的职工再就业与技能提升得到有力支持，一个宜居、宜业、宜游的天津，让市民的获得感、幸福感、安全感如春潮般涌动。

这幅波澜壮阔的画卷，正是天津紧握上合峰会赋予的历史性机遇，以“善作善成”的坚定信念，推动城市系统全面升级，重启辉煌征程的宏伟蓝图。当愿景化为行动，当蓝图成为现实，一个更具活力、更富魅力、更有国际影响力的新天津，必将屹立于渤海之滨，闪耀于世界舞台。

结语

在结构归位中定义未来的天津答卷

海河的波涛承载着百年工业文明的厚重回响，也激荡着面向未来的澎湃雄心。上合峰会的荣光终将沉淀为城市记忆中的璀璨篇章，而天津以这场盛会为号角所开启的“再造”征程，正以前所未有的清晰与坚定向世界递交一份关于中国式现代化的独特答卷。

这份答卷的核心要义在于其对“结构性力量”的深刻洞见与执着坚守。在效率至上的喧嚣中，天津笃信体系完备的价值；在模式迭代的浪潮里，天津深耕制造扎实的根基；在充满不确定性的变局下，天津锻造体系稳健的韧性。这不是保守的回望，而是基于历史智慧与时代洞察的主动选择与战略定力。天津的答案清晰而有力：中国式现代化的壮丽图景，需要深圳的速度与激情，需要杭州的数字与灵动，同样需要——甚至在这个充满挑战的时代更需要——天津所代表的这种结构性的归位、系统的可靠性与制造的定力。这是一种“压舱石”般的现代化，一种确保巨轮行稳致远的底层逻辑。

天津的实践，生动诠释了“中国式现代化不需要统一答案”的深刻内涵。它拒绝削足适履的模仿，坚定地走基于自身资源禀赋、历史责任和时代使命的特色之路。天津版本的现代化，是“重器担当”与“民生温度”的融合，是“硬核制造”与“文化表达”的共舞，是“历史荣光”与“未来雄心”的交响。它通过上合峰会这一全球舞台，不仅展示了自身的转型与崛起，更重要的是，为众多寻求工业化振兴的新兴市场国家和发展中国家，提供了一种可触摸、可借鉴、可信赖的“替代性选择”——一种强调体系构建、基础能力、技能积累和稳健发展的“天津方案”。

天津从制造到再造的伟大实践，其意义早已超越一城一地。它是对工业文明在21世纪核心价值的再确认：结构的力量、体系的韧性、制造的定力、人文的温度，依然是支撑人类发展进步的基石。当天津以其百年的智慧、钢铁的脊梁和开放的胸怀，自信地重返宏大叙事的中心，它不仅在书写自身的新辉煌，更是在为中国乃至世界的现代化路径标注一个至关重要的坐标。渤海之滨，这座以工业为魂的城市，正以其独特的“结构归位”与“善作善成”，发出关于未来的强音：中国式现代化的答卷，天津提供了一种坚实而可靠的答案。

这答案，属于天津，也属于所有相信体系力量、追求可持续繁荣的时代同行者。

跋

本书由南开大学经济发展与安全研究中心组织撰写。南开大学、天津社会科学院提供了科学研究和合作交流平台。天津出版传媒集团、天津科技翻译出版有限公司提供了出版发行支持。

本书引言“一座城市的结构归位与工业文明新篇”、尾章“现代化不需要统一答案，天津必须提供一种”和结语“在结构归位中定义未来的天津答卷”的撰写人为陈瑞华博士；第一篇“把工业写在骨子里”的撰写人为龚关博士；第二篇“城市之下，仍是制造之心”的撰写人为葛建华博士；第三篇“独特的城市文化与天津发展”的撰写人为万鲁健博士；第四篇“天津再出发：中国式现代化中的城市样本”的撰写人为薄文广博士。陈瑞华统纂全稿。

天津科技翻译出版有限公司社长方艳女士、编辑室主任马利敏先生策划并全程支持本书的编辑出版；胡司宇女士负责封面设计，马强先生负责媒体宣传，天津机床工业博物馆、葛建华女士等提供本书图片支持；天津古籍出版社唐舰女士、南开大学经济学院雷鸣博士亦为本书成稿提供建议。在此，对所有参与其中的领导、专家和同仁们一并致谢。

本书涉及天津经济发展的诸多文献和实践，参考引用难免疏漏不妥，均由作者们自行负责。欢迎批评指正。

南开大学经济发展与安全研究中心

2025年8月15日

参考文献

[1] 张利民. 天津经济史. 天津:天津人民出版社，2024.

[2] 孙鸿武. 八十年代天津工业发展研究. 天津:天津社会科学院出版社，1991.

[3] 段春华. 外国直接投资与天津市工业结构演变. 北京:中国经济出版社，2002.

[4] 白雪洁，等. 新型工业化道路研究：从传统到现代的天津产业发展. 天津：南开大学出版社，2006.

[5] 赵津，李健英. 中国化学工业奠基者："永久黄"团体研究. 天津:天津人民出版社，2014.

[6] 天津市地方志编修委员会. 天津简志. 天津:天津人民出版社，1991.

[7] 中共天津市滨海新区区委党史研究室. 中国共产党天津市滨海新区历史大事记（1918—2021）. 天津:天津人民出版社，2021.

[8] 秦川，许倩瑛. 天津三版总体规划编制实施回顾. 北京规划建设，2009（1）：81-84.

[9] 张利华. 欧盟人权外交与中国应对之策. 人民论坛・学术前沿，2013（1）：42-49.

[10] 左浩坤，孟庆松. 基于民航业的天津滨海新区区域经济竞争力构建研究. 商

场现代化，2009（1）:205-206.

［11］谢光北.天津经济技术开发区发展模式研究.南开经济研究，1993（4）:11-19.

［12］李长华.从城市总体规划看滨海新区的发展.城市，2008（1）:52-54.

［13］靳方华，蔡玉胜.天津经济发展报告（2023）.天津:天津社会科学院出版社，2023.

［14］中国科学技术发展战略研究院.中国区域科技创新评价报告.北京:科学技术文献出版社，2022.

［15］樊如森.天津港口·城市与经济腹地研究（1860-1960）.山东：齐鲁书社，2020.

［16］罗澍伟.近代天津城市史.北京：中国社会科学出版社，1993.

［17］葛建华.国际友城与城市国际化发展-天津的实践探索.北京：时事出版社，2024.

［18］郭蕴静.天津古代城市发展史.天津：天津古籍出版社，1989.

［19］高仲林.天津近代建筑.天津：天津科学技术出版社，1990.

［20］刘泽华.天津文化概况.天津：天津社会科学院出版社，1990.

［21］尚克强,刘海岩.天津租界社会研究.天津：天津人民出版社，1996.

［22］国家发展和改革委员会.中国营商环境报告2020.北京：中国地图出版社，2020.

［23］王立国，蔡玉胜.世界级城市群视阈下的天津发展.北京：社会科学文献出版社，2017.

［24］钟会兵,等.天津社会发展报告（2024）.天津：天津社会科学院出版社,2024.